कारागार

"एक बंदिनी का अपराध और प्रेम से द्वंद्व"

(उपन्यास)

डॉ. आरती 'लोकेश'

साहित्यपीडिया पब्लिशिंग

साहित्यपीडिया पब्लिशिंग

नोएडा (भारत) – 201301

दूरभाष - (+91)-961-806-6119

ईमेल - publish@sahityapedia.com

वेबसाइट - publish.sahityapedia.com

प्रथम संस्करण - 2018

ISBN - 978-81-937022-1-5

स्तुति

भर प्रेम गागर, गिरधर नागर, सुर मुरली भर दे मनमोहक।
आस तिहारी हे श्याम बिहारी, रंग दे कर्म रज चित्तरंजक।
दया कृपाल हे मदन गोपाल! भाव अनुभाव कलम भर दे,
करो स्वीकर नन्दक नन्दन! अर्पण सब हे जग के उद्धारक।

मेरा यह प्रयास

पूज्य पिताजी श्री महेन्द्र कुमार गुप्ता

के चरणों में समर्पित

*****

माँ की ममता है नदिया सी, सागर जैसा पिता का प्यार।
माँ के मुख से सीखी भाषा, दिया पिता ने ज्ञान अपार।
उँगली पकड़ सिखाया चलना, जब भी गिरी लिया था थाम।
इनके त्याग समर्पण सेवा, को है वंदन कोटिश बार॥

-डॉ. आरती 'लोकेश'

लेखिका परिचय

नाम: डॉ. आरती 'लोकेश' गोयल

जन्मतिथि: 1 जून, 1970

जन्मस्थान: गाज़ियाबाद, उत्तर प्रदेश

शिक्षा: बी.एड., एम.ए.(अंग्रेज़ी), एम.ए.(हिन्दी), पी.एच.डी.(हिन्दी)

विशेष उपलब्धियाँ: अंगेज़ी स्नातकोत्तर में कॉलेज में द्वितीय स्थान, हिन्दी स्नातकोत्तर में विश्वविद्यालय स्वर्ण पदक

अभिरुचियाँ: अध्ययन, अध्यापन, लेखन, संगीत (गायन), चित्र कला (तैल)

प्रकाशित: उपन्यास: 'रोशनी का पहरा' (2015)

उपन्यास: 'कारागार'

शोध ग्रंथ: 'रघुवीर सहाय के गद्य में सामाजिक चेतना' (2017)

कथा: 'साँच की आँच', 'अवलम्ब' तथा 'आकार' प्रतिष्ठित पत्रिकाओं 'शोध दिशा', 'इंद्रप्रस्थ भारती' तथा 'गर्भनाल' में क्रमश: प्रकाशित

आलेख: अंग्रेज़ी भाषा में खाड़ी देशों की साप्ताहिक पत्रिका 'फ्राइडे' में समय-समय पर प्रकाशित; शोध-पत्र, लेख, कहानियाँ एवम् कविताएँ आदि विभिन्न पत्र-पत्रिकाओं में प्रकाशित

लेखक पेज: *https://www.amazon.com/author/drartilokesh*

संपर्क: arti.goel@hotmail.com; arti.goel1@gmail.com

पत्राचार: P.O.Box 99846, Dubai. U.A.E.

स्थायी पता: C-8 /152, यमुना विहार, दिल्ली 110053

प्राक्कथन

सूर्य की ऊष्मा पाकर ही पौधे लहलहाते हैं। प्रहार सहकर ही हीरा चमकता है। नदी में लुढ़कते-लुढ़कते ठोकर खाने वाला पत्थर सज्जा योग्य बनता है। आग में तपकर ही सोना कुंदन बनता है। चोट खाकर ही सुराही का आकार बनता है, उसका रूप निखरता है। पानी जब ऊँचाइयों से गिरता है तभी झरना कहलाता है। बर्फ़ीली मार सहकर ही ट्यूलिप के फूल खिलते हैं।

माँ को भी संतान प्राप्ति के लिए प्रसव की असीम पीड़ा उठानी होती है। प्रकृति का नियम है कि कष्ट से गुज़रे बिना कुछ उपलब्धि नहीं होती। उपलब्धि के लिए समय की प्रतीक्षा करनी होती है। साथ ही दुस्सह कष्ट से निरंतर जूझने, अपराजित डटे रहने और धैर्य, साहस बनाए रखने की भी आवश्यकता होती है।

कष्ट सहने की एक सीमा होती है। अधिक ताप से पौधे जल भी जाते हैं। तीखी चोट से हीरा बिखर जाता है। अधिक ठोकरें खाने से पत्थर टूट जाता है। सुराही फूट जाती है। अधिक वेग से गिरने पर धरती में दरारें पड़ जाती हैं। फूल खिलने के पूर्व ही पाला पलने के कारण गल जाते हैं। कभी सहनशक्ति की सीमाओं का यह अतिक्रमण उपलब्धियों के स्थान पर पराजय में परिवर्तित हो जाता है, हतोत्साहित कर देता है अथवा विजय के उल्लास को क्षीण कर देता है।

कष्ट और पीड़ा जहाँ मनुष्य को मजबूत बनाती है, वहीं अत्यधिक कष्ट और असह्य पीड़ा मनुष्य को तोड़कर रख देती है। पृथ्वी पर उपस्थित कोई वस्तु अगर छिन्न-भिन्न चकनाचूर हो जाए तो पुन: पूर्व रूप ग्रहण नहीं कर सकती। किंवदंती है कि फ़िनिक्स पक्षी अकेली ऐसी विलक्षण रचना है जो अपनी राख में से पुनर्जन्म लेता है। कुछ सीमा तक यह गुण प्रकृति ने प्राणियों में सर्वश्रेठ कृति मानव को दिया है कि उसमें ऐसी क्षमता है कि वह अपने टूटे हुए टुकड़े बटोर कर एक नए जीवन का प्रारम्भ कर सकता है।

दर्द, क्रोध, क्षोभ, प्रतिकार के भाव; टूटन, चुभन, बिखराव के अनुभव; ये वे भाव हैं जो मनुष्य को घात को अभिप्रेरित करते हैं। यह आघात स्वघात भी हो सकता है, परघात भी। जो स्वयं को नियंत्रित करने में असमर्थ पाते हैं, वे परघात को उत्तेजित होते हैं, आक्रामक मार्ग अपनाते हैं। और जो स्वयं पर संयम पा लेते हैं किंतु परिस्थितियों से जूझने-टकराने की हिम्मत खो देते हैं, वे आत्मघात को उद्यत हो जाते हैं। आत्मगौरव, आत्माभिमान, आत्मविश्वास की रिक्तता दूसरी श्रेणी के मनुष्यों में अधिक पाई जाती है। यह श्रेणी अगर इन गुणों को अर्जित करने में सक्षम हों जाए तो परोपकार हित आत्मबलिदान को प्रेरित हो जाती हैं।

यह आघात आवाश्यक नहीं कि शारीरिक रूप में ही हो, मानसिक रूप में यह अधिक हानिप्रद होता है। शरीर के घाव देर-सवेर भर जाते हैं। मन के घावों को भरना आसान नहीं होता। शरीर के कुछ घाव भी ऐसे होते हैं जो बार-बार मन के घावों को कुरेदने का काम करते रहते हैं। कुछ हादसे शरीर पर और कुछ हादसे आत्मा पर अपने अमिट चिह्न इस प्रकार छोड़ जाते हैं कि समय भी उनका दर्द मिटा नहीं पाता।

तन व मन से कुंठित मनुष्य के लिए इस स्थिति से उबरने के दो उपाय हैं: - पहला, यह कि करुण स्नेह की पवित्र फुहार उसके तन-मन को इस प्रकार भिगो दे कि वह अपने विकारों को देख ही न पाए; न खुली आँखों से न ही बंद से। दूसरा, यह कि वह समाज के उस वर्ग की सुश्रुषा को समर्पित हो जाए जहाँ उसके जैसे ही अनेक प्राणी असहाय स्थिति में हैं। इससे मन को आत्मिक सुख मिलता है।

ऐसे मनुष्य को अपना आत्मगौरव, आत्माभिमान, आत्मविश्वास पुन: स्थापित करने के लिए इन दोनों ही उपायों की भरपूर आवश्यकता होती है। दूसरा उपाय तो कदाचित अपनी कर्मरेखा में हो, परंतु पहले उपाय के लिए सशक्त

भाग्यरेखा की उपस्थिति से इंकार नहीं किया जा सकता। भाग्य की रेखाओं को पढ़ पाना भी मनुष्य के वश की बात नहीं है।

'कारागार' एक स्त्री प्रधान उपन्यास है। उपन्यास की मुख्य नायिका, जो कारागार की बंदिनी है, कारण चाहे जो भी रहा हो, किस प्रकार की मानसिकता से गुज़रती है, यह मानसिकता उसके उज्ज्वल भविष्य को अंधकारमय बनाने को अग्रसर है। अपने हित-अहित के विवेक से शून्य वह ग्लानि और हीनता के कारागार में स्वयं को बंद कर लेती है।

उपन्यास 'कारागार' की मुख्य नायिका 'चारु' की कहानी कुछ ऐसी है कि वह तन पर दुर्भाग्य के थपेड़ों के विकारों को लिए है तो मन के विकार अपराध जगत का शिकार होने के कारण विद्यमान हैं। अपराधी कोई और है परंतु बंदिनी वह कहलाती है। कारावास वह भोगती है। कहीं एक व्यक्ति गुनहगार है तो कहीं पूरा एक गिरोह। कष्ट और पीड़ा उसे भीतर तक तोड़ देते हैं। अपने कलंकों से उबरने के लिए समाज और मानवता के लिए कुछ करने की ठानती है। पर्यावरण तथा वनस्पति जगत से अटूट स्नेह रखती है। जीवन के इस मुकाम पर प्रेम से भी मुलाकात हो जाती है। अपने कारागार से निकलकर वह इस प्रेम को स्वीकार करने में स्वयं को अक्षम पाती है।

कहानी के प्रवाह, घटनाओं की संयोजकता तथा अध्ययन की सुविधा को ध्यान में रखकर उपन्यास 'कारागार' को मैंने कुल नौ खंडों में विभाजित किया है। जिनके नाम इस प्रकार हैं-

1) *कही अनकही*
2) *महकती पंखुड़ियाँ*
3) *मुरझाए लम्हे*
4) *उधार का प्यार*

5) गुंगुनाते कंटक

6) बुनते उधड़ते नाते

7) कारागार

8) मिशन 'मंजूषा'

9) प्रदीप्त उषा

हिंदी का पठन-पाठन तथा स्वाध्याय हमारी संस्कृति का अभिन्न अंग है। अत: हिन्दी जगत के आदरणीय पाठकों को मेरा श्रद्धापूर्ण नमन है। उत्कृष्ट साहित्य की थाती साक्षी है हिंदी पाठकों के स्वर्णिम इतिहास की। विषाद का विषय है कि यह विचारशील, विवेकाचारी और भावव्यवहृत प्रजाति धरती से विलुप्त होने के कगार पर है। पर्यावरण के साथ-साथ इसे बचाए रखना भी उतना ही आवश्यक है जितना कि अपनी सभ्यता, मान्यता और परंपराओं को। उपन्यास लेखन के रूप में मेरा यह विनम्र प्रयास है। मैं अपना यह योगदान समाज के गुणीजन को अर्पित करती हूँ। प्रथम उपन्यास 'रोशनी का पहरा' के पश्चात अपना यह दूसरा उपन्यास 'कारागार' मैं आज पाठकों के कुशल हाथों में सौंपती हूँ। मुझे पूर्ण विश्वास है कि यहाँ इसका यथोचित मूल्यांकन किया जाएगा। आशा करती हूँ आपको यह पसंद आएगा।

पाठकों के स्नेह एवं आशीष की शुभाकांक्षी-

-डॉ. आरती 'लोकेश'

अनुक्रम

1

कही अनकही

क भी सुहानी धूप खिलती तो कभी किसी विराट बादल का झुंड प्रकाश के पूरे पुंज को अपने साये में ग्रसकर दिवांत का भ्रम उत्पन्न कर देता। देखो! वे बादल कैसे दौड़े चले आ रहे हैं, जैसे काल से तेज़ दौड़कर समय को पीछे छोड़ आगे निकल जाएँगे। तभी आसमान में गड़गड़ाहट हुई। क्या बारिश आने वाली है? विपुल ने हवाई अड्डे के स्वागत हॉल में खड़े-खड़े ही काँच की ऊँची दीवारों के भीतर से बाहर झाँका। विपुल; पच्चीस वर्षीय, गौर वर्णीय, आकर्षक, ऊँची कद-काठी वाला एक स्मार्ट नवयुवक। बादल तो हैं, पर छिटके-छिटके से। उन छिटके से बादलों की भाँति ही चारु से मिलने की उम्मीद भी छिटकी-सी है। छिटके–से बादलों के बीच से धरती पर लुक-छिप कर दबे पाँव आती-जाती सूर्य

की रोशनी की किरणों के समान ही आशा की यह किरण भी आ-जा रही है कि वह मेरे प्रस्ताव को स्वीकार करेगी? कहीं ठुकरा तो न देगी?'

हवाई अड्डे के अंदर वातानुकूलन व्यवस्था शायद दिल्ली की जलवायु की बजाय शिमला की जलवायु का अहसास दिलाने के लिए की गई थी। 'सही भी है! दिल्ली में ही शिमला का आनंद मिल जाए तो कोई शिमला क्यों जाए! एयरपोर्ट की प्रबंधन समिति कदाचित सारे सैलानियों को दिल्ली की ओर आकर्षित करना चाहती है और कुल्लू-मनाली, शिमला, नैनीताल आदि आस-पास के पहाड़ी ठंड़े प्रदेशों का व्यापार ठप्प कर देना।' विपुल के बदन में झुरझुरी सी चढ़ गई तो कस के अपनी दोनों बाँहों से अपने बदन को लपेट लिया। अनायास ही चारु की वह मुद्रा पुतलियों मे चमक बनकर तैर गई। पहली बार उसने चारु को जब देखा था, वह सर्दियों का ही कोई दिन था। अदभुत प्रकृति की निर्मम कठोरता में भी निर्मल सौन्दर्य के कुछ गुप्त क्षण कभी-कभी ऐसे अनायास प्रकट हो जाते हैं कि मनुष्य प्रकृति की सराहना किए बिना नहीं रह सकता। बड़े कॉलर वाला नीला स्वेटर और आसमानी मफ़लर पहने चारु कॉलेज के प्रांगण में अपने हाथों को अपने बदन पर ऐसे ही लपेटे चल रही थी जैसे कि उसके हाथ गर्म कश्मीरी शॉल बन गए हों। कॉलेज के बाहर चाट का नियमित ठेला चलाने वाले अधेड़ को जब चारु ने बिना गर्म कपड़ों के देखा तो तुरंत अपना मफ़लर उतारकर उसे पहना दिया और आगे निकल पड़ी। चारु; लम्बी, इकहरी नाज़ुक काया और मज़बूत इरादों वाली एक कर्मनिष्ठ छात्रा, जिसका जीवन पर्यावरण और समाज को समर्पित जान पड़ता था। समय की मार उसके भाग्य, चेहरे-मोहरे आदि बाहरी व्यक्तित्व पर बिना भेदभाव बराबर पड़ी हुई जान पड़ती थी। केवल बाहरी व्यक्तित्व इसलिए कि व्यक्तित्व का अंदरूनी सौन्दर्य जो विपुल को दिखाई दिया, उसका

संधान करना हर किसी के सामर्थ्य में न था। परिस्थितियाँ और हादसे केवल सूरत बिगाड़ सकते हैं, सीरत नहीं।

आसमान में फिर से गड़गड़ाहट हुई। 'उफ़! ये बादल भी ना! बार-बार डरा रहे हैं। कहीं बारिश हो गई तो? विमान दिल्ली हवाई अड्डे पर उतर भी नहीं पाएगा। ख़राब मौसम में अकसर विमान जयपुर या कहीं और आस-पास के हवाई-अड्डे पर ले जाया जाता है। कहीं और ले जाया गया तो? चारु से कैसे मिलूँगा? और वह भी तो परेशान हो जाएगी।' विपुल ने फिर से नज़रें उठाकर देखा। 'अरे नहीं! इस बार तो विमान की ही गड़गड़ाहट है। कितने पास से गुज़रा है। लग रहा था कि सिर पर ही उतर जाएगा। डर भी लग रहा था और रोमांचक भी। यही तो वह खूबसूरत नज़ारा है जिसे देखने लोग दूर-दूर से आते हैं, रिश्तेदारों का स्वागत तो एक बहाना बन जाता है। हवाई यात्रा किए बिना हवाई जहाज़ को पास से देखने का यही तो एक अवसर होता है। मैं भी चारु के स्वागत में ही आया हूँ, उत्सुकता और रोमांच उससे मिलने का है, साथ में यह अपूर्व दृश्य आनंद भी प्रदान कर रहा है।' इन्हीं सोचों में गुम विपुल ने 'आगमन' स्थल पर बने दिलविजयी आरामदायक स्वागत हॉल की पारदर्शी दीवारों से नज़रें घुमाईं।

वह फिर पलटा। 'अरे! विमान तो 'नीरियर एयरलाइंस' का ही लग रहा था। वही नीले रंग का बादलों वाला 'लोगो' भी था। समय भी हो ही रहा है, यही समय बताया था चारु ने विमान के दिल्ली हवाई-अड्डे पर पहुँचने का। ओहो! तो भारतीय विमान सेवाएँ समय का पालन करना सीख रही हैं। चलो, कोई तो समय पर आ-जा रहा है। इंसान न सही, विमान ही सही! पर ये विमान भी तो इंसान ही चलाता है। मानव मन भी कमाल है! हर बात में स्वयं की प्रशंसा ढूँढ ही लेता है।' इसी सोच में हँसते-हँसते विपुल को याद आया कि अभी तक चारु का स्वागत करने को फूल भी नहीं लिए हैं उसने। चारु को फूलों से बहुत प्यार है, इसका

अनुमान उसने इस बात से लगाया था कि कॉलेज की क्यारी में लगे फूलों को चारु अकसर सहलाती हुई चलती थी। जब भी फुर्सत के क्षण पाती तो कॉलेज के माली से फूलों की नई-नई किस्मों के बारे में जानकारी एकत्र किया करती थी। फिर फूलों से किसे प्यार न होगा। वैसे तो प्रकृति के कण-कण में अनुपम सौन्दर्य की वर्षा होती है, पर फूल तो मानव की पाँचों इंद्रियों को सुखों के प्रपात में तृप्त करा देते हैं।

चारों तरफ़ निगाह दौड़ाई तो फूलवाला अधिक दूरी पर नहीं था। वह बेहताशा गुलदस्ते के स्टॉल पर दौड़ा चला गया। वहाँ पहुँचकर हाँफ़ता हुआ बोला, "भैया एक गुलदस्ता बनाना ज़रा।" फूलवाला पैंट-शर्ट पहने फूलों की ऐसी सम्हाल में मग्न था कि जैसे वह निर्जीव फूलों की नहीं, अपने जीते-जागते नवजात शिशु की देख-रेख में व्यस्त हो। विपुल के मन में यह बात आई कि एयरपोर्ट पर बैठने वालों के ठाठ ही निराले हैं। यह फूलवाला ज़रूर कोई पढ़ा-लिखा बेरोजगार होगा, जिसकी पढ़ाई-लिखाई ने उसे एयरपोर्ट जैसी शालीन आधुनिक जगह पहुँचाया है तो जगह की समृद्धता ने उसकी बेरोजगारी को जगमग आवरण दे दिया है।

"कैसा?, कितना बड़ा? और कितने तक का?" फूलवाला गौर से निहारते विपुल को उलझन से देखते हुए बोला।

"भई! एक-एक करके। सारे सवाल एक साथ ही पूछ डालोगे? क्या जल्दी है? कोई ट्रेन छूट रही है क्या?" विपुल ने उसे शांत करते हुए कहा।

"यहाँ ट्रेन नहीं, प्लेन छूटत हैं बाबू जी! दो घंटे से आप इसी हॉल में खड़े हो। अंदर-बाहर चहलकदमी कर रहे हो। तब याद नहीं रही गुलदस्ते की? अब आनन-फ़ानन में बनवाए रहे हो और बतावत भी नाहीं, कैसन चाहिए?" फूलवाला

अपने ताज़े, सुकोमल फूलों पर पानी की बूँदे छिड़कता, उन्हें करीने से लगाता-सँभालता हुआ एक क्षण को हाथ रोककर, विपुल के चेहरे पर नज़रें जमाता हुआ बोला।

"बता रहे हैं मेरे भाई! तनिक सब्र भी करो। कुछ सोचने भी तो दो।" मुख से तो ये शब्द निकले, पर मस्तिष्क किसी और दिशा का रास्ता तय करने लगा। विपुल फूलवाले की निरीक्षण शक्ति पर हैरान था। उसके अनुसार तो पूरी दुनिया में उसकी अंतरात्मा के अलावा किसी को ज्ञान न था कि वह चारु को लेने आने की उत्तेजना में दो घंटे पहले ही एयरपोर्ट पहुँच गया है। यह फूलवाला अंतर्यामी है क्या?

"अजी! जल्दी हमें नाहीं है। आपही को है। आप ब्लूएयर का जहाज़ जो देख लिए हो।" फूलवाले के कुशल हाथ फिर से फूलों को लपेटने वाले उपहार के कागज़ों को सलीके से टोकरी में जमाने की यांत्रिक अभ्यस्तता में व्यस्त हो गए।

"क्या? क्या कहा? 'ब्लूएयर'? वह ब्लूएयर का जहाज़ था क्या? जो अभी-अभी एयरपोर्ट में दाखिल हुआ है?" विपुल ने ज़रा झुककर, कभी फूलवाले की आँखों में तो कभी बाहर की ओर झाँकते हुए हैरत से पूछा।

"और नहीं तो का? बो नीले-नीले रंग का ठप्पा नाहीं देखत रहे का जहाज़ पर?" फूलवाले के वक्तव्य में गहरे आत्मविश्वास का रंग था।

"नहीं भैया! वह नीले रंग का ठप्पा 'नीरियर एयरलाइंस' का था। तुम्हें मालूम नहीं होगा शायद।" अब विपुल को फूलवाले के शिक्षित होने पर संदेह और अनपढ़ होने पर विश्वास हो चला था।

“बाबूजी! किसे बताए रहे हो! इसी हवाईअड्डे पर और इसही जगह पर जबहीं से बैठ रहे हैं जब आपसे भी छोटे रहे होंगे। एकदम लड़का से थे। 13-14 बरस के रहे होंगे। यही काम करते-करते हमार उमर गुज़र गई। हमार ब्याह हुआ। बालक-बच्चे हुए। घर-परिवार की गुजर-बसर इसही धन्धे से चल रही है। अब तो मेरे बच्चन को भी सबही जबानी याद है कि किस बख़त, कौन सा जहाज़ अड्डे पर उतरत है।” फूलवाले की उपेक्षा-उलाहने से भरी हलकी हँसी के अनुसार उसकी पहचान में धोखे की गुंजाइश नहीं थी।

“अच्छा!” विपुल की आँखें अचरज से विस्तृत हो चलीं थीं। “कहाँ हैं तुम्हारे ज़हीन बच्चे?” विपुल को फूलवाले की जानकारी से उत्सुकता बढ़ने लगी थी। वह समझ गया था कि यहाँ पढ़ाई-लिखाई का खेल नहीं, अनुभव का सच्चा मेल है।

“खेत पर गए होंगे, बाबूजी, और का?” एक ठंडी श्वास छोड़कर वह बोला।

“खेत पर? खेत पर क्यों? स्कूल क्यों नहीं? इम्तिहान सिर पर होंगे ना?” विपुल की हैरत पर हैरत का वरक़ और गहरा होता जा रहा था।

“कैसन बात करत हो बाबूजी! खेत पर नहीं जाएँगे, ये फूल जो हम खुदही उगाए हैं, उनकी देखभाल नहीं करेंगे तो परिवार का पेट कैसन पलेगा? अब हम यहाँ बैठकर फूल बेचें या फूल उगाएँ?” एक हल्की सी व्यंग्य-भरी हँसी के साथ फूलवाला बोला। एक क्षण को तो वह चुप हो गया फिर अपने विवश क्षणों से निकलता हुआ बोला, “आपने बताया नहीं बाबूजी कि कौन-से फूलों का गुलदस्ता दूँ?”

विपुल जैसे जड़ हो गया। फूलों के सौन्दर्य में लिपटी कड़वी सच्चाई के नीचे लगे तीखे काँटे कहीं भीतर हृदय को बींध रहे थे। प्रकृति ने किस-किस को

किस-किस प्रकार से आश्रय दिया हुआ है, अनुमान लगाना कठिन है, यह कहना भी अल्पोक्ति लगा, पूर्णतया असंभव है।

"बाबूजी! बुरा न मानें तो पूछ लें कि किसे लैने आए रहे? आपकी हरकतों से तो लगत रहा कि कौनहुँ गरल-फ़रेंड को लेवत आए रहे।" विपुल को विचारमग्न देख फूलवाले ने ही माहौल को हँसी के हलके रंग देने की कोशिश की, "हमरा बड़ा बेटा कैलास अभी है नाहीं दुकान पर। वरना अबही अलग-अलग रंग के फूलों का ऐसा गुलदस्ता तैयार करता कि आपको एक भी शब्द कहे की जरूरत नाहीं पड़ती, और मैडम आपके दिल के राज़ खुदही समझ लेती।"

"हँ!" मुसकुराते हुए विपुल ने हुँकारा भरा। वह अभी तक असमंजस की स्थिति से बाहर नहीं निकल पाया था। फिर कुछ सोचकर बोला, "एक सफ़ेद गुलाब, एक वह हलका गुलाबी" फिर कुछ ढूँढता हुआ सा दुकान के कोने में इशारा करता हुए, "एक वह गहरा गुलाबी" ।

"समझ गए, बाबूजी! खूब पैनी निगाह पाए हो। सफ़ेद- उनकी सादगी और श्रद्धा, गुलाबी- उनकी रौनक और मासूमियत, और गहरे गुलाबी से उनकी तारीफ और धन्यवाद; बहुत सही गुलाब चुने हो बाबूजी! अब अगर हमारी मानो तो इसमें एक पीला और संतरी और बँधवाए लो। पीला- दोस्ती और स्वागत लिए और संतरी उत्साह और आकर्षण ख़ातिर!" फूलवाले ने अपने सीमित ज्ञान का पूरा पिटारा उँडेल कर सामने बिखेर दिया था।

"इन रंगों के प्रतीक मालूम तो नहीं थे, बस दिल को जो भा गए वे रंग बताए थे। अगर तुम कह रहे हो तो सही ही होगा। ठीक है भाई, ये भी लगा दो।" श्वेतमयी एक श्वास छोड़ते हुए विपुल बोला। मन में सोचने लगा, 'पता नहीं इन

फूलों की नियति आज कैसी होगी? ये पुष्प जिसके स्वागत को उद्यत हैं, वह इन्हें किस अर्थ में लेगी और क्या प्रतिक्रिया देगी, कुछ नहीं जानता।'

फूलवाले के कुशल हाथों ने आधुनिक कला का नमूना दिखाते हुए उन पाँच फूलों को विषमतासूचक हरे रंग की पत्तेदार टहनियों के मध्य सजाकर एक आकर्षक से उपहार वाले कागज़ में तिरछा लपेटना शुरु किया। फिर गुलदस्ते को रंग-बिरंगे रिबन व लेस से सजाया और विपुल को पकड़ाने को हाथ बढ़ाया। विपुल ने जेब से पैसे निकालकर दिए तो फूलवाला गुलदस्ता देते-देते रुका और गुलाबों के गुलदस्ते में एक नन्ही सी लाल कली भी जोड़ दी। विपुल गुलदस्ता लेते हुए ठिठका। उसने अपनी प्रश्नसूचक नज़रें फूलवाले के चेहरे पर गढ़ा दीं। फूलवाला पूरे आश्वासन के साथ मुसकुराया और गुलदस्ता विपुल के हाथ में थमाते हुए गर्दन हिलाकार इशारे से ही समझा दिया कि लाल कली बहुत ज़रूरी है, यही तुम्हारे काम आएगी। शब्दों की ज़रूरत न थी। विपुल न 'हाँ' कह सका न 'ना', न 'क्यों' पूछ सका, न 'कैसे', बस उस अपनेपन को मन ही मन सराहता रह गया।

फूलवाले को पैसे पकड़ाकर जेब से निकाले पर्स को वापिस जेब में रखते हुए बोला, "भैया! तुम अपने बच्चों को पढ़ाओ। स्कूल भेजो। पढ़ा-लिखाकर काबिल इंसान बनाओ। उनकी प्रतिभा को ज़ाया न जाने दो। चाहे वे पढ़ाई के साथ-साथ खेत में भी काम करते रहें। काम कोई छोटा या बड़ा नहीं होता। हम अपनी प्रतिभा से किसी भी छोटे काम को बड़ा बना सकते हैं। क्या पता बड़े होकर उनमें से कोई कृषि वैज्ञानिक बन खेती के नए तरीकों की खोज कर ले, गुलाब की नई किस्म इज़ाद कर के नाम कमाए। आजकल तो खेती-बाड़ी के काम में भी क्रांति आ गई है, कृषि-विज्ञान में नए-नए आविष्कार हो रहे हैं। याद रखो, कि विद्या किसी भी क्षेत्र में बेकार नहीं जाती। विद्या के प्रभाव से ही इंसान

उस चाँद को छूने को अंबर की दौड़ लगाता है, जिसमें खुली आँखों से कई दाग बताया करता है।"

"जी! ज़रूर, बाबूजी।" उसकी आँखों की पुतलियों के पीछे की तरलता की छींटे विपुल तक पहुँचकर आर्द्रता का अहसास करा रहीं थी। इस शुष्क पड़ती दुनिया में यह आर्द्रता हृदय की गंगा से निकल हृदय-सागर में समा लेने को व्याकुल थी। दो घड़ी फूलवाले से हुई बात-चीत ने विपुल को जीवन का कितना बड़ा पाठ पढ़ा दिया, उसे स्वयं भी न पता चला। हँसमुख-विनोदी स्वभाव का धनी विपुल आज रीता-रीता सा महसूस कर रहा था।

"लो बाबूजी! आपका 'नीरेयर एयरलाइंस' का विमान भी आ गया।" फूलों पर पानी का छिड़काव करते हुए फूलवाला बोला। विपुल ने काँच की दीवारों से ऐसे बाहर झाँका कि जैसे विमान की खिड़की से चारु की आँखें उसे ही तलाश रही होंगी। हाथ हिलाकर उस अद्यपरिचित अपरिचित फूलवाले को 'बाय' कहता हुआ वह स्वागत कक्ष के मुख्य द्वार की ओर ऐसे लपका जैसे 'सुरक्षा जाँच' और 'बैगेज क्लेम' औपचारिकताओं की सब मजबूरियों को दरकिनार कर चारु विमान से कूदकर उस तक पहुँच जाएगी और आते ही लिपटकर पूछेगी, "अब तक कहाँ थे तुम?" और फ़िज़ाओं में यह गीत बज उठेगा---

बेकल, बेबस, थी बेहद उदास

मन की प्यास की इक यही आस

नयन मेरे यों मुझ से रूठे

तुम क्यों न थे मेरे आस-पास।

वो खुशियाँ, वो दावत, वो रंगीं शाम

बहे पुरवैया ले तेरा पयाम

मुख से मेरे निकला हर शब्द

लगा मुझे बस तेरा कलाम।

ताड़पत्तों की चकरी, या तेरा ढंग

सात तरह की धूल, हर तेरा रंग

उस अभाव का भाव, कहे हरदम

वीरान था सब, तू न था जो संग।

लगभग एक घंटा फूल लिए बेचैनी से इधर-उधर टहलता रहा विपुल। बार-बार उत्सुकता से अंदर की ओर झाँकता। प्रतीक्षा की घड़ी किसी और ही मिट्टी की बनी होती है, उसकी सुइयाँ आगे खिसकती ही नहीं। खूब इंतज़ार करवा कर चारु ने दर्शन दिए। जब वह एयरपोर्ट से बाहर निकली तो चारों तरफ़ निगाहें दौड़ाती उसकी आँखें न जाने किसे तलाश रहीं थीं कि उसे सामने खड़ा विपुल दिखाई नहीं दिया। वह फुर्ती से कुछ खोजती हुई सी सामान की ट्रॉली को हथेली के ज़ोर से ठेलती हुई आगे निकल गई।

"चारु!..." वह आवाज़ सुनकर चौंकी। पलटी। विस्मय के भाव उसके चेहरे पर आए बिना न रह सके। सामने विपुल था। स्मार्ट, लम्बा, बलिष्ठ, चुस्त-दुरुस्त विपुल, जो हमेशा पैंट-शर्ट में ही कॉलेज आता था, आज कार्गो शोर्ट्स और टी-शर्ट में! चारु की निश्छल मुसकुराहट ने विपुल के हृदय को ताज़ी हवाओं के मस्त झोंकों के झूले पर झुला दिया।

"सॉरी विपुल! मैं तुम्हें पहचान ही नहीं पाई। पर मेरी गलती कम है इसमें, यह तो तुम भी मानोगे, तुम इतने अलग जो दिख रहे हो, तुम्हें कभी ऐसे देखा नहीं था।" चारु थोड़ा सकुचाते हुए, थोड़ा मुस्कुराते हुए विनीत बोल बोले चली गई। सुनते-सुनते विपुल ने फूलों का गुलदस्ता चारु के हाथ में थमाया तो यकायक उसकी बोली को ब्रेक लग गया। विपुल ने अब सामान की ट्रॉली उसके हाथ से लेकर खुद चलानी शुरु कर दी। चारु गुलदस्ता हाथ में लेकर उसे प्रशंसनीय दृष्टि से निहारते हुए ट्रॉली के साथ-साथ विपुल के कदम से कदम मिलाती चलती रही। विपुल इतना ज़िम्मेदार था कि अब चारु को चिंता न थी कि घर कैसे पहुँचना है।

मसदर इंस्टिट्यूट, आबु धाबी 'ईको-टैक फ़ैस्ट' में चारु का जाना जब से तय हुआ, विपुल ने सारी चिंता-फ़िक्र ऐसे ओट ली कि चारु को रत्तीभर भी यह भय न लगा कि विदेश में अनजान शहर में क्या-क्या कैसे-कैसे कर पाएगी। आबु धाबी ऐयरपोर्ट से कैसे कैब लेना, कैब वाले को क्या निर्देश देना, हॉस्टल में किन बातों का ध्यान रखना सब ऐसे रटा दिया था विपुल ने जैसे वह स्वयं उस स्थान पर बरसों रहा हो, वहाँ के चप्पे-चप्पे की जानकारी रखता हो।

"कैसा रहा सफ़र? कोई तकलीफ़ तो नहीं हुई फ़्लाइट में? सावधानी से किया न सब काम? कोई चाकू-छुरी तो साथ नहीं ले गई थी ना 'हैंड बैगेज' में? रक्षा-पेटी कसकर बाँध ली थी ना? प्लेन की खिड़की से हाथ बाहर तो नहीं निकाला न?" अपने मस्त अंदाज़ में विपुल ने वह समाँ बाँध दिया जिसके लिए वह कॉलेज में मशहूर था। उन प्रश्नों के उत्तर सोचने में ही सफ़र की थकान से निष्क्रिय हुआ चारु का मस्तिष्क फिर से चलना शुरु कर चुका था।

"हाथ बाहर नहीं निकाला खिड़की से, बस सिर बाहर निकाला था।" चारु ने भी ताल से ताल मिलाकर जवाब दिया।

"ओफ़्फ़ोफ! मना किया था न तुम्हें! बिजली के खम्बे से सिर में चोट तो नहीं लगी? सिर-विर फूटा तो नहीं न?" विपुल ने नहले पर दहला मारा और चारु के सिर पर हाथ घुमाकर चोट टटोलने का अभिनय करने लगा।

"नहीं फूटा।" चारु गुस्से से देखते हुए बोली, "पर अब फूटेगा। मेरा नहीं, किसी और का।" कहते हुए उसने विपुल के सिर के पास तेज़ी से मुक्का लाते हुए धीरे से मारने के अंदाज़ में छुआ। फिर दोनों हँस दिए।

एक चमक के साथ बिजली कड़की। चारु विपुल की ओट में आकर कड़कती बिजली से नज़रें बचाने लगी। एक बार को पैर आगे नहीं उठे उसके। चारु का हाथ पकड़कर विपुल ने खींचा और इंतज़ार करती टैक्सी की ओर इशारा किया। हलकी बूँदा-बाँदी शुरु हो गई। चारु ने अपने सिर को दुपट्टे से ढककर बारिश से बचने की असफल कोशिश की और बादलों की ओर गुस्से से देखा। विपुल उसे निहारता रह गया। फिर आगे बढ़कर दरवाज़ा खोल ट्रॉली का सामान टैक्सी में रखकर चारु को पिछली सीट पर बैठने का इशारा कर स्वयं भी पिछली सीट पर बैठते ही बोला, "इतनी कटखनी निगाहों से क्यों देख रही थीं बादलों को; जैसे काट खाओगी! इतने प्यारे लग रहे थे, किसी चित्रकार की सुरमई कल्पना के जैसे।"

"वृत्त विहार, सैक्टर-2" कार में बैठते ही टैक्सी चालक को निर्देश देकर चारु ने बताया, "मेरा सारा बचपन पहाड़ों में ही बीता। लोग बादलों का आनंद उठाने जाते हैं पहाड़ों पर क्योंकि उन्हें कभी-कभी मौका मिलता है बादलों के बीच पहुँचने का, उन्हें छूने का, महसूस करने का। पर पहाड़ों पर रहने वाले हरदम उनकी क्रूरता का सामना करते हैं। अत: उनकी सुंदरता हमें आकर्षित करना बंद कर चुकी होती है।" चारु विपुल की ओर गर्दन घुमाकर विशेष जिज्ञासा से परिपूर्ण आगे बोली, "विपुल! तुम तो कह रहे थे कि हमारी पूरी टोली आएगी एयरपोर्ट

पर, यानि सौम्या, अतिरा, वार्ष्वी, निक्षिप, अनिकेत, अश्विन सब ही आने वाले थे ना। यही बताया था तुमने जब मैं आबु धाबी में थी। वे लोग क्यों नहीं आए?" चारु ने कारण जानने की उत्सुकता दिखाई।

यद्यपि वह स्वयं ही बार-बार विपुल को एयरपोर्ट आने के लिए मना कर रही थी, एक छोटा-सा शोध-पत्र पढ़ने ही तो गई थी वह आबु धाबी के 'ईको-टैक फ़ैस्ट' में। कोई नोबेल पुरस्कार प्राप्त करने तो गई नहीं थी। फिर भी विपुल की हठ के आगे उसे झुकना पड़ा था। चारु स्वयं नहीं जानती थी कि जाने क्यों उसे एक उम्मीद सी बँध गई थी जीवन को जीवन की तरह जीने की। विस्तृत ऊसर जीवन में नई उमंगे बाँहे फैलाए अपने पीछे हरितिमा को निमंत्रण का संकेत दे चली थीं। फिर भी हृदय अनजानी आशंकाओं से धुकधुकाता वापस रेतीले टीले पर नागफ़नी में उलझता सा प्रतीत होता था।

"सब ही आने वाले थे चारु। वे सब भी तुम्हारी कामयाबी पर तुमसे मिलकर तुम्हें बधाई देना चाहते थे। मगर कुछ ऐसा संयोग हुआ कि किसी न किसी मजबूरी के कारण वे आ नहीं सके।" कुछ रुकते-अटकते विपुल ने सोचा-समझा उत्तर दिया, "मैं आया हूँ न सबकी ओर से। तुम्हारा इतना मनोरंजन करूँगा कि तुम स्वयं कहोगी कि तुम ही काफ़ी हो विपुल, किसी और की ज़रूरत नहीं।" कहकर विपुल ने नाटकीय सा ठहाका लगाया। ठहाका कितना भी नाटकीय रहा हो, सत्य के बोध को नेपथ्य में छोड़ झूठ को मंच पर प्रकाशित करना इतना सुगम भी न था।

"सब को कोई न कोई काम आ गया? एक साथ! आज ही, रविवार के दिन।" चारु एक अप्रतिभ आवेग में कह तो बैठी, पर कहते ही उसे अपनी भूल का अहसास हुआ- 'मुझसे मिलने कौन आना चाहेगा भला? न तो मैं वार्ष्वी जैसी रईस, फ़ैशनेबल और स्टाइलिश हूँ, न ही सौम्या जैसी, चुलबुली, चंचल और

वाचाल, और न ही अतिरा जैसी मोहक, गर्वीली और नखरीली। निक्षिप, अनिकेत, अश्विन भले ही अच्छे दोस्त हैं पर इतना अपनापन क्यों होगा भला। ठीक ही है, ऐसी कोई खूबी भी तो नहीं मुझमें। जितना साथ और सहयोग वे सब मुझे देते हैं, मैं तो उसके भी लायक नहीं। इन सबके अहसान तले ही तो हूँ कि इन्होंने मुझे अपना दोस्त माना।' 'और विपुल! इसे क्या हमदर्दी है मुझसे? फिर यह ही क्यों मेरे कारण इतना कष्ट उठा रहा है? और किस चतुराई से सभी की मजबूरी का बहाना बनाकर मेरे दिल को ठेस लगने से बचा रहा है। ऐसे सच्चे दोस्त पर मुझे नाज़ है। मगर वह क्या समझता है कि मैंने सच्चाई से आँखें मूँद रखी हैं, या मेरे घर में आइना नहीं है?'

"नहीं चारु, ऐसा नहीं है।" विपुल की आवाज़ ने तंद्रा भंग की, "वे सब आना चाहते थे, मगर क्या करते! सौम्या का डॉगी बीमार है, अतिरा की दादी अमेरिका से आई हुई हैं, वार्ष्वी का डॉक्टर से मिलना ज़रूरी था, आज का ही समय ले रखा था उसने कई दिनों से। निक्षिप भी तो बड़ी बहन की शादी की तैयारियों में व्यस्त है, अनिकेत छोटे भाई का दाखिला कराने शिमला जा रहा है आज शाम और अश्विन का म्यूज़िक कॉन्टेस्ट सिर पर है।" विपुल ने रटा-रटाया जवाब बड़ी कुशलता व तत्परता से सुनाया।

विपुल मन ही मन सोचने लगा 'किस तरह बताता असलियत चारु को कि कैसे एयरपोर्ट चलने की बात सुनकर आरंभ में सब बहुत उत्साहित थे। मगर जैसे ही पता चला कि मैं चारु के स्वागत में चलने का प्रस्ताव रख रहा हूँ तो सबको ज़रूरी काम याद आ गए। मैंने उन्हें समझाने की कोशिश की, दोस्ती का करार दिया तो उल्टा मुझपर ही बरस पड़े। सब के सब लगे मुझे ही तरह-तरह से समझाने। कैसे नादान लोग हैं! चारु जैसे मलमली आचरण वाले बंदे से इतनी ईर्ष्या करते हैं। जब हम सब की एक मंडली बन गई थी, तभी हमने वादा किया

था कि एक-दूसरे की मदद के लिए हमेशा तैयार रहेंगे। हम आठों की टोली हमेशा झुंड में घूमती-फिरती। जिस किसी को भी कोई मदद चाहिए, हमारे समूह में से कोई न कोई सहायता को उपस्थित हो ही जाता। खुद चारु ने इन सभी के शोध प्रोजैक्ट बनाने में कितनी मदद की। आवश्यक सामग्री उपलब्ध कराई, खूब प्रोत्साहन भी दिया। अब इन्हें उसी चारु से चिढ़ है। मैं ही इस भुलावे में रहा कि वे चारु की श्रेष्ठता-उत्कृष्टता को बहुत मानते हैं। सच है कि चेहरे की खूबसूरती को देख वाह-वाह करने वाले अकसर उस पर छपी गहरी इबारत पढ़ना भूल जाते हैं। दोस्ती के मापदंडों में बाह्याकर्षणों की परिपाटी का कोई औचित्य नहीं, यह उन्हें समझा पाना अग्नि परीक्षा देकर अपनी पवित्रता साबित करने से भी दुष्कर था।'

चारु पूरे रास्ते सुमृदु फूलों के स्नेहिल गुलदस्ते को हाथ में थामे गुमसुम बैठी रही। कभी-कभी निगाह उठाकर विपुल की ओर देखती तो विपुल भी कहीं खोया-सा दिखाई पड़ रहा था। चारु से झूठ बोलने की ग्लानि विपुल को कहीं अंदर से विगलित कर रही थी। उसका स्वभाव मज़ाकिया अवश्य था, पर वह मज़ाक किसी का मज़ाक उड़ाने की नीयत से नहीं होता था, न ही झूठ बोलकर किसी को बहकाने के इरादे से। उसकी कठोर मुख मुद्रा के पीछे वह टंकार थी जो इतने करीबी दोस्तों ने नुकीले पत्थरों जैसे शब्दों द्वारा दीं थीं और उसकी प्रतिध्वनि अब तक विपुल को बेचैन कर रही थी:-

'क्या? तुम चारु से मिलने जा रहे हो? दिमाग़ तो ठिकाने पर है ना? तुम क्यों उस बदसूरत को इतना भाव दे रहे हो विपुल? शक्ल देखी है उसकी? सूरत न शक्ल, भाड़ में से निकल! अनिकेत भड़का।

'तुम्हारे जोड़ का और कोई नहीं मिला तुम्हें? कहाँ तुम इतने हैंडसम और कहाँ वह मनहूस चारु! अश्विन ने भी सुर में सुर मिलाया। 'जाने कहाँ से आ गई

है हमारे 'सीनरी कॉलेज' में। जब से आई है, अच्छे-अच्छों को पीछे धकेल दिया है। जड़ें हिलाकर रख दी हैं हमारी।' अतिरा भी चुप न रही।

'हम सबने भी रिसर्च पेपर तैयार किया, पर हमारे शोध-पत्र पर किसी ने विचार तक नहीं किया। बस! सब व्याख्याताओं के दिमाग़ में चारु चढ़ गई है। तो बस! न सोचा न समझा, भेज दिया उसे मसदर इंस्टिट्यूट, आबु धाबी 'सीनरी' के खर्चे पर।' वार्ष्वी की बात ने आग में घी का काम किया।

'कौन कहाँ जाने लायक है, यह सोचना भी मुनासिब नहीं समझा। औकात तो देखो ज़रा। चाहे कोई उसकी शक्ल पर थूकना भी पसंद न करे। वाह भई वाह! इसे कहते हैं अपने पतन को दावत देना!' अब की बार सौम्या भी बोल पड़ी।

'पता नहीं इतने नामी 'सस्टेनेबल एनर्जी एंड नेचुरल एनवायर्नमेंट रिसर्च इंस्टीट्यूट' यानि 'SENERI' ने क्या ऐसी ही नादानियों से प्रसिद्धि प्राप्त की है?' अनिकेत की खीज निकली।

'उस पर तुम और आ गए कि उसे लेने चलो एयरपोर्ट, उसका स्वागत करो! वो कोई राजकुमारी है क्या? बस भाई! हमें तो माफ़ करो। तुम्हें जाना है तो जाओ।' अश्विन ने आगे जोड़ा।

'हम क्या समझते नहीं। शक्ल नहीं है तो न सही, बाकी सब तो है ही उसके पास, जो सब लड़कियों के पास होता है। जाओ, उसी का मज़ा लूटो।' निक्षिप अभी अपनी बात खत्म भी न कर पाया था कि आक्रोश और आवेग से भरे विपुल के हाथ निक्षिप के गाल के बहुत नज़दीक पहुँचकर रुक गए। फिर तूफ़ान की सी गति से उसे कंधे से झटक और अनिकेत को धकेलते हुए दिखाई पड़े। नुकीले तीरों से बिंधे बदन में बिजली की-सी फुर्ती भर विपुल कॉलेज से बाहर निकल गया। विपुल उन्हें वहीं खड़ा छोड़ आया कि अपने हर उठते कदम

से बढ़ती दूरी से दोस्तों के दिलों में पड़ी दरार को गहरे विदर में बदलता चला आया, उसे स्वयं पता न था।

ये सब बातें न जानते हुए भी चारु इन बातों से अनजान नहीं थी या फिर यूँ कहो तो आज की पीढ़ी की आकर्षणोन्मुखी उच्चाभिलाषी विचारावली से तो अनभिज्ञ नहीं थी। विपुल की मित्र होने के कारण ही वह उनके गुट में शामिल हो सकी थी। विपुल को उस निशब्दता से बाहर निकालने के लिए उसने आसमान की तरफ़ इशारा करते हुए कहा, "मार्च का महीना है, मगर ठंड अभी तक गई नहीं। देखो, तुम्हारे प्रिय बादल भी खूब आँखमिचौनी खेल रहे हैं, अठखेलियाँ कर रहे हैं आसमान में। यह सब पूरी धरती पर हो रहे जलवायु परिवर्तन का ही नतीजा है कि सावन से पहले सावन की झड़ी लगी है।"

"कुछ बूँदे बरसने से सावन नहीं कहलाता है चारु! और वैसे भी सावन में सावन कहाँ आता है कलियुग में! वह तो कुछ पहले या बहुत बाद में ही आता है। कुछ पहले आने वाला सावन सबके नसीब में कहाँ! अकसर तो मनुष्य की नियति में यह तब आता है जब भावनाओं की फसल सूख कर बंजर बन चुकी होती है। बीज भी नहीं बचते कि आनेवाले समय में अंकुरण की ही उम्मीद लगाई जा सके।" अचानक संजीदा हुए विपुल की बात की गहराई चारु नहीं समझ पाई। बस इतना ही जान सकी कि कहीं गहरी पीड़ा बसी है विपुल की इस बात में। हँसता, ठिठोली करता विपुल यकायक चुप क्यों हो गया, चारु जान न सकी। कहीं इस पीड़ा की वजह वह स्वयं है या कोई और? जानने का उपाय न था उसके पास।

उसी तरह की चुप-सी बातों में टैक्सी चारु के घर तक का रास्ता तय कर चुकी थी। चारु ने टैक्सी चालक को रुकने को कहा। चारु अपना पर्स व गीला दुपट्टा समेटती हुई उतरी, विपुल ने लैपटॉप टैक्सी से बाहर निकाला और ड्राइवर

ने सूटकेट उतारकर घर की सीढ़ी पर टिका दिया। विपुल ने टैक्सी का किराया चुकाने की तत्परता दिखाई तो चारु ने हाथ पकड़कर रोक दिया और पर्स में से बिल्कुल उतने ही पैसे निकालकर टैक्सीवाले को दे दिए. जितना किराया मीटर पर पता चल रहा था।

"हाँ-हाँ! मालूम है, बड़ी ख़ुद्दार हो। तुम ही दो किराया। मैं कब मना कर रहा हूँ। मेरे घर वापस जाने का किराया भी मुझे दे दो।" विपुल हाथ फैलाकर चारु के सामने खड़ा हो गया।

"ख़ुद्दार हूँ । धर्मात्मा नहीं हूँ। अपना किराया खुद भरना मिस्टर।" विपुल की संगति में हँसी का हँसी से उत्तर देना चारु सीख गई थी।

चारु एक कमरे के मकान में पहली मंज़िल पर बतौर पेइंग गैस्ट रहती थी। दोनों के टैक्सी से उतरते-उतरते बारिश कुछ तेज़ शुरु हो चुकी थी। चारु ने भागकर कमरे का ताला खोला, विपुल फटाफट सूटकेस ऊपर ले आया। दोनों भीगने से बाल-बाल ही बचे थे। कमरे में घुसते हुए विपुल को कुछ याद आया। हैरानी के साथ उसने जानना चाहा, "चारु तुम्हारे साथ तो एक और बच्ची भी रहती है ना? वह कहाँ गई?"

"कौन शुभदा? हाँ, वह एक प्रदर्शनी में गई है कुछ दिनों के लिए। जल्द ही आ जाएगी। मेरे पीछे उसकी देखभाल कौन करता? अत: मैंने ही उसे भेजा था। अब वह आएगी तो उसे फिर भेजने की तैयारी करनी है। उसकी दसवीं कक्षा तथा आगे की पढ़ाई का इंतज़ाम मैंने 'बनस्थली विद्यापीठ' में किया है।"

"वाह! क्या बात है। बहुत अच्छा किया। वहाँ होस्टल में रहकर पढ़ाई करेगी तो अच्छी शिक्षा मिलेगी। फिर वहाँ केवल कन्याओं को ही प्रवेश दिया

जाता है तो मेरे जैसे लफंगों की फ़िकरेबाज़ी से भी बची रहेगी। है ना?" विपुल ने फिर से चुहल की। पर चारु ने कोई उत्तर नहीं दिया। मुस्कुराकर टाल दिया।

"तुम बैठो विपुल। मैं चाय बनाकर लाती हूँ। बारिश के कारण थोड़ी ठंड हो गई है। अच्छा लगेगा चाय पीकर। सर्दी उतर जाएगी।" चारु ने विपुल के प्रश्न को पूरी तरह अनसुना कर जवाब दिया।

आगे कुछ कहने-बोलने की विपुल की हिम्मत ही नहीं हुई। एक बार पहले भी वह चारु से उस बच्ची के बारे में पूछ चुका था, "लगता है वह कोई रिश्तेदार है तुम्हारी? तुम क्या लगती हो उसकी? उसे तुम माँ की तरह पाल-पोस रही हो। बहुत बड़ा दिल है तुम्हारा चारु?" विपुल को चारु की कई बातें अनबूझ पहेली सी लगती थीं। तब भी चारु ने इस पहेली को सुलझाने की कोई तत्परता नहीं दिखाई थी। तब उसकी विपुल से पहचान भी नई-नई थी। उस समय बच्ची के बारे में उसने अपने होंठ सिल रखे थे। वह इतनी सफ़ाई से उससे संबंधित विपुल के सवालों को टाल जाया करती थी कि सामने वाले को यह इशारा भी मिल जाता था कि भविष्य में उसके बारे में कोई सवाल करना गुनाह के बराबर होगा। आज फिर भी बहुत कुछ बता दिया था शुभदा के बारे में चारु ने।

"चारु! सुनो! मैंने फूल दिए, पसंद नहीं आए क्या?" जाती हुई चारु का हाथ पकड़कर सोफ़े पर बैठे विपुल ने अचानक पूछा।

"क्यों? तुम्हें ऐसा क्यों लगा?" चारु ने पलटकर पूछा।

"फूल कहीं दिख नहीं रहे ना। कचरे के डिब्बे में फेंक दिए क्या? कूड़ेदान की शोभा बढ़ा रहे हैं शायद!" विपुल ने रूठते हुए दिल का डर चारु का हाथ पकड़े-पकड़े मज़ाक का बहाना लेकर ज़ाहिर किया।

“वहाँ देखो जनाब! फूलदान में क्या सजा है? ऐसा कैसे सोच लिया तुमने? तुम मेरे लिए इतनी दूर से आओ, इतने सुंदर फूल लाओ, और मैं, उसे कचरे में डाल दूँ, क्या इतनी बदतमीज़ लगती हूँ?” चारु ने विपुल को दुख भरी नाराज़गी से देखते हुए कहा।

“ओह! सॉरी चारु! मुझे लगा कि कहीं तुम्हें बुरा लगा हो मेरा फूल लाना। मुझे याद है कि तुमने एक बार कहा था कि गुलदस्ते से अधिक क्यारी में फूल अच्छे लगते हैं। उनके घर से उखाड़कर अपने घर में लाना उनपर जुल्म के समान है। हमें कोई अधिकार नहीं है कि हम अपनी खुशी के लिए उन्हें उनके परिवारजन से दूर कर दें। दरअसल तुमने कुछ कहा भी नहीं ना फूलों के बारे में- अच्छा-बुरा।” मायूस विपुल खुश होते हुए बोला।

“हर बात कहकर ही नहीं बताई जाती विपुल। कुछ बातें बिनकहे ही समझ लेनी चाहिए।” चारु ने उपदेशात्मक अंदाज़ में कहा और रसोईघर में चाय बनाने चली गई।

“तुम कब समझोगी मेरे बिनकहे, जो बात मैं कहना चाहता हूँ।” विपुल बुदबुदाकर रह गया।

चारु का अभेद्य दुर्ग सा कठोर व्यक्तित्व किसी को उसके पास फटकने की कोशिश को मीलों दूर पीछे पटक देता था। पास आने की जुर्रत भी कुछ मनचले आवारा किस्म के लड़के करते थे जो चारु को अनाकर्षक मानते हुए अपने मनोरंजन के लिए उपलब्ध सामग्री समझने की उद्दंडता करते थे। पर चारु ऐसों को घाट-घाट का पानी पिला चुकी थी। इन सब घटनाओं की जानकारी के बाद विपुल भी सशंकित रहता था कि कभी उसके निस्वार्थ प्रेम को अक्षम्य धृष्टता की सूची में न शुमार कर लिया जाए।

चाय के साथ हलका नाश्ता ट्रे में विपुल के सामने पेश करने के बाद चारु ने अपना सूटकेस खोला और एक चमड़े का मर्दाना बटुआ (Wallet) निकाला जो वह विपुल के लिए आबु धाबी मॉल से लाई थी। वह विपुल को थमाते हुए उसने फिर सूटकेस में से एक धारीदार नील-लोहित रंग की पूरी बाँह की कमीज़ निकालकर विपुल को उपहारस्वरूप दी। विपुल तो जैसे गदगद हो उठा। आबु धाबी से एक अच्छा वॉलेट लाने का आग्रह तो विपुल ने ही किया था और वह कपिश रंग का कुछ ऐसा ही था जैसा उसने चाहा था। लगता था कि उसकी कल्पना का वर्णन सुनकर ही पर्स का निर्माण किया गया है।

विपुल ने दोनों उपहार खुशी-खुशी लिए और चारु से साथ चाय पीने का आग्रह किया पर वह अभी भी सूटकेस खोले बैठी थी। चारु ने कुछ इत्र निकाले जो वह निक्षिप, अनिकेत, अश्विन के लिए लाई थी, उन्हें विपुल को देते हुए बोली, "ये मैं जिनके लिए लाई थी, वे मेरे हाथ से न लें शायद, तुम कोशिश करके देख लेना।" निराश चारु बोली।

"क्या पता इन्हें मैं ही रख लूँ?" विपुल ने आदतानुसार चुटकी ली। इस बात का अंदेशा तो विपुल को चारु से अधिक था। आज की परिस्थिति में तो वह स्वयं ये उपहार उन्हें सौंप सकने की स्थिति में नहीं था।

"फिर तो इनकी किस्मत सँवर जाएगी।" चारु ने निराशा को छोड़कर प्रस्तुत पल का आनंद उठाने में समझदारी समझी। वह भी अब साथ बैठकर चाय का लुत्फ़ उठाने लगी।

जो बादल रह-रहकर बरस रहे थे, अब मूसलाधार बारिश में तब्दील हो चुके थे। विपुल ने जाना चाहा तो चारु ने बारिश थमने तक रुक जाने को कहा। विपुल मान गया। फिर ऐसी बरसात में टैक्सी भी कहाँ मिलती। चारु को कहीं

खोया देख विपुल ने चारु की चिंताओं का समाधान देने के इरादे से फिर से शुभदा की बात छेड़ी, "तुमने बताया नहीं चारु कि शुभदा को प्रदर्शनी में भेजने की क्या मजबूरी थी? मुझपर भरोसा नहीं था शायद? नहीं तो मुझे बोला होता, मैं उसका ध्यान रख लेता।"

"वह स्वेच्छा से गई है, मजबूरी से नहीं। तुम्हारी तरह लच्छेदार बातें करना मुझे नहीं आता विपुल। अभी मैं तुम्हें उसके बारे में कुछ न बता पाऊँगी। तुम्हारी दोस्ती की कद्र मैं ईश्वर से बढ़कर करती हूँ। सच यह है कि दोस्तों की गिनती में पहला और आख़िरी- तुम्हारा ही नाम है लेने के लिए मेरे पास। अगर मैं यह कहूँ विपुल, कि मैं उसकी बहन हूँ या फिर चलो मान लो कि माँ हूँ मैं शुभदा की। क्या इससे हमारी दोस्ती में कुछ अंतर आना चाहिए?" अनमनी सी चारु बोली।

"बिल्कुल नहीं चारु! वह तो मैं देख ही रहा हूँ कि भले ही तुमने उसे जन्म नहीं दिया हो परंतु तुम माँ का किरदार ही अदा कर रही हो। अगर शुभदा का अतीत तुम्हें कष्ट पहुँचाता है तो मैं तुमसे आइंदा कभी नहीं पूछूँगा।"

"जन्म नहीं दिया? यह भी तुम कैसे कह सकते हो? तुम क्या जानो? क्या मालूम उसे मैंने ही जन्म दिया हो।" चारु बात को हँसी में टालते हुए बोली।

"वह तुम्हारे कर्त्तव्यबोध का अभिन्न अंग है, मैं जानता हूँ। विवाहोपरांत भी तुम उसे अपने साथ ही रखना चाहोगी।" विपुल का हृदय बोल गया था अचानक।

"विवाह! शादी की बात कहाँ से आई। मुझसे ऐसी बात कभी मत करना विपुल।" भर्रा आए गले से चारु ने विपुल को चेताया। ऐसी बातों से वह अंदर तक कट सी जाया करती थी। अपनी दोस्ती को अक्षुण्ण रखने के इरादे से वह अपने व्यतीत भूत को अपने वर्तमान पर हावी नहीं होने देना चाहती थे। उस

तमिस्र अतीत का क्षुधित तमस कहीं उसकी आँखों में बसे उज्ज्वल भविष्य के नवपल्लवित स्वप्न को भी ग्रसना न शुरु कर दे, यह दुर्स्वप्न बहुधा उसे सालता रहता था।

"ओह! तुम इतनी ख़फ़ा हो शादी से? ख़ैर छोड़ो। मसदर इंस्टिट्यूट के अनुभव तो सुनाओ। तुम्हारे रिसर्च पर सबकी क्या प्रतिक्रिया रही। सर्टिफ़िकेट तो दिखाओ।" कान पकड़कर माफ़ी माँगने का अभिनय करते हुए विपुल ने तुरंत बात का विषय पलक झपकने से पहले ही बदल दिया जैसे कोई जादूगर लाल रुमाल हवा में लहराए और पल के अंश में ही आँखों के सामने मंजर बदल दे।

चाय समाप्त कर चारु उठी और लैपटॉप बैग में से एक पैकेट निकाला। उसमें से सीधा करके रखा गया अपना सर्टिफ़िकेट निकाला तथा एक समाचार-पत्र भी निकाला। फिर दोनों ही चीज़ें विपुल को दिखाते हुए चारु ने बताया कि उसके रिसर्च पेपर के कुछ अंश यू.ए.ई. के कई समाचार-पत्रों में भूरि-भूरि प्रशंसा के साथ छपे हैं अत: वह उनमें से कुछ अपने साथ ले आई।

"वैसे तो कुछ पढ़ने की बात आती है तो मेरे जैसा महाआलसी दुनिया में चिराग लेकर ढूँढे नहीं मिलेगा। मगर इन समाचार-पत्रों की बात कुछ अलग है। क्या मैं इन्हें साथ ले जा सकता हूँ? पढ़कर तुम्हें वापिस कर दूँगा। बहुत सीखने को मिलेगा इनसे।" विपुल ने आग्रह किया।

"ये तुम्हारी ही धरोहर हैं विपुल। अगर तुम प्रोत्साहन न देते तो मैं कभी भी 'ईको-टेक-फ़ेस्ट' के लिए आवेदन न भरती और न ही कोई शोध-पत्र लिखा होता। तुमने मुझे बहुत उकसाया तभी इस शोध-पत्र का जन्म हुआ जिसने इतनी वाह-वाही बटोरी। इन समाचार-पत्रों पर तो क्या इस सर्टिफ़िकेट पर भी तुम्हारा पूरा अधिकार है।" कहते हुए चारु की आँखें छलक गईं। जाने-अनजाने विपुल ने

उसे प्यार से पुचकार कर अपने सीने से लगा लिया। जब उसे अपनी इस हरकत का बोध हुआ तो हैरानी भी हुई कि चारु ने कोई विरोध नहीं किया। फिर कुछ ही क्षणों में इस बात का भान होते ही दोनों अलग हो गए।

"तुम्हें याद है चारु, उस दिन मैं पहली बार तुम्हारी इच्छा के विरुद्ध तुम्हारे घर आया था। सुबह-सुबह तुम्हारे घर की सीढ़ियों पर कदम रखने ही वाला था कि तुम घर के आहाते में बने बगीचे में दिखाई दीं। तुम्हारी मकान-मालकिन बीमार थीं। तुम उनकी सेवा-सुश्रुषा करती हुई उनकी बगिया की देखभाल कर रहीं थीं। मेरे सामने तुमने एक थैली में से कुछ निकाल पौधों के आस-पास बिखेरा था। मेरे पूछने पर तुमने बताया कि तुम कई दिनों से बची हुए सब्ज़ियाँ-फल, उनके छिलके, बीज और समस्त वह सामग्री- जो खाना बनाते समय अकसर व्यर्थ समझ कर फेंक दी जाती है, उसे एक थैली में एकत्र करके उसकी खाद बनाई है। मेरे आश्चर्य की सीमा न रही। फ़िर रसोईघर जाकर तुम एक बर्तन में पानी लाकर पौधों में डालने लगीं। मेरी उत्सुकता का ठिकाना न रहा कि बगिया के अंदर ही नल लगा होने के बावजूद तुम इतना श्रम करके अंदर से पानी क्यों लाई हो। तुम्हारा वक्तव्य था कि प्रयोग से पहले फल-सब्ज़ियों को धोकर तुमने वह पानी क्यारी सींचने के लिए एकत्र किया है जिससे मृदा में उपजे सुपोषक तत्त्व पानी में घुलकर बह जाने की बजाए फिए से मृदा को पोषित कर सकें। पर्यावरण के स्वास्थ्य की बेहतरी के लिए तुम्हारी यह लगन और निष्ठा देखकर मैं नतमस्तक हो गया। मैंने तुम्हारी एक-एक क्रिया को बारीक़ी से निरखा-परखा। पर्यावरण बचाओ के नारे लगाकर प्रसिद्धि पाने की चाह रखनेवाले बहुत देखे थे, मगर चुपचाप उसकी रक्षा के साधनों और उपायों को अमल में लाने वाला कोई उसी दिन टकराया। फिर 'स्वच्छता बनाम पर्यावरण' पर तुम्हारे नवप्रवर्तनशील मौलिक विचार जो समय-समय पर कॉलेज की मासिक पत्रिका के माध्यम से मेरे सामने

आए, मुझे प्रभावित करते चले गए। अत: मैं यह जान गया था कि आबु धाबी के 'ईको-टेक-फ़ेस्ट' में तुम्हारे अतिरिक्त और कोई उच्च कोटि का शोध-पत्र तैयार नहीं कर सकता।" पूरा प्रकरण विपुल को चलचित्र की भाँति याद था। चारु प्रफुल्लित हुए बिना न रह सकी। एक आभारी मुस्कान उसके चेहरे पर खेल गई।

"उस दिन जो खाद डाली थी, या कि उसके पहले-बाद में भी जो डालती रही हूँ, उससे बगिया में बहुत से नए-नए पौधों नें आँखें खोलीं हैं। एक ओर कद्दू की बेल उग आई है तो दूसरी ओर अंगूर की। कहीं पपीते का पौधा आ खड़ा हुआ है तो कहीं आम का।" चारु ने चहकते हुए बताया।

"तुम्हारी बातों से ऐसा प्रतीत हुआ कि जैसे वे पौधे नहीं तुम्हारे अपने अंग-प्रत्यंग हैं, शरीर का हिस्सा हैं।" चारु के दिल की बात कह दी थी विपुल ने।

"तुम मुझे बहुत अच्छी तरह जान गए हो। भाग्यशाली हूँ कि तुम्हारे जैसा मित्र मिला है।" चारु ने भाग्य की सराहना के माध्यम से विपुल की सराहना की।

"तुम मुझे मित्र मानती हो? सच? वाह! क्या किस्मत है मेरी।" वापिस अपने मसखरे अंदाज़ में आते हुए विपुल बोला। फिर बाहर आसमान की ओर देखता हुआ बोला, "लगता है बारिश रुक रही है धीरे-धीरे। रात के 10 बज रहे हैं। अब मुझे चलना चाहिए।"

चारु कुछ न बोली। जी चाहता था उससे अभी कुछ और बात करे। नहीं जानती थी वह कि विपुल को रोके या जाने दे। या किस अधिकार से रोके। चारु से लिए अख़बार अपने बैग में रखकर विपुल चारु के घर से चल दिया। दोनों स्नेहऊर्जित उर में अनकही बातें दबाए 'शुभरात्रि' कह जुदा हो गए।

2

महकती पंखुड़ियाँ

विपुल चला गया और चारु ठगी सी खड़ी रही। सीढ़ियाँ उतरते उसके कदमों की आहट का कानों से पीछा किया। जब कानों के महीन पर्दों पर किसी ध्वनि का अनुकंपन बंद हो गया तो भागकर खिड़की के पास पहुँची। फिर जाते हुए विपुल का अक्षिकंदुकाओं से पीछा करती रही जब तक वह दृश्य से ओझल नहीं हो गया। अपने ही मन को समझने में असमर्थ हो रही थी चारु। जबकि उसका मन और आँखें विपुल को तलाशती रहती हैं तब भी उसके सान्निध्य में वह इतनी तटस्थ, असम्बद्ध व उदासीन क्यों हो जाती है। क्यों उसके प्रेम की रोशनी के कतरों को अपने कारागार सम जीवन में पहुँचने से पहले ही विरक्ति के सायों से रोक देती है?

बादल फिर से गहराने लगे। रात का समय। घना अँधेरा। सड़क पर दूर-दूर तक कोई प्राणी नहीं। केवल जगह-जगह पानी के छोटे-छोटे कीचड़ वाले पोखर, जिनमें तेज़ हवा से झूलते पेड़ों की पत्रमाली टहनियों की कालिम परछाईं और भी भयावह लग रही थीं। लैम्प पोस्ट की रोशनी की परावर्तित किरणें इन अस्थायी तलैयों से टकराकर दूर तक विकीर्णित हो रही थीं। इस चिनमिन सी रोशनी के अलावा सड़क पर किसी वाहन की हेडलाइट या टेललाइट जली हुई नहीं दिख रही थी। समस्त जगत मानो आने वाले तूफ़ान के डर से अपने घरों में दुबका पड़ा हो। कोई भी तो आ-जा नहीं रहा। टैक्सी न जाने कहाँ मिलेगी विपुल को? मिली होगी कि नहीं? सभी चिंताएँ मन में आसन जमाने लगीं। विपुल की मनभावन मूरत ध्यान आते ही अनेक बातें झिलमिल सितारों की भाँति मेघाच्छादित कृष्णार्श को आलोकित कर गईं।

चारु ने 'सीनरी कॉलेज' में पिछले साल ही दाखिला लिया था, पर्यावरण यानि 'एनवायर्नमेंट' में स्नातकोत्तर निष्णात की डिग्री के लिए। चारु कॉलेज जाती, पढ़ाई करती और चुपचाप वापिस आ जाती। उसका न कोई दोस्त था, न सहेली, न हमजोली। संगी-साथी सब उसे अजीब सी निगाहों से देखते थे, जैसे वह कोई अजूबा हो। चारु को इससे कोई फ़र्क नहीं पड़ता था। या उसे इसकी आदत हो चुकी थी। वह जानती थी कि सामान्य से तनिक भी भिन्नता जनसमूह की नज़रों को गुड़ पर मक्खी की भाँति खींच लेती है। फिर उसके चेहरे और गर्दन पर उभरे हुए वे असामन्य चिह्न उसे जनसमूह के दृष्टिक्षेत्र का केन्द्र बना देते थे। वह सबकी ओर मुस्कुराकर देखती और आगे बढ़ जाती। कॉलेज में चाहे कोई उसे देखकर सामने उसकी प्रशंसा न करे, पर मन-ही-मन सब सराहना करते थे कि बहुत दृढ़, सबल और तेजस्वी छात्रा है।

जब द्विवार्षीय पाठ्यक्रम का प्रथम वर्ष आधा बीत चला, तब विपुल ने दाखिला लिया। कदाचित वह किसी अन्य शैक्षिक संस्थान से एक सत्र उत्तीर्ण कर आया हो। विपुल का व्यवहार मृदु पर नटखट, आदत बातूनी किंतु विवेकशील, आचार सक्रिय और सहायप्रवृत्त। विपुल का सान्निध्य हरेक के लिए ऐसे ही था जैसे दग्ध रेगिस्तान में मीठे जल का निर्झर।

विपुल ने पहली बार कक्षा में प्रवेश किया तो गुप्ता सर की 'विलवणीकरण तकनीक' (डीसैलिनेशन टैक्नोलॉजी) की कक्षा का कालांश था। सभी छात्र-छात्राओं ने मिलकर पहले से ही कक्षा के सामूहिक बहिष्कार की योजना बना ली थी। कक्षा में पड़ी चौड़े हत्थे वाली लकड़ियों की पंद्रह-बीस कुर्सियों में से एक पर चारु कक्षा के पिछले कोने में बैठी कुछ नोट्स बना रही थी। उसने आगंतुक पर एक सरसरी दृष्टि दौड़ाई और उसे अजनबी जानकर अपने कार्य में यथावत मग्न हो गई। विपुल ठीक उसके आगे वाली कुर्सी पर बैठ गया। थोड़ी देर की चुप्पी के बाद वह उठकर चारु के दाहिनी ओर खड़ा होकर उसकी नोटबुक में झाँकने लगा। चारु को बहुत असहज लगा किंतु वह अपनी आदत के अनुसार अविचलित अपना कार्य करती रही।

अब अचम्भित होने की बारी विपुल की थी। विपुल के अनुसार तो वह लड़की उसे अपने सिर पर से तुरंत हट जाने को कहेगी और विपुल को बातचीत करने का अवसर मिलेगा। पर ऐसा कुछ नहीं हुआ।

"कक्षा के सारे विद्यार्थी कहाँ हैं, आज छुट्टी तो नहीं है ना कॉलेज में?" विपुल से रहा न गया।

"गए हैं सब इधर-उधर। आप? आपका परिचय?" चारु ने सामान्य जिज्ञासा ज़ाहिर की।

"विपुल। विपुल चित्तवाल। ये गुप्ता सर की क्लास है ना?" अगला प्रश्न आया।

"हाँ, क्या आपको गुप्ता सर से मिलना है? वे तो स्टाफ़ रूम में होंगे।" कहते-कहते चारु ने अपनी नोटबुक का थमा काम पुन: थाम लिया।

"हाँ! उनसे तो मिलना ही है। बाकी सब से भी मिलना है।" विपुल को इस उपेक्षा की आशा नहीं थी।

"जी आप गलत जगह आ गए हैं। 'वाचनालय' उस ओर है।" खड़े होकर बाहर की ओर इशारा करते हुए चारु ने बताया, "इस कॉलेज में सभी प्रोफ़ेसर 'वाचनालय' में ही पाए जाते हैं।" उसने आगे जोड़ा ताकि विपुल को आगे कुछ पूछने की आवश्यकता ही न पड़े।

"तो क्या वे कक्षाओं में नहीं जाते?" विपुल आदत से मजबूर था।

"आज तो शायद ही कोई आए कक्षा में। सभी छात्रों ने 'मास बंकिंग' की है।" बड़ी अनिच्छा से चारु ने जवाब दिया। उसे अपने कार्य में विपुल की प्रश्नावली से अड़चन महसूस हो रही थी।

"तो आप क्या छात्रा नहीं हैं?" विपुल के प्रश्नों की बौछार थी कि अर्जुन के तीर, रुकने का कोई नाम नहीं।

"हूँ।" माथे को सिकोड़ते हुए चारू ने इस बे सिर-पैर के प्रश्न पर हैरानी जताई, "छात्रा हूँ। मास्टर्स पढ़ रही हूँ 'एनवायर्नमेंट' में। और कुछ?" झल्लाते हुए चारु ने उत्तर दिया। इस तरह ऊल-जलूल बातों में उलझाकर बाद में उसपर हँसने वाले बहुत सों से पाला पड़ चुका था उसका अब तक।

“फिर आप?” .... “यहाँ क्यों?” ... “कैसे?” कई सवाल विपुल के हलक में अटक गए।

“मैं कक्षा के बहिष्कार का समर्थन नहीं करती।” एक कटाक्ष के रूप में उभर आया यह उत्तर।

“कमाल है। तो आपके सभी मित्र आपको ज़बरदस्ती खींचकर बाहर नहीं ले गए क्लास से?” एक और अचरज ने घेरा डाला।

“ह-ह-हा, आपने अपना परिचय नहीं दिया।” चारु को हँसी आई क्योंकि वह जानती थी कि यह नया छात्र अभी यहाँ के सामान्य व्यवहार से नावाकिफ़ है।

“दिया तो। विपुल चित्तवाल। आते ही दिया था। बल्कि आपने अपना परिचय नहीं दिया।” विपुल ने मद्धिम नर्म आवाज़ व दोस्ताना अंदाज़ में कहा।

“मेरा मतलब कि आप तो प्रोफ़ेसर गुप्ता से मिलना चाहते थे न?” चारु को वह अन्यों से कुछ भिन्न दिखाई दिया था। विपुल की ध्वनि की मखमली शीतलता उसे सुखद वार्ता में उसकी चाह के विपरीत जकड़े ले रही थी।

“मिलने की तो ऐसी कोई वजह नहीं। मैं कोई उन्हें अपनी शादी का कार्ड देने थोड़े ही आया हूँ। मैं भी आपकी तरह इस कक्षा का छात्र हूँ। कल ही दाखिला लिया है।” चटपट हँसते हुए विपुल ने अपना अधूरा परिचय पूरा कर डाला।

“ओह!” चारु को समझ आया तो अचरज भी हुआ, “सत्र के बीच में?” बातों का सिलसिला चल निकला।

“क्यों कुछ बुराई है?” मस्ताना शैली में पूछा।

"जो कक्षाएँ अब तक हो चुकीं, उनका क्या?" एक अवश्यम्भावी शंका ने अपनी आकृति ली।

"वो आप मुझे पढ़ा देना।" बड़ा बेबाक-सा लापरवाह उत्तर आया।

"अच्छा! आपको ऐसा क्यों लगा कि मैं उन विषयों में पारंगत हो गई हूँ।" भवों को सिकोड़ हैरत प्रदर्शन कर चारु बोली।

"नहीं भी हुईं, तो अब हो जाओगी।" आत्मविश्वास के छलकने की हद थी।

"पहली ही कक्षा के हिसाब से आप कुछ ज़्यादा बिंदास नहीं हैं।" चारु ने विपुल की गुस्ताख़ी पर ध्यान दिलाया।

"देखिए! पहली ही कक्षा बहिष्कृत निकली। एक आप ही पढ़ती हुई दिखाई दीं। अगर आप उन विषयों में पारंगत नहीं हुई हैं तो मेरा दावा है कि कोई और भी नहीं हो सकता।" विपुल की दिलेरी की सीमा न थी।

"हो सकता है मैं कुछ नहीं सीख पाई अब तक, इसलिए कक्षा में बैठी हुई हूँ।" अनुमान के निराधार को पुष्ट करने का हर तर्क उपस्थित था।

"इंसान पहले सीख के सिखा सकता है और फिर सिखा के सीख जाता है।" विपुल के द्वारा ज्ञानवाणी का प्रकाशन हुआ।

"अधिक बहस से कोई लाभ नहीं। यह जान लो कि मुझसे मित्रता करना आसान नहीं है।" बस इतना ही कह पाई चारु। क्या बताती एक क्षणिक सी मुलाकात में... कि उससे मित्रता कोई करना नहीं चाहता। कदाचित यह नवागंतुक भी कल से उससे उसी तरह पेश आए, जैसे बाकी छात्र-छात्राएँ आते हैं।

“ऐसी गलतफ़हमी क्यों पाली आपने? मेरी तो हो गई आसानी से।” विपुल ढीठों की तरह पीछा छोड़ने को तैयार न था।

“कब तक टिकेगी?” चारु ने आशंका जताई।

“क्या आप इतनी सख्त दिल हैं? एक सहपाठी से भी मित्रता नहीं!” विपुल ने हृदय के किसी कोने में अनायास ही दस्तक दी।

“मित्रों में कुछ सामान्य गुण होते हैं।” चारु ने मित्रता की परिपाटी बताई।

“कुछ सामान्य अवगुण भी हो सकते हैं। और... और एक दूसरे के पूरक या विरोधी गुण भी हो सकते हैं।” तर्क-वितर्क में विपुल का सानी नहीं था।

“आप क्यों बहस पर आमादा हैं। आखिर आप चाहते क्या हैं?” चारु की बुद्धि ने काम करना बंद कर दिया था।

“कैंटीन में आपके साथ एक कप चाय।” एक बेशर्म सा जवाब आया।

“मैं उस किस्म की लड़की नहीं हूँ।” चारु बेहिचक स्पष्ट बोल उठी।

“क्या एक कप चाय साथ पीने वालों की कोई किस्म होती है? मेरे विचार से हर मनुष्य अलग किस्म का होता है। फिर हम इंसान हैं, कोई चाय की पत्ती नहीं।” विपुल के इस विनोदपूर्ण जवाब ने चारु को निरुत्तर कर दिया। वह कुछ क्षण खड़ी रही।

“मैं चाय नहीं पीती।” अचूक अस्त्र की तरह यह आखिरी बाण चलाया चारु ने।

“कोई बात नहीं। क्या अपना नाम बताने में कोई आपत्ति है आपको?” विपुल किसी अड़ियल घोड़े सा मान ही नहीं रहा था।

"चारु। चारु मृदुल सक्सेना" बचने का उपाय न देख चारु ने बताया।

"वाह क्या नाम है!" विपुल के निर्लज्जता से कहते ही चारु ने उसे गुस्से से देखा।

"नाम का मतलब भी जानते हैं आप?" चेहरे की कठोरता के साथ जबान अंगारे उगल रही थी।

"सुंदर। सुंदर एवं कोमल। ठीक कहा न मैंने? यही मतलब है न आपके नाम का।" विपुल को अपने उत्तर पर आत्मविश्वास था।

"..." शब्दों के स्थान पर आँखों में चिंगारी धधकी।

"किसी को मतलब न भी पता हो तो आपसे मिलकर पता चल जाए।" विपुल के द्वारा कहे गए इस वाक्य को सुनकर धरती की ओर ताकती चारु की आँखों में दहकते शोले बिखर गए। कोई भी आम लड़की इस वाक्य को अपने लिए प्रशंसा के रूप में ही लेती, पर चारु..., चारु आम नहीं थी।

"विपरीतार्थक..." कहकर चारु एक झटके से उठी और कक्षा से बाहर निकलकर न जाने किस मोड़ से किस गली में गुम हो गई। विपुल वहीं खड़ा कुछ मिनटों के इस वार्तालाप का अर्थ समझने की कोशिश करता रहा। चारु की इस प्रतिक्रिया को वह उसके व्यवहार का रूखापन समझे या उसकी अकड़ और दर्प, सोचकर चकरा गया विपुल। और चारु अपनी सोच की लापता गलियों में अपमान का विष पीकर असहय पीड़ा से छटपटाती अपनी ही दीवारों से टकरा रही थी। अपना नाम बताने से भी कतराने लगी थी चारु।

छः माह पूर्व जब उसने 'सीनरी' कॉलेज में प्रवेश लिया था, रजिस्ट्रार के ऑफ़िस में वह प्रवेश के फ़ॉर्म भर रही थी। उसी समय एक छात्रा ने उससे फॉर्म

संबंधी कुछ जानकारी पूछी। चारु ने उसे सब समझाया। फिर उसने चारु के फ़ॉर्म पर उसका नाम पढ़कर हल्की आवाज़ में बुदबुदाया। रजिस्ट्रार के दफ़्तर से बाहर निकलते ही उस लड़की ने हमउम्र छात्रों के समूह में सबको और पास आने का संकेत किया। कुकुरमुत्ते की तरह सबने गुप्त बात जानने के लिए सिर से सिर भिड़ाए। लड़की ने कुछ कहा और सारे खिलखिलाकर हँस पड़े। फिर तो उन छात्रों में से हर एक ने बारी-बारी उझक कर चारु की शक्ल देखने की कोशिश की। जैसे-जैसे उन्होने चारु को देखा, वैसे-वैसे ही ठहाकों की कंकड़ियाँ वातावरण में उछलती रहीं। शर्म और क्रोध से चारु का चेहरा तमतमाता लाल हो गया।

यह अपमान उसने एक बार नही, दो बार नहीं, बार-बार झेला। घर जाकर वह ज़ार-ज़ार रोया करती। आसान तो नहीं था किंतु अंत में उसने इन प्रतिक्रियाओं की ओर से स्वयं को प्रभावशून्य कर लिया। अपना नाम ही चारु को सबसे बड़ा दुश्मन दिखाई देता था। प्रारंभ में तो अध्यापक भी उसे कक्षा भर गौर से देखा करते। उसके चेहरे के निशानों में वे उसके व्यक्तित्व के धब्बे ढूँढा करते। धीरे-धीरे उसने इस परिहास को उसने जीवन के अंग के रूप में स्वीकर कर लिया। अपने आत्मबोध के बिखरे टुकड़ों को समेट चारु ने सब हीन भावनाओं को पीछे छोड़ कक्षाओं में पढ़ाई के दौरान प्राध्यापकों से भिन्न-भिन्न प्रकार के गूढ़ प्रश्न व शंकाओं को पूछना प्रारम्भ किया ताकि वह पढ़ाई पर ध्यान केंद्रित कर सके। कुछ ही दिनों मे प्राध्यापक कक्षा में पढ़ाते हुए बस चारु को ही गौर से देखा करते। परंतु गौर से देखने का अर्थ अब सम्पूर्णतया बदल चुका था। चारु ने पढ़ाई में खुद को पूरी तरह डुबो दिया था। अत: सारे कटाक्ष और हर खिल्ली उस पर बेअसर हो चले थे। शनै: शनै: आत्मसम्मान भी लौटकर चारु का पता पूछने लगा था।

विपुल से पहली मुलाकात की उस रात बहुत यत्नपूर्वक अभ्यस्त चारु के कानों में उसके अपने नाम के अर्थ ने जैसे सीसा सा घोल दिया। सारी रात मेघ

बरसते रहे। कुछ मेघों का बरसना सबने देखा, कुछ का किसी ने नहीं। आँखें सूज गईं थीं। नाक लाल व गला भर्राया हुआ। अगली सुबह उसे कॉलेज पहुँचने को देरी हो गई। भागते-दौड़ते 'सीनरी' पहुँची।

चारु कक्षा में पहुँची। कल क्लास बंक करने के बाद आज सभी छात्र-छात्राएँ कक्षा में थे। विपुल भी था। कक्षा में छात्राएँ दाईं ओर तो छात्र बाईं ओर बैठने के आदी थे। चारु ने दाईं ओर देखा। सारी कुर्सियाँ भरी हुईं थीं। बाईं ओर बस विपुल से अगली सीट ही खाली थी। चारु वहीं जाकर बैठ गई। प्रवक्ता गोपाल सर की कक्षा थी। 'पर्यावरणीय रसायन एवं सूक्ष्म अणुजीव विज्ञान' आज का विषय था। गोपाल सर बहुत सख्तमिजाज थे। उनकी कक्षा में शिष्यों के पास पुस्तक का होना अनिवार्य था। विपुल के पास पुस्तक न थी। चारु ने शिष्टतावश अपनी पुस्तक आगे बढ़ा दी। दोनों ने एक ही किताब से अध्ययन किया। नया छात्र देखकर गोपाल सर ने कुछ न कहा। विपुल कल के वाकये से हतप्रभ था। अत: उसने चारु से कुछ छेड़-छाड़ नहीं की।

अगले दिन कक्षा में विपुल आगे व चारु उसके पीछे बैठी थी। गोपाल सर की कक्षा का समय था। विपुल ने गोपाल सर को आते हुए देखा तो पीछे मुड़ा और चारु की पुस्तक उसकी मेज़ से उठाकर अपने समक्ष रख ली। चारु ने इस धृष्टता पर आँखें तरेरीं, परंतु विपुल कोई प्रतिक्रिया दिए बिना लापरवाही से अपनी मेज पर पुस्तक को सजाकर सर के स्वागत में कक्षा के बाकी छात्रों के साथ ही खड़ा हो गया। चारु कुछ न बोली। मन मसोस कर रह गई। यह सिलसिला एक-दो दिन और चला। पिछला कार्य पूरा करने की विपुल की व्यस्तता को समझते हुए चारु ने यह बलिदान भी स्वीकार किया। फिर सप्ताहांत का अवकाश था।

सोमवार को जब कक्षा शुरु हुई तो चारु को पूरी उम्मीद थी कि रविवार को छुट्टी के दिन विपुल ने बाज़ार से पुस्तकें खरीद ली होंगी। कक्षा में चारु

छात्राओं के मध्य आगे की सीट पर अकेली बैठी थी और विपुल छात्रों वाली साइड में सबसे पीछे। परंतु गोपाल सर की कक्षा आते ही विपुल लगभग उछलकर आगे की सीट पर आ गया और जैसे ही चारु की पुस्तक को अपनी ओर सरकाने की चेष्टा भर की कि चारु ने अपनी पुस्तक वापिस अपनी ओर खींच ली। विपुल ने घूरकर चारु को ऐसे देखा कि जैसे वह उसी की ही पुस्तक हो और चारु उस पर अनधिकृत रूप से कब्ज़ा करे हो। इसी खींचातानी में गोपाल सर ने कक्षा में प्रवेश किया और दोनों को झगड़ते पाया।

"जब अपनी पुस्तक नहीं लानी होती तो कक्षा में आते ही क्यों हो? अपनी किताब लाते नहीं हो और औरों को भी पढ़ने नहीं देते।" चारु ने धीमी मगर सख़्त आवाज़ में आपत्ति की।

विपुल चुप कभी उसे गुस्से से घूरता तो कभी गोपाल सर को देखता कि वे कहीं उनके झगड़े और उसकी वजह को पहचान न लें। चारु ने बेपरवाही से अपनी पुस्तक अपने सामने रखी और आज के पाठ्य को समझना शुरु किया। थोड़ी देर बाद उसे एहसास हुआ कि बाजू वाली मेज पर भी पुस्तक है यानि विपुल पुस्तक में से पढ़ रहा है। ये उसने किसकी पुस्तक हथिया ली? चारु के आश्चर्य की सीमा न थी। गौर से विपुल का चेहरा देखते हुए पढ़ने की कोशिश करने लगी कि कहाँ से आई है ये किताब। पीछे भी नज़र घुमाकर देखा, लगभग सब मेज़ों पर या हाथों में किताबें खुली हुईं थीं।

किसकी बुक ली तुमने? कक्षा समाप्त होने पर वह पूछे बिना न रह पाई।

"मेरी है।" खीजभरा और तुनक मिजाज़ उत्तर आया।

चारु ने विपुल के आगे रखे-रखे ही पुस्तक पलटकर उसका मुखपृष्ठ देखा; नाम लिखा था- विपुल चित्तवाल। चारु का मुँह ताज्जुब से जो खुला तो खुला का

खुला ही रह गया। विपुल ने उसके हाथ से किताब ली, बंद की और अपने बैग में डाल ली। चारु के खुले मुँह को अपने हाथों से बंद कर शरारती मुस्कान बिखेर कक्षा से निकल गया।

कुछ ही दिनों में विपुल की दोस्ती कक्षा के कुछ अन्य छात्र-छात्राओं से हो चुकी थी, जिनमें से सौम्या, अतिरा, वार्ष्वी, निक्षिप, अनिकेत, अश्विन के नाम प्रमुख थे। विपुल का विनोदपूर्ण स्वभाव सबको मोहित कर लेता था। मित्र बनाने में उसे किसी दिक्कत का सामना नहीं करना पड़ा था। मुसीबत के समय सबकी सहायता करने का गुण और मनमौजी स्वभाव चुम्बक की तरह सबको विपुल की ओर खींच लाता था।

एक बार प्राध्यापक कक्षा में दाखिल हुए तो एक कागज़ी हवाईजहाज़ उनके सिर से आ टकराया। प्राध्यापक के कठोर मुद्रा में सभी छात्रों को घूरने भर की देर थी कि विपुल ने बिना एक क्षण गँवाए आगे बढ़ जहाज़नुमा कागज़ पकड़ा और प्राध्यापक को यह मानने पर मजबूर कर दिया कि वह सालाना जलसे के लिए एक नाटक का कथानक तैयार कर रहा था और यह कागज़ उसी नाटक का हिस्सा है। प्राध्यापक दूध पीते बच्चे नहीं थे, पके हुई बालों की लटें अनंत अनुभव की कथाएँ बयाँ करतीं थीं, परंतु अपने साथियों के लिए विपुल का प्रेम और समर्पण देख प्राध्यापक के लिए उसकी झूठी कहानी को सच मान लेने में ही बड़प्पन था।

सभी छात्र-छात्राओं ने पिकनिक का प्रोग्राम बनाया तो समस्या थी कि कौन बिल्ली के गले में घंटी बाँधे अर्थात् प्रार्थना-पत्र पर डीन महोदय के हस्ताक्षर कौन ले। यह बीड़ा भी विपुल ने उठाया। विपुल के द्वारा सुंदर अक्षरों में लिखे प्रार्थना-पत्र ने छात्रों के साथ-साथ प्राध्यापकों पर भी मोहिनी-सी डाल दी। अर्जी मंजूर हुई। 'इलैक्ट्रा वर्ल्ड' में पिकनिक मनाई गई जिसकी आद्यांत तैयारी विपुल

ने जी-जान लगाकर की। उस पिकनिक के बाद से कोई ही होगा जो विपुल को नापसंद करता हो। छात्रों के पहली पसंद विपुल और अध्यापकों की चारु। चारु के बाद दूसरा नम्बर विपुल का था जिसे सब अध्यापक-प्राध्यापक स्नेह करते थे।

'सीनरी' से एक मासिक पत्रिका 'अभिनव' प्रकाशित होती थी। विद्यार्थियों तथा शोधार्थियों के शोध-पत्र तथा आलेख उसमें सम्मिलित किए जाते थे। कुशाग्रबुद्धि विपुल को प्रोफ़ेसर ने उसमें आलेख योगदान करने के लिए प्रेरित किया। विपुल तीव्रबुद्धि अवश्य था किंतु रचनात्मक लेखन में उसकी अभिरुचि नहीं थी। अधिक ज़ोर देने पर वह पुस्तकालय से 'अभिनव' के कुछ पुराने अंक उठा लाया। विपुल ने कई दिन 'अभिनव' के लेख व शोध-पत्र पढ़ने की कोशिश की परंतु नाकामयाब रहा। गहरी नींद का भारी वज़न उसकी आँखों को जकड़ कर बंद कर देता और कुछ घंटे बाद उसकी आँख खुलती तो अधखुली हुई पत्रिका उसके सीने से उलटी चिपकी पड़ी होती। पत्रिका के पन्ने उलटते-पलटते एक दिन विपुल की नज़र एक लेख पर जा टिकी। लेखिका का नाम देखा- चारु मृदुल सक्सेना। आँखों की पुतलियाँ कुछ और चौड़ी हो चलीं। उत्सुकता और कौतुहल के मजबूत अवरोध ने बंधक नयनों के विद्रोही ढकनों को नीचे गिरने से रोके रखा। लेख का शीर्षक 'शून्य, सिफ़र और ज़ीरो' विपुल को अपनी गहराइयों में खींच ले गया। वह अक्षर-ब-अक्षर, शब्दश:, वाक्य-दर-वाक्य पढ़ता चला गया।

शून्य, सिफ़र और ज़ीरो

देखने भर से तो एक ही लगते हैं- शून्य, सिफ़र और ज़ीरो। एक ही अंक के तीन नाम हैं भिन्न भाषाओं में। समझो, तो इन तीनों का अर्थ अलग-अलग है, भाषा में प्रयोग भी। शून्य वह, जिसका आविष्कार आर्यभट्ट ने किया था; गुणात्मक वृद्धि का परिचायक। किसी रकम की अनुपस्थिति- सिफ़र तथा अंक के मूल्य को विभाजित कर खत्म कर देने वाला- ज़ीरो।

अगर इसे जीवन से जोड़ कर देखें तो; शून्य- जीवन में रिक्तता का द्योतक है, सिफ़र- मूर्खता का सूचक है और ज़ीरो- पिछड़ेपन की निशानी है। आज के आधुनिक युग में हम कुछ ऐसी ही दुनिया में है जहाँ सबका मूल्य एक ही है। कोई शून्य है, कोई सिफ़र तो कोई ज़ीरो।

प्रगतिशील होने के परिणाम स्वरूप हमने जीवनशैली में दो पहलुओं को बहुत तूल दिया; एक पर्यावरण और दूसरी स्वच्छता। शिक्षित, जागरूक एवं परिवर्तनशील मनुष्यों में इन दो विषयों को लेकर जो होड़ लगी, वह अपने आप में एक अजूबा है। वस्तुत: होड़ परिवर्तन लाने की नहीं, स्वयं को विकसित दिखाने की है। गहराई से विश्लेषण किया जाए तो एक समय में एक ही पहलु को अपनाया जा सकता है- स्वच्छता या पर्यावरण। विश्वास नहीं होता न!

स्वच्छता के दो मुख्य आयाम हैं- साफ़-सफ़ाई (cleanliness) और आरोग्यता (hygiene)। साफ़-सफ़ाई का कोई पर्याय, कोई विकल्प नहीं है। यह एक अनिवार्य क्रिया है। आरोग्यता का पालन बहुत स्वस्थ विचार है। दुविधा आरोग्यता संबंधी मिथ्या धारणाओं और उनके अंधानुकरण से पनपती है। आरोग्यता का पहला नियम- कीटाणुमुक्त वस्तुओं अथवा पदार्थों का प्रयोग। कीटाणुमुक्त का अर्थ मुख्यत: इस प्रकार लिया जाता है कि किसी अन्य के प्रयोग के बाद उसे छूना मात्र रोग को निमंत्रण देना है।

निर्वर्त्य पात्र-बर्तन-साधन (disposable items) अर्थात् एक बार प्रयोग कर के फेंकने वाली सामग्री का अधिकाधिक प्रयोग स्वच्छता को सुनिश्चित करता है और पर्यावरण को दूषित। महीन तंतुओं से बने रुमाल यानि 'टिशु पेपर' से प्राप्त स्वच्छता वृक्षों की आरी की तेज़ धार से हासिल होने वाली वस्तु है। वरिष्ठ छात्र द्वारा प्रयुक्त पुरानी पुस्तकें, कॉपियों का प्रयोग करने के स्थान पर नए विद्यार्थी नई पुस्तकें उपयोग में लाना शान समझते हैं, जिनके निर्माण में अनगिनत

पेड़ों पर कुल्हाड़ी चल जाती है। महँगे चिकित्सा केन्द्रों में डॉक्टर के द्वारा उपयोग में लाए जाने वाले दस्ताने, पलंग की चादर से लेकर जाँच उपकरणों के आवरण; हर मरीज़ को देखने के बाद बदल कर फेंक दिए जाते हैं; इस कचरे का अम्बार क्या कभी गल-घुल कर किसी प्राकृतिक पदार्थ की भाँति व्यवहार कर सकता है? यह केवल पर्यावरण के लिए घातक घटक में ही तब्दील हो सकता है। सोचने वाली बात है कि प्राणी किस हद तक दूसरे के संसर्ग से स्वयं को बचा सकता है जबकि धरती पर 750 करोड़ मानव हैं।

रासायनिक सुगंधित स्प्रे में प्रयोग होने वाला नाइट्रस ऑक्साइड वायु प्रदूषण को न्योता देता है। हाथ धोने के लिए साबुन की टिक्की कहीं पीछे छूट गई है, एंटी बैक्टीरियल सैनिटाइज़र जैल का प्रयोग स्वच्छता को बढ़ाता है क्योंकि इसमें ट्रिक्लोसान नामक कीटाणुनाशक रसायन होता है। पर कभी सोचा है कि इसके प्रयोग वाला पानी जब अनेक प्रक्रियाओं से गुज़रता हुआ प्राकृतिक जल स्रोतों में मिलता है तो क्या होता है? यह नदी, तालाब, झील के जीवों के साथ-साथ किनारे पर उगने वाले पेड़-पौधों को भी मार डालता है। मृदा अपरदन, भूमि कटाव इसके दूरगामी परिणाम तो हैं ही।

पर्यावरण जागृति के लिए स्कूलों-कॉलेजों में पोस्टर बनाकर जागरूक करने का प्रयास जारी है; यह सोचे बिना कि कम से कम कागज़ का इस्तेमाल कर पर्यावरण बचाने की आवश्यकता है न कि इसे बर्बाद कर। दुनियाभर की संस्थाएँ तरह-तरह की ड्रॉइंग-पेंटिंग-पोस्टर प्रतियोगिताओं द्वारा सबसे बड़ी पर्यावरण हिमायती होने का दावा करती हैं और इस प्रक्रिया में पर्यावरण का ह्रास होता जाता है। वातानुकूलित भवनों में बैठकर जो व्यक्ति तथाकथित पर्यावरण के वरिष्ठ संरक्षक कहलाते हैं, उनके सैंट्रल एयरकंडीशनर से ग्लोबल वार्मिंग कम होती है क्या?

'पर्यावरण संरक्षण' के तहत लगाए गए तरु-विटप कुछ समय बाद सड़क-आवास निर्माण की भेंट चढ़ जाते हैं। प्राकृतिक सौंदर्य से भरपूर स्थल पर्यटक गंतव्य बनकर अपकर्ष को प्राप्त होने लगते हैं। पर्यावरणीय स्वच्छता के लिए यदि टूटकर झड़े पत्तों, टहनियों, तनों से एकल प्रयोग के बर्तन बनाए जाएँ तो स्वच्छता पीछे छूट जाती है।

दोनों विरोधात्मक हैं। एक का सकारात्मक प्रभाव दूसरे को नकारात्मक स्थिति में परिणत करता है। दोनों स्थितियाँ मिलकर शून्य, सिफर और ज़ीरो का निर्माण करती हैं।

-चारु मृदुल सक्सेना

लेख पढ़कर विपुल का मन प्रशंसा से भर उठा। उसी शाम भाव-विभोर-सा वह 'अभिनव' का चार मास पुराना अंक अपने हाथों में दुबकाकर चारु के घर पहुँच गया। चारु अपनी बगिया तथा मकान-मालकिन दोनों की देख-भाल करती दिखाई दी।

"इधर कैसे आना हुआ?" अनिच्छा से स्वागत करते हुए चारु ने पूछा।

"बस! यूँ ही। इस पत्रिका में तुम्हारा लेख पढ़ा तो तुरंत मिलने की इच्छा को दबा न सका।" चहकता सा विपुल बोला।

"मैं कल कॉलेज आ तो रही थी।" चारु को विपुल का इस तरह मुँह उठाए चले आना रास नहीं आया।

"भावनाएँ समय की पाबंद कहाँ?" विपुल अपनी भावनाओं के आवेग में प्रफुल्लित था।

"तो बताओ, क्या ज़रूरी बात है?" अनमनी-सी बोल उठी चारु।

"श्रद्धा के जिस पड़ाव से यात्रा शुरु की थी, उसी के स्रोत को प्रत्यक्ष देखने की इच्छा थी।" विपुल के शब्द घूम-फिरकर, गिरते-पड़ते लड़खड़ाते मार्ग खोजने के अभ्यस्त न थे।

"हँ! बातें तो बहुत बड़ी-बड़ी कर लेते हो।" मन अपने ही मन को कहीं टटोलने लगा था।

"दिल भी बड़ा रखता हूँ 'मिस'।" गर्व से विपुल बोला।

"बहुत मुबारक हो। आने का विशेष कारण?" चारु को मुख्य मुद्दे से बहकने की आदत न थी।

"श्रद्धा को अनुराग से बदलना चाहता हूँ।" मैग्ज़ीन को अपने सीने से चिपकाकर उसे अपने दोनों हाथों से वहीं टिकाता हुआ विपुल थोड़ा उचककर बोला।

"व्यापार नहीं होता यहाँ।" विपुल की कोमल भावनाओं को समझते हुए भी चारु की निष्ठुर वाणी प्रेम के हर नवीन कण को धूल-धूसरित कर आँधी में उड़ा देना चाहती थी।

"मैं इसे समर्पण कहता हूँ।" विपुल की अवाज़ में ठहराव था। कोई आवेग नहीं था। कदाचित उसे चारु के व्यक्तित्व से इसी तरह की प्रतिक्रिया की उम्मीद थी।

"मुझे इसकी आवश्यकता नहीं।" चाटुकारिता से बेअसर एक दृढ़ निर्लिप्त-सा उत्तर आया।

"किंतु मुझे है।" ज़िद्दी के लिए ज़िद का कोई अवरोध नहीं। वह कोई हद पार पर सकता है।

"अपने समर्पण के लिए कोई और ठिकाना ढूँढो।" अबकी बार आवाज़ में कुछ नरमी दिखाई दी विपुल को।

"क्या मुझमें कोई खोट है?" विपुल की आँखें चारु की आँखों में बसे भावों के वेग को नापने को उसके चेहरे पर जम गईं।

"खोट होता तो शायद बेहतर होता।" चारु के अंत:करण की कामना की यही सच्चाई थी।

"...." आश्चर्य से आँखें फैल गईं विपुल की। "क्या दोस्त मानने से भी ऐतराज़ है?"

"दोस्ती! ... एक बहुत ही विस्तृत रिश्ता है ये विपुल। क्षणिक आकस्मिक लचीले भावों से इसके वेश के सुदृढ़ ताने-बाने नहीं बना करते हैं।" समझाने की चेष्टा की चारु ने।

"मैं यह विस्तार स्वीकार करने को उद्धत हूँ।" विपुल का समर्पण अतुलनीय था। अब तक ऐसा कोई जुनूनी चारु से टकराया न था।

"मैं इस स्थिति में नहीं हूँ।" "तुम्हारा बहुत सम्मान करती हूँ। इस मान को नाम देने की कोशिश मत करो।" संजीदा हो चली चारु ने विषय बदला, "चाय लाऊँ?"

चारु चाय बना लाई। दोनों चुपचाप चाय पीने लगे।

"आज पहली बार मेरे साथ चाय पी रही हो। याद है वह दिन जब मैंने कैंटीन में चाय पीने का प्रस्ताव रखा और तुम भड़क उठीं थीं।" विपुल बोला, "आज वह प्रस्ताव स्वीकृत हुआ है। सरकारी कामों में देर तो लगती ही है, मेरे सरकार।" एक हलकी हँसी के साथ विपुल ने शरारत की।

एक बारह-तेरह साल की बच्ची ने घर में प्रवेश किया।

“आज कक्षा देर तक चली शुभदा? चारु ने प्रश्न किया।

“हाँ आई!” बच्ची की स्वीकारोक्ति के साथ संलग्न संबोधन ‘आई’ ने विपुल के विचारों को असमंजस के दरिया में धकेल दिया। ऊहापोह के दलदल में गोते लगाते विपुल ने स्वयं को संयत कर बच्ची का रुख किया और बड़े स्नेहपूर्वक पूछा, “कौन सी कक्षा में पढ़ती हो?

“नौवीं” विपुल को देख थोड़ा सकुचाते हुए वह बोली। वह अजनबी को पहली बार देख रही थी।

“बहुत अच्छा! और क्या-क्या करती हो?” विपुल अनायास ही बच्ची की ओर उद्धत हो गया।

“अंतरिक्ष विज्ञान पर किताबें पढ़ती हूँ। और जीवनियाँ। महापुरुषों की जीवनियाँ पढ़ने का भी मुझे बहुत शौक है।” इतनी रुचि लेने वाले से पूर्व परिचय नहीं था शुभदा का।

“ये तो बहुत अच्छी बात है। मैं नियमित पढ़ने वालों का बहुत सम्मान करता हूँ। क्योंकि मेरे बस की बात तो है नहीं। किसकी जीवनी तुम्हारी फ़ेवरेट है?” शुभदा से ही मुख़ातिब था विपुल।

अभी मैंने बहुत तो नहीं पढ़ी हैं। पर जितनी भी पढ़ पाई हूँ उनमें से ओमप्रकाश वाल्मिकी की ‘जूठन’ बहुत मर्मस्पर्शी है।” अपने कंधे पर झूलते बस्ते को संगवाते हुए शुभदा ने बताया।

“शुभदा! ये विपुल हैं, मेरे सहपाठी।” चारु ने इकमुखी परिचय कराया।

"प्रणाम विपुल दा!" यह संबोधन भी चौंकाने वाला था। विपुल का सिर घूम गया। शुभदा और चारु के नाते के बारे में कुछ पूछने की उसकी हिम्मत न हुई।

शुभदा को उसके उज्ज्वल भविष्य की शुभकामनाएं देकर कुछ देर की बातचीत के बाद विपुल उठ खड़ा हुआ। दरवाज़े तक पहुँचा ही था कि देखा आसमान काले बादलों से घिरा है। यह संध्या तिमिर है या कि वर्षा के आगमन की सूचना है; कहना मुश्किल था। विपुल का भावुक मन भी कहीं इन मेघों की भाँति अनेक विचारों से लदाबदा था।

"तेज़ बारिश होने वाली है विपुल! ध्यान से जाना। पहुँचकर सूचित करना।" चारु की ये हिदायतें भीतर ही भीतर विपुल को मोहित कर गईं। वह उल्लसित-प्रमुदित मन लेकर ढप-ढप-ढप सीढ़ियाँ उतरता चला गया। एक बार पलटकर चारु को देखा। वह अपनी ऊँचाइयों की ड्योढ़ी पर खड़ी उसे दृष्टिविलुप्त होने तक निहारती रही।

"आई! विपुल दा आपको अथाह प्रेम करते हैं। आप जानती हैं न?" विपुल के जाने के बाद शुभदा में अचानक अपनी माँ की झलक मारती दिखाई दी चारु को।

"धत! क्या पागलों वाली बात कर रही है शुभदा।" चारु ने झिड़का। बादलों के घोर गर्जन में अपने हृदय की गड़गड़ाहट को छुपाने में सफल रही थी वह।

"आप कब तक सच्चाई से मुँह फेरती रहोगी, आई! जो बात मैं जान सकती हूँ, क्या आप उससे अनजान रह सकती हो?" शुभदा ने परिपक्वता का परिचय दिया। चारु उसकी बातों से हैरान-परेशान थी। परंतु वह स्वयं भी तो दस

वर्ष की उम्र में उसी परिपक्वता को प्राप्त कर गई थी इन घटाटोप वारिद की मानिंद।

“मेरा जीवन तेरे सान्निध्य से महकता है पगली। मुझे प्रेम की सुगंध कभी विचलित नहीं करती। चाहे कितनी भी महकती पंखुड़ियाँ बिखरी हों आस-पास।” चारु ने अपना सारा स्नेह-वात्सल्य उँडेलकर उत्तर दिया। शुभदा ने आई के गले में बाँहे डाल दीं। “तू इन बातों पर ध्यान न दे। तेरा जीवन सफल बनाना ही मेरे जीवन का लक्ष्य है।” शुभदा ने अभी उलझना उचित न समझा। परंतु विचारों के बीहड़ कानन में कोई विचरण कर रहा था, जो कह रहा था कि तेरी आई का जीवन फिर से महक सकता है। व्योम में व्याप्त निष्प्रभ तम की प्रतिच्छाया उज्ज्वल भवागम को कुहासे में ढाँपकर दृष्टिशून्य वातावरण की रचना कर रही थी।

दोनों अपने-अपने भावजाल में भटक रहीं थीं कि दरवाज़े पर किसी ने दस्तक दी। खोला तो देखा सिर से पैर तक भीगा विपुल सामने खड़ा था।

“मेरा बटुआ यहीं छूट गया। वहाँ रखा होगा सामने मेज़ पर।” विस्मित चारु की जिज्ञासात्मक निगाहों को शांत किया विपुल के वाक्य ने। आगे बढ़ अपना बटुआ उठाया और दरवाज़े की ओर लपका।

“बाहर मूसलाधार मेघ बरस रहा है। तुम्हारा अभी लौट जाना ठीक नहीं। मैं ऐसे नहीं जाने दे सकती तुम्हें।” चारु के वाक्य कान में पड़े तो कदम ठिठक गए। खुद-ब-खुद पलट गए। वह ठहर गया।

“तुम्हें पता है क्या कि मसदर इंस्टिट्यूट, आबु धाबी के ‘ईको-टेक-फ़ेस्ट’ में भेजने के लिए ‘सीनरी’ से शोध-पत्र आमंत्रित किया गया है?” खूँटी पर टँगे तौलिए से शरीर सुखाते हुए विपुल ने अति महत्त्वपूर्ण सूचना विज्ञापित की।

"सूचना-पट पर पढ़ा था आज ही।" गहराई की पड़ताल किए बिना चारु बोली।

"पढ़ कर भी चुप बैठी हो? तैयार नहीं करोगी शोध-पत्र?" हल्की-मीठी झिड़की का आभास हुआ।

"बहुत से मेधावी छात्र-छात्राएँ हैं विपुल। मैं इस योग्य कहाँ?" आत्म-विश्वास की कमी थी कहीं।

"हीरे को अपनी कीमत नहीं पता होती। तुम प्रोफ़ेसर तिवारी से बात कर देखो कल ही।" विपुल का आदेशात्मक सुझाव था।

"तुम भी तो तैयार कर सकते हो।" सुझाव का प्रतिकार था।

"मेरे बस की बात होती तो तुमसे कहता? कोशिश करता कि तुम्हें इसकी भनक भी न लगे। तुम ही तो मेरी सबसे बड़ी प्रतिस्पर्धा हो।" विपुल की हँसी छूटी।

"तुम मुझसे प्रतिस्पर्धा रखते हो?" मुसकुराकर चारु ने पूछा।

"प्रेरणा! प्रेरणा की अपेक्षा रखता हूँ तुमसे।" हाथ जोड़ दिए विपुल ने। "जो शोध-पत्र तुमने 'अभिनव' के लिए रख छोड़ा है उसे ही संशोधित कर जमा करा देना।" सुझाव पर सुझाव, सारी व्यवस्था किए दे रहा था वह।

"ओफ्फोह! इतना आसान नहीं है मेरे लिए।" चारु को घोर कठिन लग रहा था।

"किसी अन्य के लिए तो बिल्कुल ही दूभर है। अभी 15 दिन का समय है। यह काम तुम्हें करना होगा, मेरी ख़ातिर।" अड़ियल तो था ही विपुल।

"कोशिश करूँगी। कहीं रिजेक्ट हो गया तो बहुत तकलीफ़ होगी।" आशंका ज़ाहिर की चारु ने।

"क्या इस डर से इंसान दौड़ में भाग लेना ही बंद कर दे?" बाबाजी-सा प्रवचन चालू हुआ। कमोबेश यही स्थिति तो विपुल की भी थी कि स्पष्ट बात कहने पर रिजेक्शन का डर था।

निरभ्र नीरद अब शीर्ष से अतिशय भार उतार पिपासु अवनि को सौंप कुछ हलके हो चले थे। वारिद अर्श से झड़कर शाख से पृथक हुए पुष्पदल के समान मही की गोद में स्थान पा चुके थे। विपुल चारु से वादा और आज्ञा लेकर मनस का बोझ उतारकर निकल पड़ा। आज समाँ में उड़ती महकती पंखुड़ियों ने उसके जी की देहरी से अन्दर प्रवेश किया है।

❧

3

मुरझाए लम्हे

आ समान में बिजली रह-रहकर कड़क रही थी। बादलों के बीच तड़पती बिजली धरती पर आने को बादलों के चक्रव्यूह तोड़-तोड़कर मचल उठती थी जैसे कोई हठी, ज़िद्दी व अकड़ीला बालक माता-पिता की उँगली की पकड़ छुड़ाकर चाँद पकड़ने को मचल रहा हो। या फिर कोई बेगुनाह घायल क़ैदी जेल की सलाखों को चीरता हुआ आज़ाद होने को विद्रोही हो उठा हो। उससे भी अधिक बग़ावत तो हवाओं के रुख में थी। खिड़की के शीशे भाड़-भाड़ दीवारों से टकराते–से झूलकर सारे पहरों को लाँघ जाना चाहते थे।

बिजली कड़कने के कारण शहर भर की बिजली गुल कर दी गई थी। इस भयावह रात ने अँधेरे से साँठ-गाँठ कर पूरी तरह से दहशत फैला रखी थी। बत्ती

गायब होने से रात की कालिमा में आकाश में तड़पती बिजली के कारण चारु डर से पीले पड़े पत्ते की भाँति काँप रही थी। प्रतीत होता था कि कोई चाबुक मार-मारकर उसे घायल किए दे रहा हो। उसका शरीर खून से निचुड़ता जा रहा हो। घुप्प अँधेरा और अकेली चारु। उसे कुछ न सूझ रहा था। वह सिहर उठी थी। डर के मारे अपने बिस्तर में जा घुसी और कम्बल से कस के खुद को लपेट लिया। बिजली की कड़क की आवाज़ तो कुछ धीमी पड़ गई। पर अंत:करण में गहरे कहीं बिजली कड़कने लगी।

उस काली रात भी ऐसे ही बादल घिरे थे आकाश में। ऐसे ही बिजली कड़क रही थी आसमान में। छ: साल की चारु अपनी माँ सुषमा, पिता प्रताप और तीन वर्षीय बहन मंजु के साथ अपने घर में सो रही थी। खिड़की का पर्दा खुला था। आसमान से कड़कती बिजली की धमक जब कमरे में खिड़की के रास्ते प्रवेश करती तो चारु डर जाती। डर के मारे चारु का बिस्तर गीला हो गया था। बचपन से ही अकसर बादल गरजने या बिजली चमकने से वह डर जाती थी। डलहौज़ी जैसे पहाड़ी स्थान में यह दृश्य भी रोज़ाना का खेल था। बादलों और बिजली के डर के कारण चारु कभी सोते-सोते, तो कभी जागते हुए ही बिस्तर गीला कर दिया करती थी। कोई अगर ऊँची आवाज़ में चारु को डाँट भी देता तो भी खड़े-खड़े ही चारु का मूत्र निकल जाया करता था। माँ अकसर इसी कारण उसे रात में कोई पेय पदार्थ न देती थीं। छोटी बहन मंजु की होड़ में वह भी अकसर रात को दूध पी लिया करती तो उसी रात उसे इस जिल्लत का सामना करना पड़ जाता। सुबह माँ का काम बढ़ जाता। बिस्तर की चादर बदलना, कम्बल धोना, गद्दा धूप में सूखने डालना आदि-आदि। माँ अकसर झल्लाहट में कुछ खरी-खोटी दो-चार बात चारु को कह देती तो पिताजी कलेजे से लगा लेते और माँ को डाँटा करते। माँ का भी क्या कसूर था। वह डरी-सहमी चारु को ही सहलाती नहीं रह

सकती थीं जबकि वह छ: वर्ष की हो गई थी। उसे अपना आपा खुद सँभालना चाहिए। छोटी मंजु भी बहुत शरारती और नटखट थी। सारा दिन उसके पीछे भी तो दौड़ना पडता था।

छोटी चारु उस रात भी डर गई। रात के दो बजे होंगे। पेशाब का बहुत ज़ोर होने पर भी डर के मारे उसकी जाने की हिम्मत नहीं हुई और जागते हुए भी वह बिस्तर पर विसर्जित हो गया। बिजली गरजनी ज़रा बंद हुई तो बच्ची चारु ने सोचा कि मंजु हमेशा की तरह सुबह उसे उसकी इस बीमारी या आदत की वजह से छेड़ेगी जो उसे बहुत बुरा लगेगा। अकसर ही मंजु चारु को 'मुत्तो-मुत्तो' कहकर चिढ़ाया करती थी। हालाँकि माँ ऐसे में मंजु को डाँटा करती थीं पर मंजु कहाँ सुनने वाली थी। अत: बेहतर है कि अभी पिताजी को बता दे ताकि वे चुपचाप बिस्तर बदल दें और माँ व मंजु को पता न चले। वह गीले कपड़ों में ही आकर पिताजी के पास लेट गई और बार-बार हिला-हिलाकर उन्हें जगाने का प्रयास करने लगी। कभी उनका चेहरा हिलाकर उनके कान में कहती कि बिस्तर गीला हो गया है पापा, बिस्तर बदल दो। तो कभी बाँह हिलाती, कभी पैर तो कभी पेट पर फूँक मारती जिससे पिताजी तुरंत उठ जाया करते थे, जैसे कि वे सोने का नाटक कर रहे हों।

उस रात पिताजी कैसे भी न उठे। चारु अपने बचाव के लिए पापा की कमर में नन्हीं बाँह डालकर सो गई। थोड़ी देर में उसे लगा कि पापा के आस-पास भी कुछ गीला-गीला सा है। नन्ही चारु यह समझ नहीं पाई कि अपनी गीली फ्रॉक के कारण उसे गीला लग रहा है या फिर पापा को भी बिस्तर गीला करने की आदत है। उसने अपनी फ्रॉक पर ऊपर से नीचे तक हाथ फिराया। वह तो अब कुछ मात्रा में सूख भी चली थी पर पापा के नीचे का गीलापन बहुत ज़्यादा था, जिससे वह सो नहीं पा रही थी।

छोटी चारु एकदम ग़ैरआराम थी। माँ को उठाना नहीं चाहती थी क्योंकि वहाँ से लाड़ कम और डाँट मिलने की उम्मीद अधिक थी। थोड़ी देर पिता के नीचे के गीलेपन को छू-छूकर समझने की कोशिश करती रही। फिर से पिता को हिलाया-डुलाया। अब उसे अपने पापा पर बहुत गुस्सा आ रहा था। उसने बिना कुछ सोचे-समझे थोड़ी ज़ोर से आवाज़ निकाली- पापाSSSS... पापा तो अब भी नहीं उठे। पर ये क्या! माँ उठ गईं। उठते ही गुर्राईं, 'फिर बिस्तर गीला कर दिया होगा तूने।" चारु कुछ न बोली। न हिली, न डुली। बस पापा से चिपटी पड़ी रही। उसे उम्मीद थी कि पापा अभी भी उठ कर उसे माँ के प्रकोप से बचा लेंगे। जब कोई प्रत्युत्तर न मिला तो माँ ने उठकर बड़बड़ाते हुए कमरे की ट्यूब लाइट जैसे ही जलाई, देखकर उनकी चीख निकल पड़ी।

चारु के पिताजी के चारों तरफ़ खून का तालाब बना हुआ था। चारु भी उछलकर बैठ गई। उसकी भी चीख निकल गई और वह स्वयं खून में लथपथ माँ से चिपट गई और फफककर रोने लगी। माँ सुषमा भी ढाढ़ें मारकर रो रही थीं। नन्ही मंजु भी शोर-शराबे से उठ बैठी। पासवाले कमरे से दादा-दादी भी उठकर आ गए। दादी तो चीख मारकर बेहोश हो गईं। चारु की माँ उन्हें सँभालने लगीं। दादाजी ने पास आकर देखा कि कोई बड़ी बेरहमी से प्रताप का क़त्ल कर के गया है। प्रताप के हाथ-पैर की उँगलियों के साथ-साथ उसके प्रजनन अंगों को भी तेज़ चाकू की धार से बड़ी वहशियत के साथ काटा गया था। दादाजी भी बिलख-बिलखकर रोए। हाहाकार मच गया।

चीख-पुकार सुनकर अड़ोसी-पड़ोसी भी इकट्ठे हो गए। जो भी यह दृश्य देखता, दंग रह जाता। करुणा से अधिक जिज्ञासा थी लोगों को कि प्रताप के साथ में पूरा परिवार उसी पलंग पर सो रहा है और किसी को ख़बर नहीं कि हत्या कब व कैसे हुई। दोनों बच्चियों को तो चलो छोड़ भी दो तो... पत्नी...! पत्नी तक

को इल्म नहीं कि बगल में एक फुट की दूरी पर सोते पति को कोई कब कहाँ से आकर हत्या कर घर से नौ दो ग्यारह हो गया। सभी अटकलें लगा रहे थे कि संभवत: आँगन की ऊँची दीवार किसी तरकीब से फाँदकर हत्यारा अंदर आया होगा। बारिश के मौसम में ठंडी हवा चलने के कारण कमरे का वह दरवाज़ा खुला रखा गया था जो कि आँगन में खुलता था तो कोई क्लोरोफ़ार्म सुँघाकर हत्या कर गया है। तभी मरने वाले की आह तक नहीं निकली।

किसी पड़ोसी द्वारा पुलिस को इत्तला की गई। लगभग छ: बजे पुलिस आई। सारा माजरा समझने-समझाने में पुलिस ने आधा घंटा से ज़्यादा का समय नहीं लगाया और माँ सुषमा और दादाजी को गिरफ़्तार कर ले गई। पुलिस तो दादी को भी हिरासत में लेती, मगर पड़ोसियों ने दो मासूम रोते-बिलखते बच्चों की ओर ध्यान दिलाया तो उन्हें बच्चियों की ज़िम्मेदारी सौंपकर; शहर छोड़कर कहीं न जाने की हिदायत देते हुए पुलिस चली गई। अच्छी-ख़ासी चलती ज़िन्दगी पर वज्रपात हो गया। कलेजा फटने को आया। दादी ठहरी अनपढ़। न तो चौकी-थाने के चक्कर काटने के लायक थी, न ही कोर्ट-कचहरी की दौड़ लगाने के। बहू और पति को उनके हाल पर छोड़ बच्चों की परवरिश में लग गई।

लगभग छ: महीने बाद चारु के दादा को तो पुलिस ने छोड़ दिया। मगर माँ अभी भी शक के दायरे में थीं। चारु के पिता प्रताप डलहौज़ी म्यूनिसिपलिटी में काम करते थे। सुभाष चौक से लेकर गाँधी चौक तक के मुख्य बाज़ार की निगरानी का जिम्मा प्रताप का ही था। घरवालों ने देखा तो कभी नहीं, मगर जानते थे कि यह शान-शौकत वाला घर प्रताप ने हफ़्ता-वसूली के पैसों से ही बनाया है। घर इतना खूबसूरत बनाया गया था कि जो देखता वही दाँतों तले उँगली दबा लेता। केवल इतना ही रहता तो सहनीय था, पुलिस को अंदेशा था कि प्रताप ने कोई दूसरा घर शिमला में भी बसा रखा है। दोनों में से कौन सी शादी कानून

विरोधी होगी यह तो नहीं पता था, परंतु हत्या का मुख्य कारण इसी प्रकार के नाजायज़ संबंध समझे जा रहे थे।

इस बीच प्रताप का भाई प्रमोद जो कि स्वयं पत्नी सहित देहरादून में रहता था, और देहरादून के प्रसिद्ध वन अनुसंधान संस्थान में शोध वैज्ञानिक के पद पर काम करता था, इस हादसे की खबर सुनते ही डलहौज़ी आया। रोती-बिसूरती अकेली पड़ी दादी को छोटे बेटे के रूप में एक हमदर्द मिल गया। दादी को लगा कि प्रमोद अपने पिता तथा अपनी भाभी सुषमा को जेल से आज़ाद करना के लिए एड़ी-चोटी का ज़ोर लगा देगा, दिन रात एक कर देगा। परंतु ऐसा कुछ भी न हुआ। एक दिन अफ़सोस प्रकट कर अगले ही दिन उसने अपने संस्थान से अधिक छुट्टी न मिलने की गुहार लगाई और अपना बोरिया-बिस्तर समेटना शुरु कर दिया। दादी हैरान थी। उन्हें और अधिक हैरानी इस बात से हुई कि प्रमोद ने अपने बड़े भाई प्रताप की दोनों बेटियों में से एक को साथ देहरादून ले जाकर पालने-पोसने की ज़िम्मेदारी स्वयं उठाने का प्रस्ताव रखा। प्रमोद व सुशीला के विवाह को लगभग छ: वर्ष हो चुके थे और वह अब तक बेऔलाद था। अपनी पत्नी सुशीला से सलाह करके ही प्रमोद मंजु की बजाय चारु को साथ ले जाना चाहता था। कारण- चारु मंजु से बड़ी होने के कारण ज़्यादा समझदार थी और ज़्यादा सुन्दर भी।

चारु बचपन में मंजु से कहीं अधिक खूबसूरत हुआ करती थी। उसके जन्म पर उसके दादादी ने उसके सौन्दर्य से प्रभावित होकर ही उसका नाम चारु रखा था; चारु मृदुल सक्सेना। चारु का अर्थ ही है 'सुन्दर' और मृदुल अर्थात् 'कोमल'। चारु अतिकोमल और अतिसौन्दर्य की स्वामिनी जो थी, बिल्कुल अपनी माँ सुषमा की तरह। माँ भी तो अपने नाम को सार्थक करते हुए बेहद खूबसूरत और आकर्षक व्यक्तित्व की मालिक थी। सुषमा शिमला की रहने वाली थी और अपने कॉलेज

के समय में 'मिस शिमला' का ख़िताब भी हासिल कर चुकी थी। कदाचित उसका शिमला से होना ही उसकी स्वतंत्रता तथा चरित्र के विरोध में खड़ा हो गया। उस पर संदेह था कि प्रताप की दूसरी पत्नी से मिलकर सुषमा ने ही अपने पति का कत्ल किया है। नहीं तो इस प्रकार की निर्मम हत्या सबकी मौज़ूदगी में मृतक की पत्नी के सहयोग बिना नहीं की जा सकती।

प्रमोद चाचा का प्रस्ताव तो बहुत अच्छा लगा दादी को, पर वह चाची सुशीला की आदतों से भली-भाँति परिचित थीं। उन्हें भरोसा न हुआ कि बिन माँ-बाप की बच्ची को यह कठोर स्वभाव वाली सुशीला माँ जैसा स्नेह दे पाएगी। अत: उन्होंने इंकार कर दिया। बेटे से बोलीं, "जो तू प्रताप की आत्मा की शांति के वास्ते उसकी पत्नी और अपने पिता के बचाव में कुछ कर सकता है तो कर। ये बच्चियाँ मुझ पर तनिक भी बोझ नहीं हैं। मैं इन्हें कैसे भी पाल ही लूँगी चाहे सूखी रोटी खिलाऊँ या घास-फूस।" इतना सुनना था कि सुशीला चाची तुरंत अपना सामान बाँधकर घर के बाहर निकल गईं और प्रमोद चाचा को भी आवाज़ लगाकर घर के बाहर बुलाया और अपने साथ लेकर अगली बस पकड़कर देहरादून रवाना हो गईं।

दोनों बच्चियों को कलेजे से चिपटाए दादी मूक खड़ी की खड़ी रह गईं। एक बेटा तो काल के गाल में समा गया और दूसरा जीवित होते हुए भी सारे संबंधों को मृत घोषित कर चला गया। नन्ही मंजु ने तो चाचा-चाची को हाथ हिलाकर विदा की परंतु चारु दादी की आँखों से झरते आसुओं की बूँदों में छिपी आक्रोश की लपटों से सहमी सी मूर्तरूप खड़ी रही। दादी ने बच्चियों को अपनी ममता के आँचल में समेट लिया।

महीने दो महीने ही बीते होंगे कि एक और मर्मांतक दुर्घटना घटी। प्रताप का बनाया हुआ घर उस समय की सभी आधुनिक सुविधाओं से भरपूर था। घर

में सी.एन.जी. गैस वाला चूल्हा था परंतु गाँव की दादी को उसपर खाना बनाना असुविधाजनक लगता था। अत: उन्होंने उसी रसोई में एक कोने में अपनी सहूलियत के अनुसार मिट्टी के एक चूल्हे का निर्माण कर लिया था। बेटे प्रताप के ज़िद करने पर इस घर में रहने आने के पूर्व दादी गाँव में दूध से मावा बनाने का काम किया करती थीं। यद्यपि प्रताप के बैंक खाते में बहुत सा धन जमा था परंतु उस खाते से पैसे निकालने का अधिकार अब किसी को न रह गया था। अत: दादी ने शहर की ज़रूरत को समझते हुए अपनी पुरानी कला की आज़माइश की और मावा बनाने का काम फिर से शुरु कर दिया। बाहर सब्ज़ीवाला आवाज़ लगा रहा था। दादी चूल्हे पर एक बड़ी कढ़ाहे में दूध उबलता हुआ छोड़ सब्ज़ी लेने क्या गईं, चारु और मंजु खेलते-खेलते रसोईघर में ही आ पहुँचीं। चारु रसोईघर के दरवाज़े के पीछे छुप गई, मंजु ने उसे ढूँढ निकाला और इसी खुशी में अपनी जीत और चारु की हार का संकेत देते हुए चारु को ज़ोर से धक्का दिया। चारु सीधा खौलते हुए दूध की कढ़ाहे के अंदर जा गिरी। चारु की चीखों से अम्बर काँप गया। मंजु भी छटपटा उठी।

दादी भागती हुई अंदर पहुँची। बच्ची की हालत देखकर उनकी हृदयविदारक चीख से सब्ज़ीवाले समेत सभी जमा हो गए। घर के बाहर लगे अमरूद के पेड़ की छाया में बहुत से ऑटोरिक्शा वाले दिन में शरण लिया करते थे। आधी से अधिक जल चुकी चारु को ऑटोरिक्शा में डाल दादी तुरंत सरकारी अस्पताल की तरफ़ भागीं। प्राणांतक दर्द से छटपटाती चारु अब बेहोश हो चुकी थी। अस्पताल में ऐसी बुरी हालत में आई बच्ची को देख अफ़रा-तफ़री मच गई। बच्ची मृत है कि जीवित, यह पता लगाना भी कठिन था। उसके पूरे शरीर की त्वचा बुरी तरह जल गई थी। चेहरे से लेकर पैर तक खून में लिपटी झुलसी हुई चारु एक काले शव से अधिक कुछ नहीं लग रही थी। चिकित्सकों ने तुरंत

आई.सी.यू. में भर्ती किया और ऑक्सीज़न मास्क लगा दिया। दिल की धड़कन सुनी जा सकी थी। लगभग 8 घंटों बाद ऑपरेशन थियेटर का दरवाज़ा खुला।

आँखों के अलावा पूरा शरीर सफेद पट्टी से लिपटा था। वह पट्टी भी रक्त के धब्बों से दागदार हुई जाती थी। पूरे 48 घंटे निरीक्षण में रखने के बाद ही चिकित्सक भरोसे के साथ यह कह पाए कि चारु के बचने की संभावना है। परंतु अभी भी वे दावे के साथ यह नहीं कह रहे थे कि बच्ची अब ख़तरे के बाहर है।

लगभग एक सप्ताह बाद चारु को होश आया। चारु जीवित थी यह भी एक करिश्मा ही था। चिकित्सकों का कहना था कि ईश्वर की कृपा से छाती, पेट और पीठ की खाल द्वितीय या प्रथम श्रेणी में जली थी किंतु चेहरे व हाथ-पैर की त्वचा तृतीय श्रेणी में जल चुकी थी। किस्मत से आँख नाक बच गईं। 8 घंटों की शल्य क्रिया में 4 चिकित्सकों के दल ने चेहरे की त्वचा के जले हुए मृत तंतुओं व कोशिकाओं को क्षतशोधन क्रिया द्वारा बाहर निकाला, तत्पश्चात नितम्ब के माँस से त्वचा का निरोपण किया गया। सामान्य भाषा में समझें तो खाल का पैबन्द लगाया गया। हाथ-पैर व गर्दन भी इतनी बुरी तरह झुलसे हुए थे कि वहाँ भी कहीं-कहीं उन्हें बाहरी त्वचा के प्रयोग का आश्रय लेकर एक बाह्य आवरण देना पड़ा।

एक माह से कुछ अधिक ही चारु अस्पताल में रही। पट्टियाँ खुलने के बाद चारु को देखकर दादी निहाल हुई जाती थीं जबकि चारु एक कंकाल से अधिक कुछ नहीं दिखाई देती थी। चारु बदल गई थी, बाहरी तौर पर और अंदरूनी तौर पर भी। चारु की स्थिति में आधे से कुछ अधिक सुधार आने पर चिकित्सकों ने उसे घर ले जाने की इज़ाज़त दे दी। अब तो दादी पलभर भी चारु के सिरहाने से न हटतीं। छोटी सी मंजु असमंजस में थी कि चारु कहाँ चली गई है और यह कौन आ गया है उसकी जगह।

चारु दिनभर लेटी रहती तो मंजु को और भी अजनबियत सी लगती। धीरे-धीरे चारु की त्वचा उसके चेहरे का आकार लेने लगी। दादी के समझाने पर मंजु मानने लगी कि यही चारु है। अब दोनों ही बहनें इतनी कच्ची उम्र में बहुत संजीदा हो गईं थीं। न खेलतीं, न बात करतीं और न कोई शरारतें। जैसा कोई उनका बचपन ही उनसे छीन ले गया था। छ: साल की चारु 16 साल की समझदार और परिपक्व सी लगती थी तो 3 साल की मंजु 13 साल की सी होशियार।

छ: माह बाद जब चारु के दादाजी जेल से छूटकर बाहर आए तो दादी की लापरवाही पर बहुत बिगड़े। परंतु जो घटित हो चुका था उसे तो कोई भी अघटित में परिवर्तित नहीं कर सकता था। प्रमोद के प्रस्ताव को ठुकराने में भी दादाजी को दादी की नासमझी बहुत खली। वे देख ही रहे थे कि पहले ही पिता का साया बच्चों पर से उठ गया है, माँ का होना, न होना एक समान है। बिन माँ-बाप की एक बच्ची को अगर कोई पालने का जिम्मा ले रहा है, और पालनहार भी तो अपना ही खून है तो इसमें बुराई ही क्या है? अपने भाई के परिवार के प्रति उसका भी तो कुछ कर्त्तव्य निश्चित होता है, कम-से-कम ऐसी कठिन परिस्थितियों में तो विशेष रूप से। फिर उसने यह प्रस्ताव भी स्वयं ही रखा है किसी ने कोई दबाव तो डाला नहीं है। अत: दादाजी ने दादी को समझा-बुझाकर चारु को प्रमोद के संरक्षण में भेजने का निर्णय ले लिया।

अब तक चारु भी लगभग 75-80 प्रतिशत तक स्वस्थता को प्राप्त कर चुकी थी। अब सारे शरीर पर टाँकों के निशान बाकी थे और कहीं-कहीं त्वचा का रंग सामान्य नहीं हुआ था। एक महीना और चारु को स्वस्थ होने के लिए प्रतीक्षा की गई। फिर दादाजी स्वयं चारु को लेकर देहरादून अपने बेटे प्रमोद के पास चारु को पहुँचाने के लिए चले गए।

घर की घंटी बजी तो सुशीला ने दरवाज़ा खोला। श्वसुर साथ में न होते तो सुशीला चारु को पहचान भी न पाती शायद। उसका कलेजा धक्क से रह गया चारु की सूरत देखकर। सुशीला सिर्फ़ नाम की ही सुशीला थी। अब जब वह चारु ही पहले जैसी चारु न रही तो सुशीला को कैसे मन भाती भला। अगर प्रमोद चाचा का ज़ोर न होता तो सुशीला चाची दादाजी समेत चारु को घर के बाहर फिंकवा चुकी होती। अपनी पत्नी सुशीला की आदतों को जानते हुए प्रमोद ने कहा, "शुक्र करो कि भयंकर हादसे में बच्ची की जान बच गई है। चारु को इस प्रकार पालना कि उसे किसी चीज़ की कमी महसूस न हो। वह अपने माता-पिता को याद न करे। ईश्वर न करे कहीं ऐसी कोई दुर्घटना हमारे घर हुई होती तो हम किसी को मुँह दिखाने के काबिल न रहते।" सुशीला के मुँह पर उस समय ताला लग गया।

वह ताला केवल उस समय के लिए ही नहीं हमेशा के लिए लग गया सुशीला के मुँह पर। चारु से ज़्यादा तो वह अपने नौकरों से बात कर लेती थी। चारु के साथ सुशीला की 'हाँ-ना' से अधिक कुछ बात न होती थी। चारु की बदशक्ली उसकी बदहाली का मुख्य कारण बन गई। चारु की बजाय मंजु चाचा के यहाँ लाई गई होती तो ठीक रहता, यह बात घूम-फिरकर कई बार सामने आ जाती।

चारु को रहने के लिए अलग कमरा मिला। कमरे में सुंदर सा पलंग, अलमारी, पढ़ने को कुर्सी-मेज़, खिलौने सब कुछ मिला, बस माँ की ममता ही न मिली। चाचा के रहते अच्छे स्कूल में दाखिला भी मिला। परंतु कुछ भी करके वह चाची के मन न चढ़ सकी। मृदुभाषी चारु मृदुल सक्सेना अपने मृदुल स्वभाव को कितना भी निखारती रही पर उससे सुशीला की कर्कशता को संतुलित नहीं कर पाई। सुशीला का पलड़ा भारी रहता और चारु स्वयं में सिमटती चली गई।

चारु सुबह स्कूल जाती तो चाची सो रही होती। सुबह नौकर ही चाचा प्रमोद को नाश्ता बनाकर देता तो चारु का भी टिफ़िन बाँध दिया करता। दोपहर तीन बजे तक चारु घर लौटती तो चाची को दोपहर की नींद लेते हुए पाती। खाना बना हुआ रसोई में रखा हुआ होता जो चारु स्वयं गर्म करके खा लिया करती या फिर नौकर ही गर्म कर दिया करता। हाँ, रात का खाना ज़रूर खाने की मेज़ पर पश्चिमी रीति से परोसा जाता, जहाँ चारु को भी चाचा-चाची के साथ ही खाने का अवसर प्राप्त होता। तब भी बहुत सीमित सी बातचीत तीनों के बीच में होती। चाचा प्रमोद कभी चारु से कुछ पूछना चाहते तो सुशीला चाची कुछ और बात बीच में बोलकर बात-चीत का रुख ही किसी और दिशा में मोड़ दिया करतीं। कभी चाचा को अवसर मिलता कि चारु की पढ़ाई-लिखाई की तरक्की के बारे में जान लें तो चारु अपना कोई अनुभव या फिर चहक-चहककर अपनी सहेलियों या अध्यापिका के बारे में बताने लग जाती। बच्ची चारु की उम्र चाची के इस रुखे व्यवहार का कारण समझने के योग्य न थी। चाची को चारु का बोलना कतई रास न आता। तिस पर चाचाजी कभी चाची को चारु की पढ़ाई-लिखाई पर ध्यान देने की हिदायत दे जाते तो चाची को यह बात ज़हर समान लगती। चाची चारु को मारती या डाँटती न थीं, बस चाचा की अनुपस्थिति में ऐसे-ऐसे उलाहने दिया करतीं कि ऐसा मालूम होता जैसे चारु को ही बदशक्ल बनने का शौक चढ़ा था और वह स्वेच्छा से खौलते दूध के कढ़ाहे में जा गिरी थी। और अब वह किसी जन्म का बदला लने के लिए एक बदनुमा दाग़ बनकर चाची से आ जुड़ी है।

चारु अपने साथ हुए उपेक्षित व्यवहार का मर्म न जानती थी। चाचा से सजग देखभाल तो मिलती थी, प्यार नहीं। चाचा ने कभी उसे प्यार से अपनी गोदी में नहीं बिठाया, कभी प्रोत्साहन के लिए उसके सिर पर हाथ न फेरा, ... । प्रमोद चाचा में पिता को ढूँढने को चारु का बालमन सदा उत्सुक रहता परंतु

निराशा ही हाथ लगती। उनका सारा ध्यान इस बात को सुनिश्चित करने में था कि चारु को किसी चीज़ की कमी न हो। दूसरे शब्दों में कहा जाए तो समाज में अपनी आलोचना का डर उनके लिए चारु की देख-भाल की प्रेरणा का एकमात्र स्रोत था। माता-पिता के स्नेह से वंचित चारु एक यंत्रवत जीवन जीने को विवश थी।

देहरादून की जलवायु और बादलों का गरजना। बादल, बारिश और बिजली तो जैसे चारु के दुश्मन ही बन बैठे थे। रात में अपने कमरे में अकेली चारु कड़कती बिजली से डरकर उठ जाती, काँप जाती, और अकेली ही अपने कमरे में गीले बिस्तर पर बैठी सुबकती रहती। साढ़े छ: साल की चारु सुबह अपनी चादर धोना और गीले बिस्तर को कम्बल के नीचे छुपा देना सीख गई थी। वक्त और आवश्यकता ने उसे समय से पहले ही बहुत बड़ा कर दिया था। परंतु वह अभी इतनी होशियार भी नहीं हुई थी, जितना वह स्वयं को समझ रही थी। कुछ ही दिनों में उसके कमरे में पसरी दुर्गंध से चाची को यह भाँपते देर न लगी कि चारु को बिस्तर गीला करने की बीमारी है। बीमारी तो दुनिया के लिए होगी, सुशीला के अनुसार तो उसे बिस्तर गंदा करने की आदत थी।

चाची ने इस बात पर भी चारु को प्रत्यक्ष रूप से तो न डाँटा न कोसा ही, परंतु अपने पति से उस रात सुशीला की खूब बहस हुई। देर रात चाचा-चाची के कमरे से लड़ने-झगड़ने की आवाज़ें आती रही। डरी-सहमी चारु सारी रात सो नहीं पाई। पूरी बात न जानते हुए भी इतना अंदाज़ा छोटी-सी चारु को भी था कि झगड़े के मुद्दे में वह ही है। इस बात की पुष्टि भी हो गई जब अगले दिन नौकर चंदू दोपहर तक बाज़ार से ला कर उसे प्लास्टिक की एक मजबूत चादर दे गया और उसे बिस्तर पर बिछाना भी सिखा गया। संभवत: चारु की इस बीमारी का पता लगते ही चाची तो उसे घर में रखने को राज़ी ही न होंगी, मगर लोकलाज के भय ने चाचा को चाची को रोकने के लिए मजबूर कर दिया होगा। अन्यथा चाची चारु

को घर के बाहर छोड़ घर कर दरवाज़ा बंद कर चुकी होंती जैसा कि उन्होंने दादाजी के जाते ही किया था। दादाजी को अलविदा कहने घर के बाहर आई चारु को दादाजी के पीठ फेरते ही बाहर छोड़कर सुशीला ने दरवाज़ा ऐसे बंद कर लिया जैसे कि वह भूल गई हो कि घर का कोई सदस्य घर के बाहर है अभी। उस दिन चाची की इस हरकत पर अगर चाचा आगबबूला न हुए होते तो शायद यही रोज़ाना का क्रम बन जाता।

सुंदरता की सबकी अपनी अलग परिभाषा होती है। किसी को बूढ़ी अम्मा की झुर्रियों में भी अपार सौन्दर्य के दर्शन होते हैं तो किसी को विश्व सुंदरी भी अपने कोख से जन्मे बच्चे के सामने फीकी लगती है। किसी को कश्मीर में भी स्वर्ग नहीं मिलता तो किसी को एक भिखारी के मुँह में निवाला देखकर भी साक्षात नारायण के दर्शन हो जाते हैं। इसी प्रकार चारु के लिए भी सौंदर्य की अपनी ही भिन्न परिभाषा थी। या कि यूँ कहो कि सुंदरता की कोई परिभाषा वह जानती ही न थी। उसके लिए प्यार ही सबसे सुंदर था, सो उसे जहाँ से मिलता, उसकी हो जाती।

पड़ोस के मकान में एक अनुसूचित दलित जाति का परिवार रहता था। पति-पत्नी और चारु की ही उम्र की छ: साल की एक बच्ची। बच्ची का नाम पूजा था। सुबह चारु स्कूल बस आने तक जब घर के बाहर खड़ी होती तो पूजा सकुचाते हुए हाथ हिलाकर चारु को 'बाय' करती। अनायास ही चारु के होठों पर एक मुस्कुराहट बिखर जाती। बस में चढ़ने के बाद चारु लपक कर खिड़की वाली सीट पर बैठ जाती और हाथ हिलाकर अपनी सांकेतिक भाषा में तब तक पूजा से बातें करती रहती जब तक गली के छोर पर बस मुड़ न जाती। बस में गुमसुम बैठी चारु कक्षा में पहुँचकर एक बार फिर खिलखिला उठती। अधिकतर गृहकार्य अधूरा छूटने के कारण अध्यापिकाओं द्वारा उसे कक्षा में भी प्रताड़ना मिलती।

तब उसे अपनी चाची और अध्यापिकाओं में कोई अंतर न दिखाई पड़ता। उसे तो बस पूजा, पूजा की मम्मी रसीली और उसके पापा शिब्बू अच्छे लगते थे।

पूजा से चलने वाली वह सांकेतिक भाषा अब शनैः-शनैः शब्द ग्रहण करने लगी थी। सुबह लगभग पाँच मिनट बस का इंतज़ार करते समय चारु ने पूजा से उसके स्कूल का नाम पूछा तो पूजा ने बताया कि वह स्कूल नहीं जाती। एक सरकारी स्कूल में नाम लिखा है पूजा का, पर उसे वहाँ जाना अच्छा नहीं लगता। चारु को यह बात कुछ समझ नहीं आई। उसका सामान्य ज्ञान तो यही जानता था कि हर बच्चे को स्कूल जाना होता है। पर बच्ची चारु को इससे क्या। अब चारु के स्कूल जाने के समय पर ही नहीं, आने के समय पर भी पूजा अपने घर के दरवाज़े के पास दिखती। चारु की ही तरह वह भी बिल्कुल अकेली थी।

एक दिन चारु ने स्कूल बस से उतरने के बाद देखा कि पूजा अपने घर में मिट्टी का चूल्हा बना रही है जैसा उसकी दादी ने बनाया था। चारु रुककर देखने लगी। कुछ देर गौर से निहारने के बाद चारु की उत्सुकता बढ़ी। जाने कैसे हिम्मत जुटाकर वह अपने घर न जाकर पूजा के घर में दाखिल हो गई। पूजा चारु को अपने घर देखकर खिल उठी। रसीली तथा शिब्बू ने चारु को अपने घर के आँगन में खेलते देखा तो उसे हाथ जोड़कर वापिस जाने की बहुत प्रार्थना की। चारु को अकंल-आंटी का यह व्यवहार कुछ अटपटा लगा। डलहौज़ी में तो उसके किसी भी पड़ोसी ने कभी ऐसा बर्ताव नहीं किया था। वह बेरोक-टोक सभी के घर आती-जाती थी। हाँ, माँ ज़रूर डाँटती थीं जब वह बहुत देर तक घर से बाहर होती थी। शिब्बू के बहुत अनुनय-विनय करने पर चारु अपने घर चली गई। घर आकर देखा तो चाची सुशीला चैन से सोई पड़ी थीं। सात साल की बच्ची स्कूल से घर पहुँची कि नहीं, देर तो नहीं हुई, कुछ परेशानी तो नहीं, उसने खाना खाया कि नहीं, इन सब सवालों के जवाबों से बेखबर, बेसुध। चारु चुपचाप घर में घुसी,

खाना खाया और अपना गृहकार्य करने लगी। चाची को कुछ पता न चला। पूजा को भी चारु के साथ खेलना अच्छा लगा था।

कुछ दिन बाद फिर ऐसा ही हुआ। चारु अपने घर की बजाय पूजा के घर गई। पूजा खाना खा रही थी। शिब्बू के मना करने पर भी रसीली ने चारु से खाने को पूछ लिया। एक अर्से बाद किसी ने चारु से इस तरह प्यार से खाना खाने का आग्रह किया होगा, अत: चारु इंकार न कर सकी। उस बेरंग सब्ज़ी और सूखी रोटी में चारु को बहुत स्वाद आया। फिर तो यह आए दिन का क्रम हो गया। बीच-बीच में शिब्बू वही बात दोहराता और चारु को अपने मकान में न आने की विनती करता रहता था, मगर अब रसीली और पूजा उसका विरोध करने लगते। शिब्बू ने आखिर हथियार डाल दिए। जितने समय चारु पूजा के साथ खेलती शिब्बू डरा-सहमा ही रहता। चारु अगर देखती कि रसीली अपने हाथों से पूजा को खाना खिला रही है तो वह भी उसी के हाथ से खाने की हठ करती। रसीली की आँखों से आँसू उमड़ पड़ते। शिब्बू का जी जोरों से धड़कता रहता। वह इतनी देर घर के दरवाज़े पर पहरा देता रहता कि किसी को यह सूँघ न लग जाए कि सवर्ण कन्या अस्पृश्य के घर खा-पी रही है। चारु ने पूजा को भी खाना बनाते देखा तो उसने भी ज़िद करके रोटी बनाने की कोशिश की। जब चकले पर से रोटी उठाई गई तो वह रोटी कम और मछुआरे का टूटा हुआ जाल अधिक लग रही थी। ऐसे में तो शिब्बू भी बिना हँसे न रह सका।

चारु के लिए बनाया गया दोपहर का खाना जब रोज़-रोज़ बचा पड़ा रहने लगा तो सुशीला नौकर चंदू पर बरस पड़ी। सोता हुआ चंदू हड़बड़ा गया। दोपहर में मालकिन के सोने के बाद वह भी भरपूर नींद लिया करता था। उम्र में चारु से बड़े होने के बाद भी चंदू स्वयं एक बच्चा ही था। पंद्रह-सोलह साल का गोरा-चिट्टा गरीब बालक, जो पास के चामरोली गाँव का था। लगभग दो बरस पूर्व पहाडों में

भूस्खलन के कारण उसका गाँव तबाह हो गया था। उसके पिता पहाड़ों पर सूखे पेड़ की लकड़ियाँ काटकर और ज़मीन पर सूखी बिखरी टहनियाँ बटोरकर पर्यटक स्थानों पर कैम्पिंग कम्पनियों को बेचा करते थे। भूस्खलन से हुई पिता की अकाल मृत्यु ने उसकी पढ़ाई-लिखाई छुड़वाकर रोज़ी-रोटी कमाने के लिए गाँव छोड़ने को मजबूर कर दिया था। चंदू चेहरे-मोहरे से तो मासूम-सा दिखता था, मगर इतना भोला था नहीं। चारु के आने के बाद से उसके काम की मात्रा में भी वृद्धि हुई थी। अत: उसने झट से राज़ उजागर कर दिया कि चारु का पड़ोस वाली पूजा के घर आना-जाना है। सुशीला ने सिर पीट लिया। दिल तो किया कि अभी मार-मार के चारु की चमड़ी उधेड़ दे। परंतु कुछ था कि हाथ उठाकर भी सुशीला चारु पर हाथ उठाते-उठाते रह गई।

सुशीला के उस बर्ताव को चारु समझ रही थी। यही नहीं समझ पा रही थी कि पूजा से मेलजोल में क्या हानि है। शाम को प्रमोद के आते ही सुशीला ने जमकर चारु के ख़िलाफ़ कान भरे। चारु ने चाचा को यह कहते सुना कि 'चारु बच्ची है, वह अभी नहीं जानती कि नीची जात वालों में उठना-बैठना नहीं करते।' चारु को नीची जात का क्या मतलब होता है यह प्रश्न कचोटने लगा। चारु को तो हर हाल में उनका घर अपने से प्यारा लगता था।

"उठना-बैठना?" चाची चीखीं, "वह वहाँ रोटी खा-खाकर आती है। उनके घर रोटी भी बना आईं हैं महारानी जी। फिर कोई अपनी हैसियत का भी तो हो। मकान-मालिक तो बैठे हैं नाइज़ीरिया में। चौकीदार... उस घर के चौकीदार!!! चौकीदार के परिवार से इतना मेल-जोल? ठीक है, अपनी औकात ही दिखाएगी न।"

"सुशीला......" चाचा भी लगभग चीख पड़े, "वह मेरे भाई की निशानी है। तुम मेरे खानदान पर लानत भेज रही हो। इसका परिणाम अच्छा न होगा याद रखो।" सुशीला चाची के सुबकने की आवाज़ें आने लगीं उनके कमरे से।

उस दिन के बाद से तो सुशीला ने चारु के व्यक्तित्व की उपस्थिति को पूरी तरह से नज़रअंदाज़ कर दिया। सुशीला के लिए चारु जैसे थी ही नहीं। चारु के लिए तो सुशीला पहले से भी नहीं थी। चाचा प्रमोद ने चारु को पूजा से मेल-जोल न रखने की कोई स्पष्ट मनाही नहीं की। कुछ दिन तो गर्मा-गरमी के माहौल में चारु अपने मन की भावनाओं को दबाए एकांत में पड़ी रही। कुछ दिन बाद मन की उमंगे फिर से हिलोरें लेने लगीं तो महीने के आखिरी दिन जब स्कूल की आधी छुट्टी होती है, बस से उतरते ही वह सीधी पूजा के घर पहुँच गई। उसे अचरज हुआ कि पूजा, रसीली और शिब्बू, तीनों में से किसी ने भी उससे इतने दिन न आने का कारण नहीं पूछा। अनपढ़-गँवार होते हुए भी दुनियादारी की समझ उन्हें दुनिया से अधिक थी। बताने की आवश्यकता न थी कि क्या-क्या गुज़र गया है पिछले कुछ दिनों में। पूजा भाग कर चारु से लिपट गई। उनका नाता ही ऐसा था जो किसी व्याख्या, किसी प्रश्न के उत्तर का मोहताज न था।

चारु जो स्वयं को पूजा के घर जाने से न रोक पाई, उसका कारण था कि पूजा के घर से मोहक संगीत के स्वर हवाओं में बहकर उसके कानों में घुसकर उसके दिल को रोमांचित कर रहे थे। अत: मंत्रमुग्ध सी किसी अनजान शक्ति द्वारा खिंची जाती हुई वह पूजा के घर की ओर चलती चली गई थी। जब चारु पूजा के घर में दाखिल हुई तो उसकी माँ रसीली लोरी गा रही थीं और बीमार पूजा को आराम पहुँचाकर सुलाने की कोशिश कर रहीं थी। पूजा की आँखों में चारु को देखते ही चमक आ गई और शरीर में स्वस्थ स्फूर्ति दौड़ गई। चारु का आना-जाना पूजा के यहाँ बना रहा। अपनी समझ से तो चारु सोचती थी कि वह चाची

की नज़रों से बच-बचाकर आ रही है। परंतु चाची ने अब सब जानते-बूझते भी आँखें मींच ली थीं।

चारु भी रसीली से गाना सीखने का आग्रह करती। रसीली बड़े प्रेम से उसे गाना सिखाती और बदले में चारु पूजा को पढ़ना-लिखना सिखाती। इससे अपनी-पढ़ाई लिखाई में भी चारु की रुचि बढ़ने लगी। चारु ने शिब्बू और रसीली को भी उनका नाम लिखना सिखा दिया था। अब राशन की दुकान पर मिट्टी का तेल लेने के बाद शिब्बू और चीनी-चावल लेने के बाद रसीली अपना नाम लिखते थे, अँगूठा नहीं लगाते थे और सिर उठाकर चलते थे। रसीली को चारु अपनी ही कोई बिछड़ी हुई बेटी जैसी लगती थी। रसीली चारु को दुनिया की सबसे खूबसूरत स्त्री लगती थी, बिल्कुल अपनी माँ की तरह।

इसी तरह एक साल बीतने को आया। चारु अब दूसरी कक्षा की पढ़ाई पूरी कर चुकी थी। उसके स्कूल 'डायनैमिक पब्लिक स्कूल' में वार्षिकोत्सव पर सांस्कृतिक कार्यक्रम का आयोजन किया गया था। स्कूल के द्वारा घर में निमंत्रण पत्र डाक द्वारा भेजा गया। सुशीला ने उसे देखा और एक तरफ़ पटक दिया। उस पर प्रमोद की नज़र पड़ी तो वे ही हठात् सुशीला को लेकर उत्सव वाले दिन ठीक समय स्कूल पहुँच गए। अनेक बच्चों ने सामूहिक तथा कुछ ने एकल कार्यक्रम प्रस्तुत किए। हर प्रस्तुति के बाद तालियों की गड़गड़ाहट से हॉल गुंजायमान हो उठता था। जब चारु की बारी आई तो परी सी बनी सफेद लबादे में सजी-धजी चारु मुख्य माइक के सामने आ खड़ी हुई। सहगान के लिए लगभग बारह अन्य बालिकाएँ सफ़ेद फ्रॉक पहने चारु के पीछे अर्धचंद्राकार रूप में खड़ी थीं। चारु ने गाना शुरु किया-

माँ...., ओ माँ....

माँ..., प्यारी माँ...

तेरी लाडली तुझे पुकारे माँ

तेरा साया जहाँ खोजूँ वहाँ

छोटी अकेली इस जहाँ में

कैसे जिऊँ और जाऊँ कहाँ

माँ...., ओ माँ....

माँ..., प्यारी माँ...

माँ होकर तू जो नहीं मेरे साथ

कौर कौन खिला दे, सिर रख हाथ

तेरा पल्लू पकड़ने को जी चाहे

परछाई तेरी में, छुप पाऊँ जहाँ

माँ...., ओ माँ....

माँ..., प्यारी माँ...

ये प्यार अनमोल जग से निराला

हाथ ज़ख्म हो या पैर पड़े छाला

ममता अचल, न अहसान न मोल

तेरी गोद है मंदिर, ईश्वर ही यहाँ

माँ...., ओ माँ....

माँ..., प्यारी माँ...

अंतिम पंक्तियाँ गाती हुई चारु की आँखे छलछला रहीं थी, गला रुँधा जा रहा था। तालियों का झरना-सा फूट पड़ा था। हर हथेली जुड़ी हुई और आँख भीगी हुई थी। प्रशंसा की प्रतिध्वनि चारों तरफ़ नज़रें घुमा-घुमाकर चारु के माता-पिता को हॉल में ढूँढ रही थी। सब जानना चाहते थे कि जिस बच्ची ने इतना सुरीला कंठ पाया है, वे कौन सौभाग्यशाली हैं, जो इसके माता-पिता हैं । प्रमोद अपनी सीट से उठ खड़े हुए। सिर झुकाकर सबका अभिवादन तथा सराहना स्वीकार की। सुशीला जड़ बैठी रही और चारु गाना समाप्त करने के बाद नीचे ज़मीन पर नज़रें गढ़ाए रही। प्रमोद ने सुशीला का हाथ पकड़कर उसे भी खड़ा होने को विवश किया। कार्यक्रम समाप्त होने पर पहली बार चारु का मुख चूमकर प्रमोद ने प्यार जताया। चारु के प्रदर्शन से सभी खुश थे एक सिवाय चारु के। उसके जीवन में दो स्त्रियाँ माँ के रूप में आईं। एक ने माँ के लिए भावनाएँ दी तो दूसरी ने भावनाओं को संगीत। दो-दो माँ के होते हुए भी वह कितनी अनाथ थी। माँ पर उसके द्वारा गाया गीत सुनने के लिए उसकी एक भी माँ पास न थी।

बोझिल कदमों से चारु चाचा प्रमोद का हाथ पकड़कर घर को चल पड़ी।

𑁍

4

उधार का प्यार

आज जाने क्यों दैदीप्यमान सांध्यकालीन प्रकाश का निर्विकार, निष्पाप व निश्छल रश्मिजाल उद्वेलित मन को बाहुपाश में बाँध अठखेलियाँ करता प्रतीत होता था। अनघ घटाओं के सुरमई रंग में कुछ भीनी सी महक, सौंधी सा अरक सत्त्व और मधुरिम लज़्ज़तदार स्वाद घुलता जाता था।

घर में घुसे तो स्वादिष्ट पकवानों की सौंधी महक ने नासिका द्वारों पर डेरा डाल दिया। सूँघकर ही पता चल गया; चटपटे समौसे, पालक के पकौड़े, मुलायम दही भल्ले, मसालेदार इडली और रसीले गुलाबजामुन। अच्छा, तो दावत की तैयारी है। गैस स्टोव पर बहुत से पतीले तश्तरी से ढके हुए रखे थे। उनमें से उठने वाली भाप जबरन अपनी ओर खींचे ले रही थी। एक-एक का ढक्कन उठाकर

धीरे से उचककर झाँका। मलाई पनीर, शाही कोफ़्ते, दम आलू, भरवाँ भिंडी और अनानास का रायता, मुँह में पानी आए बिना न रह सका। पास ही बहुत सारी कागज़ की प्लेटें, चम्मच, गिलास, जूस। अहा! मज़ा आ जाएगा।

कमरे तक जाने वाली सीढ़ियों पर रंगीन चमकदार साटिन के दुपट्टे इस तरह लपेटे गए हैं कि जीत के जश्न की चकाचौंध को चुनौती दे रहे हों। कमरे में पैर रखने से पूर्व सावधानी बरतनी होगी; कमरे के पायदान पर होली के चटक रंगों से आकर्षक रंगोली बनी हुई है। कमरा रंग-बिरंगी झालरों से झिलमिला रहा है। भिन्न-भिन्न आकृति वाले हवा से फूले गुब्बारों की कतारें कमरे की छत के एक छोर से दूसरे छोर को कसकर थामे हैं। कमरे के बीचों-बीच एक बड़ा-सा गुब्बारा लटक रहा है। बहुत भारी लग रहा है। उसमें टॉफ़ियाँ भरी हुई हैं। छोटी-बड़ी, रंग-बिरंगी, रसीली, खुशबूदार मीठी-मीठी टॉफ़ियाँ। बल्ब की लड़ियाँ दीवारों पर जगमग-जगमग कर रही हैं। रोशनी की किरणें एक-दूसरे से टकराकर कमरे के केन्द्र में रखे विशालकाय वैनिला केक को दूधिया नहला रही हैं। केक में आठ मोमबत्तियाँ लगी हुई हैं। मेज़ पर सजीला चाकू, एक माचिस की डिब्बी और सजी-धजी लेसों से अंलकृत ढेर सारी शंक्वाकार टोपियाँ। केक वाली मेज़ सुगंधित फूलों से सजी हुई है। कमरा फूलों की खुशबू से महक उठा है। फूलों से ही दीवार पर एक पोस्टर बनाया गया है, जिस पर लिखा है- 'हैप्पी बर्थडे चारु'।

चारु अचम्भित रह गई, और हर्षातिरेक से उल्लसित भी। अपनी आँखों पर विश्वास ही न हुआ। चारों ओर गोल-गोल आश्चर्य से चौड़ाई आँखें घुमा-घुमाकर देखने लगी। विचार आया कि कोई मेहमान तो है नहीं, मेहमानों के बिना पार्टी कैसे होगी? चारु बहुत बेसब्र हो रही है जन्मदिन मनाने के लिए। अत: आठों मोमबत्तियों को जला दिया। फिर सोचा कि मेहमान आते ही होंगे। चाचा-चाची भी कहीं दिखाई नहीं दे रहे, लगता है मेहमानों को लेने गए होंगे। सोचा अभी बुझा

देती हूँ मोमबत्ती, फिर दोबारा जला लूँगी। मोमबत्ती बुझाते ही तालियों की कर्णप्रिय ज़ोरदार ध्वनि के साथ वातावरण में समवेत स्वर गूँज पड़े- "हैप्पी बर्थडे टू यू, हैप्पी बर्थडे टू यू, हैप्पी बर्थडे डियर चारु, हैप्पी बर्थडे टू यू, मे गॉड ब्लैस यू, मे गॉड ब्लैस यू, हैप्पी बर्थडे डियर चारु, हैप्पी बर्थडे टू यू।" चारों दिशाओं से न जाने कहाँ-कहाँ छिपे हुए उसके सब दोस्त केक और चारु को घेरकर खड़े हो गए; उसके गले लग-लगकर जनमदिन की शुभकामनाएँ देने लगे।

चाचा कैमरे से तसवीरें उतारते हुए, चाची उसे बड़ा-सा उपहार देते हुए। चारु की खुशी का पारावार न रहा। नन्हे हाथों ने चाकू मजबूती से थामा, केक से चाकू की धार टकराई और तालियों से फिर गूँज गया चारु का कक्ष। आठ-दस बार चाकू घूमा तो केक सेवन के लिए प्रस्तुत हो गया। केक का एक बड़ा टुकड़ा चारु ने पहले चाचा को फिर चाची को खिलाया, चाचा-चाची ने चारु को। चाची ने सब बच्चों को केक बाँटने में चारु की सहायता की। चारु के सब दोस्तों ने चारु को कई तरह के उपहार दिए। कोई टिफ़िन बॉक्स लाया, तो कोई पेंसिल बॉक्स, कोई कारों का सेट, कोई गुडिया का, कोई कहानी की किताब तो कोई बैडमिंटन का चिड़ी-छिक्का।

सबसे ज़्यादा चारु को चाची का उपहार पसंद आया। सलमा-सितारों से जड़ा हुआ, लाल-नारंगी फूलों के डिज़ाइन वाला गुलाबी रंग का रेशमी लहँगा-ओढ़नी। अरे! यह तो वही लहँगा-ओढ़नी है जो उसने 'दून डीलक्स मॉल' में देखा था। यह तो बहुत महँगा था। सेल लगी थी, भारी छूट के बाद भी दस हज़ार रुपए का था। जब चाची अपने लिए साड़ी चुन रही थी, वह बार-बार 'शो-विंडो' में छोटे पुतले द्वारा पहने गए इस लहँगे की ओर एकटक निहारे जा रही थी। उसे तो यह पता न था कि उसकी इस पसंद को चाचा या चाची ने ताड़ लिया है। और वे उसे इस तरह सुखद आश्चर्य से तृप्त कर देंगे। वह तुरंत जाकर लहँगा पहनकर आ

गई। शीशे में अपने प्रतिबिम्ब को देखकर फूली न समाई चारु। धन्यवाद देती हुई चाची से लिपट गई और चाची ने उसे प्यार से अंक में भर लिया। चारु की आँखों से अश्रुधारा बह निकली।

चारु ने अपनी उँगलियों की नन्ही पोरों से आँसू साफ़ किए। आँसू रुक ही नहीं रहे थे तो गालों पर बह चुके आँसुओं को बाजू से साफ़ करने लगी। पहने हुए कपड़ों की बाजू चुभी नहीं चेहरे पर, आसानी से बाजू के कपड़े ने आँसू सोख लिए। पर कैसे? इस पर तो सलमा-सितारों का काम था? अँधेरा सा था चारु के आस-पास। अपने कपड़ों पर हाथ फिराया तो वह रात की पोशाक पहने थी। अँधेरे में ही टटोला तो कमरे से झालरें, गुब्बारे, लड़ियाँ, फूल सब बारी-बारी कहीं अदृश्य हो गए थे। केक वाली मेज़ खाली, दीवार से पोस्टर गायब। काफ़ी देर में होश आया कि सपना देखा था उसने अपने जन्मदिन के भव्य समारोह का। आँखों से झर-झर आँसू बह निकले। माँ की बहुत याद आई। आज छः तारीख थी। उसका जन्मदिन आठ तारीख को था।

तीन वर्ष पहले जब चारु का पाँचवाँ जन्मदिन था, माँ ने अपने हाथ से उसके लिए हरे रंग की फ्रॉक तैयार की थी। सिलाई-कढ़ाई में निपुण माँ ने अमरीकन ज्योर्जेट के कपड़े पर कई दिन लगाकर स्मॉकिंग के कच्चे टाँके भरे, फिर पक्के टाँके से 'ज़िक-ज़ैक' पैटर्न बनाया। फिर सुँई पर धागा लपेट-लपेट कर गुलाब की पंखुड़ियों वाली गुलाब टँकी फ्रॉक तैयार की थी। परी सी बनी ठुमकती और चिड़िया सी मटकती फिरी थी मोहल्ले भर में चारु अपनी ड्रैस दिखाने को। उससे उम्र में बड़ी लड़कियाँ कहतीं, 'ज़रा घूमकर दिखा चारु, देखूँ कितना घेर है।' चारु ठोडी पर उँगली रख झट से अपनी धुरी पर गोल घूम जाती। लड़कियों की माँएँ हाथ की उँगलियों से फ्रॉक का छोर पकड़कर परखतीं कि कपड़ा कैसा है। मन ही मन सोचतीं विदेशी कपड़ा है, बहुत कीमती होगा। सिलाई-

कढ़ाई सीखने वाली युवतियाँ स्मॉकिंग पर किया गया गुलाब की बगिया का नमूना फटाफट अपनी कॉपी में उतार लेतीं। हर घर में छोटी लड़कियाँ ऐसी फ्रॉक दिलाने को मचल रहीं थी। छठे जन्मदिन के लिए माँ ने अपनी सच्चे काम वाली कत्थई बनारसी साड़ी में से काँट-छाँटकर गरारा-कुर्ता तैयार किया था चारु के लिए। पिताजी रहे नहीं और माँ कानून की बंदी, तो कौन मनाता छठा जन्मदिन। वह गरारा-कुर्ता अभी भी अनछुआ ही रखा होगा किसी संदूकची में।

पाँचवे जन्मदिन पर ही मम्मी-पापा ने खज्जियार में पार्टी रखी थी। मोहल्ले के सब बच्चों को 'वैन' में बिठाकर खज्जियार ले गए थे पापा। सारे बच्चे अत्यंत प्रफुल्लित थे। चारु की तनी हुई छाती गर्व से दोगुनी हुई जाती थी। वहाँ सब बच्चों ने पूरे पार्क की घोड़ों पर परिक्रमा की। बारी-बारी सबने 'पैराग्लाइडिंग' की। विशालकाय गेंदनुमा गुब्बारे के अंदर बैठकर पार्क के ढलान पर लुढ़के। खूब झूले झूले। दिनभर खेल-कूद में बिताकर शाम को ऐतिहासिक 'खाज्जीनाग मंदिर' के दर्शन किए। रेस्तराँ में खाना खाया और रास्ते भर अंताक्षरी खेलते हुए रात को घर पहुँचे।

कौन मनाएगा अब ऐसा जन्मदिन?

आज सात तारीख थी। चारु स्कूल जाने को बेमन से तैयार हुई। बहुत उदास। बहुत रुआँसी सी लग रही थी। कारागार के बंदी की सी पीड़ा विराज रही थी मुख पर। पर उसके चेहरे को कौन पढ़ता वहाँ? उस घर में अख़बार, मैग्ज़ीन, पुस्तकें सभी पढ़े जाते हैं, बस चेहरे नहीं। अनमनी सी चारु स्कूल बस में चढ़ गई। पूजा अपनी बाऊंड्री वॉल से उझकती रही, उसकी ओर भी नहीं देखा चारु ने। दोपहर में तीन बजे यथावत बस से उतरी तो रसीली घर के आँगन में ही थी। चारु के उतरे हुए चेहरे को वह अनपढ़ पढ़ गई। चारु को अपने घर ले गई। ममता

की आँच पाते ही चारु का मोम सा दिल बह निकला। अपने जन्मदिन के सपने वाली बात बता दी।

"तुम चिंता मत करो गुड्डी! कल अपने जनमदिन पर यहाँ आ जाना।" रसीली ने चारु को उसका जन्मदिन मनाने का भरोसा दिया। फिर भी वह शाम उदास और रात आँखों में बीती। अपने मम्मी-पापा की याद मासूम से दिल को कचोटने लगी। जब-तब सुबक उठती चारु।

अगली सुबह चारु सोकर उठी तो चाचा के पास इस उम्मीद से जा पहुँची कि चाचा को तो याद होगा उसका जन्मदिन। जब वह अपने घर डलहौज़ी में थी तो उसके व बहन मंजू के जन्मदिन पर चाचा का बधाई-पत्र आया करता था। चारु को देखते ही प्रमोद बोला, "जाओ चारु! जल्दी तैयार हो जाओ। स्कूल को देर हो जाएगी।"

चारु खड़ी रही। हिली भी नहीं।

"कुछ बात है क्या? स्कूल में किसी ने परेशान किया है? तबीयत तो ठीक है?..."

चारु ने 'हाँ' में सिर हिला दिया। "आज मुझे जल्दी जाना है। कुछ तकलीफ़ है तो कल बताना। कल बात करेंगे।" कहकर, तौलिया लेकर चाचा गुसलख़ाने में चले गए। देहरादून के 'वन अनुसंधान संस्थान' में 'वन महोत्सव' मनाया जा रहा था। 'भारतीय वानिकी अनुसंधान एवं शिक्षा परिषद' के महानिदेशक मुख्य अतिथि के रूप में पधारने वाले थे। अत: प्रमोद को नियत समय से पहले पहुँचकर कई सारे प्रबंधों का निरीक्षण करना था।

चारु कुछ क्षणों के लिए खड़ी की खड़ी रह गई। अपने कमरे में आकर खूब रोई। फिर जैसे-तैसे उठकर तैयार होकर रोनी सूरत और लाल आँखों से ही स्कूल बस में चढ़ गई। घर आते समय तक भी चारु को यह आशा बँधी थी कि कहीं किसी संयोग से चाचा या चाची में से किसी को उसका जन्मदिन भूले-भटके याद आ जाए। बस से उतरते जैसे ही उसे पूजा दिखाई दी, उसकी माँ रसीली की बात याद आ गई चारु को। वह पूरे अधिकार से उस घर में प्रवेश कर गई।

अपनी सामर्थ्य से आगे बढ़कर रसीली ने सूजी का हलवा बनाकर केक की आकृति में अल्यूमिनियम की तश्तरी में एक टूटे मगर ईंटों की सहायता से खड़े स्टूल पर रख रखा था। उसी तश्तरी में एक दीपक जला रखा था। केक काटने के लिए चाकू और हलवा खाने के लिए कुछेक दोने भी थे। चारु बहुत खुश हुई। रसीली ने उसका हाथ पकड़कर हलवा कटवाया। जला हुआ दीपक भगवान की तसवीर के आगे रख दिया। फिर चारु ने रसीली और पूजा के हाथ से जी भरकर हलवा खाया। लगता था कि बरसों की अतृप्त धरती को बरखा की बूँदें मिल गईं हों। फिर रसीली ने अपने हाथ से बुना हुआ एक स्वेटर चारु को भेंट किया। चारु की आँखें छलछला आईं। दो दिन से रुका हुआ सैलाब सीमाएँ लाँघकर, बाँध तोड़कर बह निकला। रसीली ने चारु को अपने दामन में समेट लिया। अपने आँचल से उसके आँसुओं को सुखाया तथा ऐसे शुभ अवसर पर रोने को मना किया। पर हृदय के भावों का बहाव किसी के रोके रुका है क्या जो चारु रोक पाती। फिर ये आँसू भी तो खुशी के थे। रसीली ने चारु को अपने स्नेह की गंगा से सराबोर कर दिया।

वृहद क्षितिज पर अपना सुर्ख आँचल फहराए अरुण-वर्णावरण से लिप्त इठलाते अम्बुददल मदमस्त चहलकदमी में व्यस्त थे। स्वररहित पदचाप और नयनाभिराम दृश्य। संझा की लालिमा कालिमा की झंझा में ढलने को थी जब

चारु घर में दाख़िल हुई। चाची ने हाथ में कुछ छिपाए घर में घुसती चारु को देख लिया। शाम अधिक हो जाने के कारण आज जब चारु घर में घुसी, वह सो नहीं रही थीं, उठ चुकी थी। फिर तो सुशीला का पारा सातवें आसमान पर था। चारु के हाथ से छीनकर उसी के मुँह पर दे मारा रसीली का तोहफ़ा।

"चीथड़ों से सजने गई थी उन दिलद्दरों के घर। हम क्या कमी रखते हैं तेरे लिए? जो तुझे उन गलीचों के यहाँ की गंदगी उठा लाने में इतना मज़ा आता है। या बस हमारी बर्बादी के लिए ही इस घर में आई है।" सुशीला गुर्राई।

"ये मेरे जन्मदिन का तोहफ़ा है जो पूजा की मम्मी ने दिया।" मासूम चारु भोलेपन में सफ़ाई देने लगी, जिससे सच जानकर चाची का क्रोध शांत हो जाए। उसे क्या पता था कि चाची और भड़क उठेगी।

"बस यही एक कसर बाक़ी रह गई थी, हमारे मुँह पर कालिख पोतने को। हम मर गए थे क्या? जो कहती दिला देते। और, क्या है जो नहीं दिलाया है अब तक। राजकुमारियों की तरह रख रखा है महारानी को। नौकर आगे-पीछे घूम रहे हैं। अपनी दादी के घर होती तो नौकरानी जैसी ज़िंदगी गुज़ारती। और हरकतें तो अब भी वही हैं।" सुशीला बरस पड़ी।

चारु चुपचाप सीढ़ियाँ चढ़ने लगी। सीढ़ियों पर लिपटे साटिन के दुपट्टे याद आने लगे। कमरे के अंदर जाने से पूर्व कहीं रंगोली तलाशती रही। कमरे के अंदर घूम-घूमकर झालरें, गुब्बारे, लड़ियाँ, फूल सबको आँखों की पुतलियों में कुरेदती रही। दीवार पर नज़रें गड़ाकर नज़रों से ही 'हैप्पी बर्थडे चारु' लिख देने का भरसक प्रत्न किया पर सब विफल। उस घर की दीवारों पर कहीं 'हैप्पी बर्थडे चारु' लिखा जा सकता था? कभी नहीं। रह-रहकर जनमदिन का सपना मस्तिष्क में कौंध जाता। आँखें बंद कर लीं कि जन्मदिन के सपने की याद जागी आँखों को न

सताए। फिर सहसा रसीली का दिया स्वेटर याद आया। उसे दोनों हाथों में कसकर दबा लिया और असीम शांति और संतोष का अनुभव किया। सपने में माँ को देखा। माँ वही स्वेटर, रसीली का दिया हुआ, उसे अपने हाथ से पहना रही हैं। मुख पर गहन आत्मतुष्टि और आत्मस्नेह के भाव उदित होने लगे। हाथ में ऐसे ही स्वेटर पकड़े-पकड़े कब निद्रा ने आ घेरा था, कुछ होश नहीं था। अगले दिन खुशी से भर चारु ने पेंसिल के रंगों से एक तसवीर बनाई जिसमें उसने अपने जन्मदिन के दृश्य को कैद कर लिया था। हलवे का केक काटती हुई चारु, उसका हाथ पकड़े रसीली, ताली बजाती पूजा और पूजा को गोद में उठाए शिब्बू। तसवीर उसने अपनी कॉपियों की अलमारी में सहेजकर रख ली।

इसी तरह की मानसिक यातना और प्रताड़ना के चलते एक और साल बीता। अब चारु अपनी परिस्थितियों से सामंजस्य बिठा चुकी थी। पूजा के घर में नाइज़ीरिया में रहने वाले मकान-मालिक ने अपने किसी संबंधी को रहने को भेज दिया था। अत: पूजा, रसीली और शिब्बू अचानक कहाँ चले गए थे, चारु को पता नहीं था। वह तो एक दिन स्कूल से आई तो देखा कि पूजा के घर के सामने सामान से लदा ट्रक खड़ा है। उसमें से पलंग, सोफ़ा, टी.वी. फ्रिज आदि सामान उतारकर पूजा के घर लाया जा रहा है। हृदय के भावों को हृदय में स्थान देनेवाला एक आखिरी ठिकाना भी उजड़ गया। उनसे मिला प्यार भी तो उधार का था। अधिकार तो नहीं था उस पर। जितना भाग्य में था सो मिल गया।

चाचा-चाची के आशियाने में चार साल गुज़र गए। वह कभी उसे अपना मानने का साहस न जुटा पाई। चारु पाचवीं कक्षा में प्रथम आई थी। इस बात से घर में कोई उल्लास नहीं था। पूर्ववत कुछ दिनों बाद चारु का जन्मदिन था आठ अप्रैल को। वह दिन भी साल के अन्य 364 दिनों की भाँति ही बीता। क्या फ़र्क है 8 अप्रैल और 7 अप्रैल में या फिर 9 अप्रैल में? कुछ भी तो नहीं। अब चारु

को यह सामान्य ही लगने लगा था। आदत पड़ गई थी। नीरसता उसके जीवन का अभिन्न अंग बन चुकी थी। खाने को खाना, पहनने को कपड़े और रहने को छत मिल गई थी। और क्या चाहिए जीवन से? जब कभी पूजा और रसीली की याद सताती तो वह तसवीर देख लिया करती, जो उसने अपने आठवें जन्मदिन की बनाई थी।। रोज़ रात को उस स्वेटर को भी हाथ में उठाकर कलेजे से लगाना न भूलती।

दादाजी हर साल एक बार चारु से मिलने देहरादून आया करते थे। कुछ माह पहले दादाजी आकर चारु को अपनी आँखों से देख गए थे। उनके आने पर चारु के जीवन में कुछ क्षणों के लिए फिर से बहार लौट आई। दादाजी के आने से चारु के चेहरे पर आई चमक को दादाजी ने सुख की स्थायी आभा समझा। दादाजी से मिलकर उसे मंजु की बहुत याद आई। छोटी बहन को देखे चार साल गुज़र गए थे। सबसे बड़ी खुशखबरी जो दादाजी ने दी; वह यह कि माँ सुषमा के खिलाफ़ पुलिस कोई ठोस सबूत अदालत में पेश नहीं कर पाई। अत: कागज़ी कार्यवाही पूरी होते ही उसे पुलिस हिरासत से मुक्त कर दिया जाएगा। चारु यह सब न जानती थी। वह तो इतना समझी थी कि माँ घर लौट आएँगी और वह फिर से अपने घर में अपनी माँ और बहन मंजु के साथ रह सकेगी।

दादाजी गर्मियों की छुट्टियों में चारु को माँ से मिलवाने के लिए घर ले आने का न्योता दे गए थे। तब से ही चारु नए जोश और उत्साह से पढ़ाई में जुटी थी। माँ को आदर्श बेटी बनकर दिखा देगी वह। घर के काम-काज में हाथ बँटाकर माँ का दिल जीत लेगी वह। घर जाकर छोटी मंजु को पढ़ाने का कार्य भी वह सँभाल लेगी। बहुत मज़ा आएगा। पूजा को कुछ दिन पढ़ाकर एक कुशल अध्यापिका के जैसा पढ़ाना सीख गई थी वह। मन के विचारों को अपने मस्तिष्क की कल्पना

में साकार कर अपने ही चलचित्र से बहकी-बहकी फिरती थी। आनंद था कि सीने में समाना नहीं पा रहा था, उछल-उछल के सब ओर बिखरा जाता था।

ज्येष्ठ में माँ के पास जाने वाली थी वह। चाचाजी शुक्रवार की रात को उसे छोड़ने जाएँगे और रविवार को वापिस आ जाएँगे। मन ही मन में झूमती-गुनगुनाती चारु हफ़्ते भर से अपने कपड़े-लत्ते समेटने में लगी हुई थी। सुशीला के चेहरे पर भी खुशी के चिह्न झलक रहे थे। उसने सभी ज़रूरी कपड़े, किताबें आदि अपनी अटैची में बाँध लिए। शुक्रवार इतने दिनों बाद क्यों आता है? वह सोचने लगी। हर एक पल माँ से मिलने की बेचैनी बढ़ती जती थी। मंजु को गले लगाने और उसके साथ खेलने को ललक रही थी चारु।

शनिवार सुबह वह चाचा प्रमोद के साथ डलहौज़ी पहुँच गई। जहाँ प्रमोद रातभर के सफ़र से थके हुए थे, वहीं कई रातों से जगी हुई चारु के आस-पास नींद फटकी भी न थी। नाश्ता कर प्रमोद सो गए। चारु माँ की दशा देख हैरान थी। चार साल में उसकी माँ की उम्र दस साल बढ़ गई थी। बाल सफ़ेद, चेहरे पर झुर्रीदार शुष्कता, शरीर कंकाल सा मुर्झाया हुआ और कमर झुकी सी। ममता की टूटी डोर के सिरे टटोलती सी दौड़ी चली आई। चारु को कलेजे से लगाकर घंटों रोती रही। उसकी अंतरात्मा कहीं गहरे से चारु के साथ हुए हादसे के लिए उसी को जिम्मेदार ठहरा रही थी। दिल के जंगल में काँटे ही काँटे उग रहे थे, चारु को देख कुछ कलियाँ चटकीं। सुषमा चारु की सूरत देख टीस रही थी और चारु माँ की। चारु को विश्वास ही न हुआ कि यह उसकी माँ है, जिसके सौष्ठव का सारा शिमला कायल था।

मंजु को अपने अंक से लगाने को चारु का तड़पता मन बहुत आकुल था। पर मंजु उसे अजनबियों के जैसी घूर रही थी। कैसे समझाए उसे कि बड़ी बहन है वह उसकी, जो चार साल बाद घर आई है। तीन साल की थी वह जब चारु को

भेज दिया गया था। अब वह सात की हो गई है। मंजु दूर खड़ी टुकुर-टुकुर चारु को देखती रही। अपनी माँ का किसी और बच्ची को गोद में उठा लेना, सीने से लगा लेना चुपचाप देखती रही। सहोदरी स्पर्द्धा मुँह बाए खड़ी थी। छ: माह पहले वह सुषमा को भी ऐसे ही देखती रही थी। बिन माँ की बच्ची को बिन माँ के जीने का अभ्यास हो गया था। वह अबोध दादी को ही माँ समझ बैठी थी तब। माँ की उपस्थिति तथा स्नेह से वह जल्दी ही माँ से घुल-मिल गई थी। परंतु कुछ बात थी जो उसे चारु से घुल-मिलने से रोक रही थी।

एक-दो दिन मंजु चुपचाप सब तमाशा देखती रही। माँ का नए-नए पकवान बनाना, चारु को अपने हाथ से खिलाना, चारु का माँ के गले में बाँहे डालकर दिनभर लटके रहना; सब मंजु को नागवार गुज़र रहा था। रात को भी माँ एक तरफ़ मंजु को तो एक तरफ़ चारु को लेकर सोईं। पर मुँह चारु की तरफ़ कर उससे देर तक उसके सुख-दुख की खबर लेती रही। इन सभी कामों में माँ को मंजु की बिल्कुल सुध न रही। मंजु को लगा जैसे वह अनाथ हो गई है। उसकी माँ अब उसकी न रही। उसे चारु से ईर्ष्या होने लगी। यह कौन है? कहाँ से आ गई है मेरा हिस्सा बाँटने? चारु जब भी मंजु को अपनाने को बाँहें फैलाती, मंजु छिटककर दूर खड़ी हो जाती और भरपूर गुस्से से उसे ताका करती। चारु को मंजु की इस हरकत पर भी प्यार उमड़ता। वह शीघ्रता से मंजु का चुंबन ले लेती। मंजु जाल में फँसे पखेरु सी छटपटाने लगती और चारु को दूर धकेल देती। मंजु का यह व्यवहार चारु को एक पहेली सा अनबूझ लग रहा था। वह सुषमा को यदा-कदा मंजु को समझाते हुए पाती। पर मंजु थी कि अड़ियल घोड़े सी टस से मस होने को तैयार नहीं थी।

मंजु जब-जब सुषमा को अपने स्नेह की निधि चारु पर रिक्त करते देखती तो रो-रोकर पूरा घर सिर पर उठा लेती। दादी भी सुषमा को समझातीं कि छोटी

बच्ची पर भी बराबर ध्यान दे, कहीं वह विद्रोही न हो जाए। सुषमा के घर लौट आने पर जो मंजु दादी की गोदी में दुबकी रही बहुत दिन, वही अब दादी के पास जाने को कतई राज़ी नहीं थी। उसे तो हर-पल सुषमा चाहिए थी, अविभक्त। अपनी मिल्कियत में भागीदारी उसे तनिक भी रास नहीं आ रही थी। सुषमा की दो हिस्सों में बँटी ममता नदिया के दो छोर सी साथ-साथ होकर भी अलग-अलग बह रही थी।

अधिकांशत: बड़े बच्चे के एकल साम्राज्य में जब किसी दूसरे नन्हे शिशु का दखल होता है, तो पहला बड़ा बच्चा ही ममता को सम्पूर्ण हासिल करने के लिए बग़ावत करता है। पर यहाँ उलटी गंगा बह निकली थी। चार साल में उस घर पर, घर में रहने वालों पर मंजु का एकाधिकार हो चला था। उसे चारु फूटी आँख न सुहा रही थी। अपनी बहन को गले लगाने को चारु के विकल हृदय की व्याकुलता मंजु की दृष्टि से ओझल थी। उसके अनुसार तो बस जैसे किसी ने उसके स्नेह कोट में सेंध लगाकर जबरन कब्जा जमा लिया था।

अब मंजु सुषमा को चारु से बिल्कुल बात न करने देती। चारु का सुषमा के आस-पास होना भी मंजु को खलने लगा। जब भी चारु को सुषमा के निकट जाते देखती तो झट से माँ की गोदी में चढ़ बैठती। धीरे-धीरे चारु को मंजु का यह बर्ताव खलने लगा। फिर भी वह बहन को असीम प्रेम करती थी। उसकी सब नादानियाँ धीरज से बर्दाश्त करती रही, अपनी जड़ों द्वारा धरती से मजबूती से जुड़ा पौधा बाढ़ की प्रवेगी धारा को झुककर झेल जाता है, ठीक उसी तरह।

इसी उहा-पोह में दो महीने पलक झपकते ही मानो पंख बाँधकर उड़ गए। सुषमा चारु को वापिस भेजते समय साथ बाँधने के लिए लड्डू, कचौड़ी आदि तैयार करने लगी। यह जानकर चारु को आघात सा लगा, जैसे बड़ी कठिनाई से भरे पुराने जख्म फिर से हरे हो गए हों। उसने माँ से उसे अपने ही पास रख लेने

की विनती की। सुनकर सुषमा के मुख पर कई भाव आए और गए। कई अकथनीय बातें उसने होठों में ही भींच ली तो कई हृदय की तहों में दबा दीं। चारु का कुम्हलाया मुख देखा। चारु को पास बिठाकर आपबीती बतानी शुरु की। चारु सब ध्यानपूर्वक सुनती रही। -

"तुम जानती हो चारु, बुज़ुर्गों के चेहरे पर झुर्रियाँ क्यों होती हैं? ये झुर्रियाँ हमें कुछ याद दिलाती हैं। तुमने किसी पेड़ के तने को देखा है? उस पर भी कुछ ऐसी ही झुर्रियाँ होती हैं। तने की बाहरी परत उसकी अंदरूनी नसों और गूदे को सुरक्षा देती है। अंदर का गूदा व वाहिकाएँ समय के साथ-साथ बढ़ती जाती हैं और बाहरी परत और कड़क होकर कड़ी सुरक्षा प्रदान करने लगती है। एक समय आता है कि वह परत आँधी, बारिश, तूफ़ानों को सहन कर-कर के जर्जर हो जाती है, वह बीच-बीच में से टूट जाती है, उसमें दरारें पड़ जाती हैं परंतु वह ढाल बनकर हर बाहरी आक्रमण से अपने आश्रितों का बचाव करती है। ऐसे ही हमारे बड़े-बुज़ुर्ग छाल बनकर अपने परिवार की रक्षा और सहायता की हर संभव कोशिश करते हैं।

मुसीबत के समय जिस किसी ने हमें सहारा दिया हो, उसका जीवन भर उपकार मानना चाहिए। मैं तेरे दादा-दादी की दिल की गहराइयों से आभारी हूँ। मेरी बच्ची! तेरे दादा-दादी ने जेल में चार साल बिताकर आने वाली बहू को घर में ही नहीं दिल में स्थान दिया, स्वीकार किया। पहले का-सा दर्जा दिया, बल्कि कुछ बढ़ाकर ही। तू बहुत छोटी है अभी। शायद मेरी स्थिति तुझे मैं ठीक से समझा न पाऊँ। पर जब कभी समझदार होगी और मेरी बातें याद आएँगी तो मुझे क्षमा कर सकेगी कदाचित, इसी अपेक्षा में तुझे अपने जीवन से परिचित करा रही हूँ। तुझमें अपनी पुत्री से अधिक अपनी सखी के रूप को देखने का प्रयत्न कर रही हूँ।

सारी दुनिया, समाज, नातेदार, पड़ोसी और पुलिस ने, सभी ने तेरे पिता की नृशंस हत्या का दोष मुझपर लगाया परंतु देवी-देवता तुल्य तेरे दादा-दादी ने मुझे कभी अपराधी नहीं माना। तेरे दादाजी के अथक प्रयासों से ही आज मैं बाइज़्ज़त बरी हुई हूँ। मेरे ऊपर जेल में क्या-क्या गुज़री। शारीरिक, मानसिक और चारित्रिक कैसी-कैसी प्रताड़ना और दंशों को मैंने अपने ऊपर झेला है, आग का कैसा दरिया पार किया है, किन जलते शोलों की डगर पर हर घड़ी पाँव रखा है, यह कुछ वर्षों बाद तो तू समझ पाएगी, आज नहीं। घर वापिस आने के बाद मैं बहुत दिनों तक उन अत्याचारों के कारण असमान्य रही। बहुत बार माते (चारु की दादी) को सब बताने की चेष्टा की। हर बार उन्होंने यह कहकर रोक दिया- 'तू हमारे लिए सती से कम नहीं। उस अपराध के लिए चार साल का कठिन वनवास झेला है, जो तूने किया ही नहीं। सीता का वनवास तो उसके पति की छत्रछाया में बहुत सरल था। केवल वन्य जीवन के ही तो कष्टों को झेलना था उसे। पर तूने बेटी उस आक्षेप को जिया, जिसने तेरा सामाजिक, मानसिक, शारीरिक शोषण किया। पति का साया तो उठा ही, तिसपर यह आघात कि तू ही इसकी अपराधिनी है, तुझे कहीं समूचा लील गया होगा। यह सब हमारे बेटे की बहू होने के कारण ही तो तुझे इस कीचड़ के दलदल से गुज़रना पड़ा है। तूने बहुत तपस्या की है। हमारे लिए तू किसी तपस्विनी के समान पूज्य है और पूज्य रहेगी। कारागार में अपराधी और निरपराध के बीच का भेद समाप्त हो जाता है। कानून जब तक यह सिद्ध करे कि अमुक-अमुक बेगुनाह है, तब तक कारागार उसे गुनहगार बना चुका होता है। कारागृह में कौन सा ज़ुल्म बाकी छूटता है? तुझ पर क्या-क्या न बीती होगी? तू पाषाण बनी हमारी वंशबेल की रक्षा की खातिर सब सह गई, यह बहुत बड़ा पुण्य किया तूने। बहुत उपकार है तेरा हम पर कि तूने उन अत्याचारों से डरकर, घबराकर अपने जीवन को समाप्त करने की नहीं सोची। जो तेरे साथ घटित हुआ होगा किसी भी स्त्री के साथ होता। स्त्री योनि में जन्म लेने का

प्रायश्चित तो करना ही पड़ता। इस श्राप को भी तूने जीया। बस अब जो हुआ उस पर मट्टी डाल, अपने मन से सब पश्चाताप निकाल और अपना जीवन फिर से शुरु कर।' पिते (चारु के दादाजी) ने भी दादी की इन बातों पर हुँकारा भरा। वे बोले, "वायुशिफ नामक पेड़ की जड़ें भी दलदल से बाहर निकल आती हैं साँस लेने के लिए। तो क्यों फिर मनुष्य का ही हरदम दम घोंटा जाना चाहिए।

मुझे वास्तव में लगा कि मुझे एक नया जीवन मिला है। कितनी सौभाग्यशाली हूँ मैं कि मुझे ऐसा परिवार मिला है, जहाँ विचारों की श्रेष्ठता का कोई साम्य नहीं। मेरे बुझे से मन में फिर से आस का दीप जल उठा। तेरे दादा-दादी भले ही अधिक पढ़े-लिखे नहीं, परंतु उनकी उदार सोचों की आधुनिकता उन्हें महान बनाती है जो किसी पढ़े-लिखे न्यायाधीश की पैतृक सम्पत्ति नहीं। शिक्षा भी किसी काम की नहीं अगर वह आपको उदार नज़रिया न प्रदान करे। औपचारिक शिक्षा न लेते हुए भी उनके विचार किसी महान विचारक या दार्शनिक से कम नहीं। मैं उनकी सदा कृतज्ञ रहूँगी। उनके उपकारों का मोल चुकाया जा सकता है क्या? सच! मै बस इसी आस में हर शोषण को झेल गई कि माते-पिते मेरे साथ हैं। वर्ना ये पड़ोसी और समाज कलंक की चपेट में आई मेरे जैसी स्त्री को जीने देते हैं क्या?

फिर इतना ही नहीं, तेरी दादा-दादी के अन्य कई अहसान हैं मुझ पर। जब तेरा जन्म हुआ, तेरे पिता ने मुझे संदेह की नज़र से देखा। महीनों तुझे छुआ नहीं। अपनी पुत्री मानने से इनकार कर दिया। मुझे तलाक देने की धमकी देना शुरु कर दिया। मेरे लिए अपने पतिव्रता होने के प्रमाण देने का कोई उपाय न था। किस तरह यह सिद्ध करुँ कि यह तुम्हारी ही संतान है। उनके इस संदेह का आधार था उनकी दूसरी पत्नी। दूसरी कहूँ या कि पहली कहूँ समझ नहीं आता। जहाँ तक मुझे अंदाज़ा है, चम्पा तेरे पिताजी के लिए खाना बनाने उनके घर आया करती

थी, जब वे शिमला में अकेले रहकर पढ़ाई कर रहे थे। चम्पा के हाथ का स्वादिष्ट भोजन और अतुल्य रूप सौंदर्ययुक्त कौमार्य उन्हें विचलित कर उठा। कोमलांगी चम्पा ने प्रताप की बढ़ती उच्छृंखलता को बहुत शय दी। कभी चुप रहकर तो कभी हँसकर। प्रताप जब तब उससे कुछ नया खाने की फरमाइश करते और वह रात-बेरात दौड़ी चली आती और ताज़ा पका कर खिलाती।

प्रताप की मनोहर सूरत और गरिष्ठ-बलिष्ठ भरा-पूरा शरीर प्रलोभन से कम न था। यौवन ने दोनों को असंयमी बना दिया। एक-दूसरे के हृदय के गुप्त भेद पाते ही उन्होंने सारे बाँध तोड़ दिए। शाम को खाना पकाने आई चम्पा निशा और भोर की संधि में घर से वापस गई। कुछ दिन तो इस ग्लानि ने दोनों को संयम का पाठ पढ़ाते हुए एक-दूसरे से दूर धकेल दिया। पर भावनाओं का प्रवेग इतना तीक्ष्ण था कि प्रताप के एक बुलावे पर चम्पा फिर खाना बनाने उपस्थित हो गई। अब यह रोज़ का क्रम बन गया। चम्पा प्रताप की हर इच्छा की तृप्ति कर के ही वहाँ से निकलती। कुछ रोज़ बाद चम्पा ने प्रताप से विवाह कर लेने की ज़िद की। कारण यह बताया कि वह गर्भवती है। प्रताप के पास और कोई चारा न बचा इस पाप को छिपाने का।

दोनों चुपचाप मंदिर में ईश्वर को साक्षी मानकर गंधर्व विवाह कर आए। जब विवाह को चार मास बीत गए और चम्पा की देह में कोई परिवर्तन नहीं हुआ, तब प्रताप के आश्चर्य की सीमा न रही। प्रताप ने डॉक्टर को दिखाने की हठ की तो चम्पा ने स्वयं ही राज़ खोल दिया कि पढ़ाई पूरी कर उसे उसके हाल पर छोड़कर प्रताप डलहौज़ी वापस चले जाते, इसलिए ही चम्पा ने उन्हें सदा के लिए अपने पल्लू से बाँध लेने को यह स्वाँग रचा था। प्रताप चम्पा से बहुत नाराज़ हुए और उससे बदला लेने की ठान ली।

लगभग वही समय था जब शिमला में 'मिस शिमला' सौंदर्य प्रतिस्पर्धा में मैं प्रथम घोषित हुई। मेरी तसवीर शिमला के सभी मुख्य अख़बारों में छपी। प्रताप ने मेरा पता खोजबीन कर शादी का प्रस्ताव रखा। उस समय मेरा भाई भी वहीं मौजूद था। संकीर्ण मानसिकता वाले परिवार में जन्म लेने के कारण मेरे भाई को मेरा 'ब्यूटी कॉन्टेस्ट' में भाग लेना बिल्कुल पसंद न आया था। इस उपलब्धि के बाद कहीं मैं फ़िल्मी दुनिया का रुख़ न कर लूँ , इस अंदेशे के हक़ीकत में बदलने की किसी संभावना के पूर्व ही भाई ने मेरा विवाह प्रताप से तय कर दिया। प्रताप से मेरा विवाह एक पवित्र बंधन के सूत्र के स्थान पर प्रतिशोध का एकमात्र सूत्र था।

आर्थिक तंगी में बचपन से जीवन व्यतीत कर रहे मेरे अन्य चार भाई-बहनों में से किसी ने मेरे विवाह का विरोध नहीं किया था। विरोध करने की सामर्थ्य ही नहीं थी। प्रताप यह विवाह बिना किसी दान-दहेज लिए करने को तैयार थे। और हमारे पास देने के लिए दान-दहेज था नहीं। अत: हम छ: के छ: भाई-बहन प्रताप के उपकार के बोझ से दबे जा रहे थे। छ: भाई-बहनों में मेरे से छोटा एक भाई और एक बहन थे और एक भाई और दो बड़ी बहनें। दोनों बड़ी बहनों की शादी तब तक हो चुकी थी। माँ-पिताजी की बस यादें ही थीं जो हम भाई-बहनों के साथ थीं।

माँ हमें बेसहारा छोड़ कर तब चल बसीं जब मैं छ: साल की थी, छोटी बहन चार की और छोटा भाई छ: महीने का। माँ के जाने के छ: साल बाद ही पिता हमें अनाथ कहलाने को छोड़कर स्वर्ग सिधार गए। बड़े भैया पंद्रह साल के थे। तब वे अपनी दसवीं की शिक्षा को तिलांजली देकर पेंच बनाने के एक कारखाने में कारीगर हो गए। मेरठ के सदर बाज़ार में स्थित जो मकान हमारे लिए एक आखिरी सहारे के रूप में पिताजी छोड़ गए थे। वह भी किराएदार बनी सगी

मौसी ने धोखे से हड़प लिया और हम चार भाई-बहन अपने ही घर में शरणार्थी और पराश्रित हो गए।

भैया को मिलने वाली जीरे सी तनख्वाह से रोटी ही खानी मुश्किल, तो घर का बाकी खर्च कैसे चले। तब मैंने मौसी के घर के चौके-चूल्हे का सारा काम सँभाल लिया। झाड़ू-बुहारी की। उसके एवज में हम चारों भाई-बहनों को गिनकर दो-दो रोटी कभी नमक, कभी प्याज़ से मिला करतीं। कभी-कभी मैं मौसी या उनकी बेटियों से नज़रें बचाकर सब्जी के दो टुकड़े, अचार की दो फाँकें या गुड़ की डली ले आती तो वह दिन हमारे लिए दावत जैसा रहता।

मेरी आगे पढ़ने की इच्छा थी। पढ़ाई करने का कोई साधन नहीं था। न फीस, न यूनिफ़ॉर्म, न किताबें, न समय। धीरे-धीरे एक-एक अड़चन का समाधान निकाला। सबसे बड़ी बहन ने, जो पहले से शादी-शुदा थीं, किसी तरह पैसे बचाकर दसवीं की प्राइवेट परीक्षा का फ़ॉर्म भरवा दिया। फिर याद आईं किताबें? किताबों के बिना कैसी परीक्षा? अपने फ़ेल होने से अधिक बड़ी बहन के पैसों के बर्बाद जाने की आशंका मुझे खाए जा रही थी। केवल इतना ही नहीं, फिर आगे पढ़ाई के बारे में सोचने वाले सारे रास्ते कँटीली तारों द्वारा बंद किए जाने की पूर्ण संभावना थी। मैं अपने जीवन के साथ इतना बड़ा खिलवाड़ नहीं कर सकती थी।

मौसी की एक हम उम्र बेटी थी-रम्या। वैसे तो मौसी की कुल पाँच बेटियाँ और एक बेटा था। मौसी के अन्य बड़े बच्चों को पढ़ाई में कोई रुचि न थी, केवल रम्या ही स्कूल जाया करती थी। उसकी यूनिफ़ॉर्म धोने और इस्त्री करना भी मेरा ही उत्तरदायित्व था। उसकी वर्दी मेरे हाथ में होते हुए भी उसे अपने तन पर पहन सकने में कई अवरोध थे। मुझे उसके और अपने भाग्य के बीच का फासला मीलों लम्बा दिखाई देता था। रम्या ने मुझे अपनी पुस्तकें इस शर्त पर देना स्वीकार कर लिया कि रात में मैं उसकी किताबें पढ़कर सवेरा होते ही वापिस कर दूँ और रात

को उस पुस्तक में से दिए गए उसके गृहकार्य को भी करूँ। सच पूछो तो जो शर्त उसने कर्ज के ब्याज के रूप में रखी, वही मेरी तारिणी और मददगार साबित हुई। रात को दस बजे से एक बजे तक मैं रम्या की पुस्तकें पढ़ती, उसका गृहकार्य करती और मुझे पाठ अच्छी तरह से समझ आ जाता।

रम्या कई-कई दिन स्कूल न जाती और इधर-उधर मटरगश्ती में समय बिताकर स्कूल की छुट्टी के समय ऐसे घर वापिस आ जाती जैसे वह स्कूल में पढ़ाई के बोझ से थकी-टूटी पहुँची हो। ऐसे में वह अपनी सहेली की कॉपी लाकर मुझे देती कि मैं उसकी कॉपी में काम उतार दूँ। और यह मेरे लिए वरदान सा सिद्ध होता। मैं उसका सब काम करते हुए चुपचाप अपने लिए नोट्स बनाती रहती। कई बार बिजली का बिल न भर पाने के कारण बिजली कट गई। सालाना इम्तिहान से ठीक पहले बिजली कट गई। तब रम्या ने अपनी पुस्तकें देने से भी मना कर दिया। रात में कभी कुप्पी के धुँधियाते उजाले में तो कभी स्ट्रीट लाइट की मद्धिम रोशनी में आँखें मलते-मलते नोट्स दोहराती। प्रभु की कुछ ऐसी कृपा रही कि फर्स्ट डिविज़न में दसवीं की परीक्षा पास हो गई। बड़ी बहन तो जैसे निहाल ही हो गईं। आगे पढ़ाई के लिए उन्होंने जीजाजी को मनाकर शिमला बुला लिया और मेरा नाम प्राइवेट बारहवीं की परीक्षा के लिए रजिस्टर करा दिया।

मेरी गाड़ी तो पटरी पर चल पड़ी थी। बारहवीं की परीक्षा भी प्रथम श्रेणी में उत्तीर्ण की। फिर सिलाई-कढ़ाई की ट्रेनिंग में शाम को तथा सुबह एन.डी.एस.आई. के प्रशिक्षण में भरती हो गई। शिमला में केवल गिनी-चुनी छात्राओं के प्रथम श्रेणी में पास होने के इनाम स्वरूप एन.डी.एस.आई. प्रशिक्षण की फीस पूरी तरह माफ़ थी। वज़ीफ़ा अलग से मिलता था जिससे सिलाई-कढ़ाई की ट्रेनिंग का काम चल जाता था। अपनी जीवन की डगमग हिचकोले खाती नैया को खेने की ताकत आई तो भाई की सहोदरी चिंताएँ ततैए की तरह मेरे दिमाग

में डंक मारने लगीं। भैया को रोटी-पानी की व्यवस्था के साथ ही मेरे और मेरी छोटी बहन के हाथ भी पीले करने थे। उन हीं दिनों एन.डी.एस.आई. प्रशिक्षण के दौरान ही अखबार में 'मिस शिमला ब्यूटी कॉन्टेस्ट' के बारे में पता चला। मैं तब प्रशिक्षण केंद्र के छात्रावास में ही रहती थी। अत: किसी की आज्ञा लिए बगैर मैंने नामांकन पत्र दाखिल कर दिया। विचार यह था कि अगर कॉन्टेस्ट जीत गई तो भाई का हाथ बँटा सकूँगी। दो-दो बहनों के ब्याह की चिंता में सूखते पौधे जैसा उसका मन खिल जाएगा। निश्चिंत भी थी कि सिलाई-कढ़ाई की कक्षाओं में स्वयं के लिए खुद की डिज़ाइन करे हुए परिधान भी तैयार कर सकती हूँ जो कॉन्टेस्ट में पहने जा सकेंगे।

घर में सभी को सीधा कॉन्टेस्ट वाले दिन ही खबर मिली। कोहराम मच गया। वही हुआ जिसका डर था। मुझे कॉन्टेस्ट में न जाने के लिए तरह-तरह से धमकाया-डराया गया। मगर तब पता नहीं आत्मनिर्भरता की कौन सी धुन मेरे सिर पर सवार थी कि मैंने एक न सुनी। कॉन्टेस्ट जीत भी गई तो किसी को कोई खुशी नहीं हुई। हाँ, उस जीत के आधार पर प्रताप द्वारा विवाह का प्रस्ताव आया तो घरवालों ने मेरे गुनाह को माफ़ करने की दिलेरी दिखाई। कॉन्टेस्ट जीतने पर मिली रकम मैंने छोटी बहन के विवाह के लिए मुकर्रर कर दी।

विवाह के दो साल बाद जब मैं गर्भवती हुई, तब तुम्हारे पिता मेरे चरित्र पर लांछन लगाने में एक बार भी न हिचके। उनके अनुसार मैं 'मिस शिमला' थी। बहुत से यार होंगे। किसी और के बच्चे को मैं जबरन उन पर थोप रही हूँ। मुझे अपनी सफ़ाई में कुछ कहने का मौका दिए बिना चम्पा के पास शिमला दौड़ गए। प्रताप का शिमला आना-जाना मेरे-उनके विवाह के बाद भी लगातार बना हुआ था। हर रविवार उनका वहीं बीतता था। अब तक चम्पा भी गर्भवती न हुई थी। शिमला में चम्पा की सलाह पर डॉक्टरी जाँच करवाने से यह पता चला कि प्रताप

पिता नहीं बन सकते। यही आधार था उनके पास मुझे दुष्चरित्र साबित करने का। मैं अकेली रह गई। तब मैंने माते-पिते को तार देकर गाँव से बुलाया। मैं उन्हें अपने दर्द से अवगत कराना चाहती थी और अपने शुद्ध होने का विश्वास दिलाना चाहती थी। तब अनपढ़ माते ने ही प्रताप से प्रश्न किया था, 'अगर डॉक्टर ने कहा है कि तू पिता नहीं बन सकता तो ज़रूर कोई जाँच की होगी; खून की, मूत्र की या कोई एक्स-रे। कोई रिपोर्ट तो दी होगी। वह रिपोर्ट दिखा बहू को। उसे पढ़ कर इसे तसल्ली हो जाएगी कि तू सचमुच बाप नहीं बन सकता।'

तुम्हारे पढ़े-लिखे पिता के छक्के छूट गए। उनकी अक्ल पर पड़ी कुहासे की चादर माते ने एक झटके में उघाड़कर पटक दी। उनके पास कोई रिपोर्ट नहीं थी। डॉक्टर ने यह बात कहीं लिखित में न देकर मुँहजबानी बताई थी। एक बार फिर से चम्पा द्वारा बुने जाल में जा फँसे थे वे। उसकी क्या योजना थी, वह क्या चाहती थी, मैं नहीं जानती। उस समय माते-पिते की बुद्धिमता के कारण ही मैं चरित्रहीन कहलाने से बच पाई। कुछ समय बाद जब चम्पा गर्भवती हुई, तब प्रताप स्वत: ही घर लौट आए। तुझे भी प्यार करने लगे। मैं तब तक चम्पा के विषय में कुछ नहीं जानती थी।

एक बार चम्पा ज़िद पर अड़ गई कि प्रताप अपनी सारी संपत्ति चम्पा के बेटे के नाम लिख दें। प्रताप ने तब चम्पा से सबूत माँगा कि यह बच्चा मेरा बेटा कैसे है जब मैं पिता बन ही नहीं सकता। चम्पा को अपनी चाल की धज्जियाँ उड़ती दिखाई दीं। पर वह जल्द सँभल गई। उसने प्रताप को विश्वास दिलना चाहा कि ईश्वर की इच्छा से यह संभव हुआ है, शायद डॉक्टर की रिपोर्ट गलत थी। प्रताप ने चम्पा से रिपोर्ट माँगी। रिपोर्ट होती तो देती चम्पा। उसने रो-रोकर अपने बच्चे की कसमें खाकर प्रताप को यकीन दिलाया कि वह उनका ही बेटा है। प्रताप

ने बेटे की ख़ातिर एक बार फिर चम्पा को क्षमा कर दिया। प्रताप का चम्पा के पास शिमला आना-जाना जारी रहा।

तीन वर्ष बाद मंजु का जन्म हुआ। एक बार प्रताप चम्पा को चौंकाने के इरादे से आने को मना कर के अचानक चम्पा के पास शिमला पहुँच गए। वहाँ उन्होंने जो नज़ारा देखा, उन्हें चम्पा से ही नहीं, अपने आप से भी नफ़रत हो गई। उनकी प्रेयसी अथवा पत्नी किसी पराए पुरुष की बाँहों में थी। तब वे उसे हमेशा के लिए छोड़कर चले आए। घर आने पर उनके बुझे-बुझे स्वरूप को देख मैंने इतनी उचाटता का कारण पूछा तो उन्होंने सब बातें विस्तार से कह सुनाईं। मुझसे वायदा किया कि अब वे मुझपर कभी अविश्वास नहीं करेंगे।

हमारी जंग खाई गृहस्थी की मशीन कई वर्षों के बाद प्रेम के तेल से रवाँ हुई थी कि कुछ ही महीनों में तेरे पिता की हत्या; और सब तबाह हो गया जैसे। ऐसी परिस्थिति में फिर तेरे दादा-दादी की दयाशीलता के कारण ही मैं फिर से इस घर में वापिस आ पाई हूँ। उन्हीं की सूझ-बूझ से उनके दूसरे बेटे प्रमोद के रिक्त स्नेहांकुर को भी धरातल मिला है। मेरी बच्ची! तेरे साथ हुई उस नियति की दुर्घटना के बाद चाचा ने तुझे सहारा दिया है। तू चाचा-चाची के सूने आँगन की फलती बेल है। तुझे कैसे मैं उनके आँगन से उखाड़कर अपनी बगिया में रोप दूँ। अपनी ममता के लिए इतनी स्वार्थी नहीं हो सकती मैं। अत: तुझे जाना ही होगा। मेरी ममता की चिंता छोड़कर तुझे चाचा के घर में खुशियों की कलियाँ महकानी होंगी।"

चारु सब कुछ दिल थामे सुनती रही। कुछ नहीं समझी, फिर भी बहुत कुछ समझ गई थी। वह जानती थी कि उसका त्याग माँ के त्याग के सामने नगण्य है। माँ के बलिदानों को धूमिल न होने देना उसका भी कर्त्तव्य है। अचानक ही वयस्कता को प्राप्त कर गई थी वह। अपनी माँ को ऐसे कलेजे से लगा लिया

उसने जैसे सुषमा उसकी माँ नही, वह सुषमा की माँ हो। अपने हृदय के घावों को कृतज्ञता में डूबे अपनी माँ के शब्दों की चूनर में छुपा गई।

उसे माँ का भरपूर स्नेह कुछ समय के लिए उधार मिला था।

॰ॐ

5

गुनगुनाते कंटक

विस्तृत व्योम में द्रुत विलय होते घटाकार मेघ स्वर्णरंजित कलश से मखमली सुरों की छींटे पथ पर छिटकाते चल रहे थे। वरद घन लघ्वाभ्र के सान्निध्य में कुछ आरोह कुछ अवरोह में उपस्थित नवीन सरगम की रचना कर अपार महि को आनंद उत्सव की बौछार दे रहे थे। हाँ, उत्सव ही तो था। देखते-देखते कॉलेज का एक वर्ष व्यतीत हो गया। नए छात्रों का स्वागत-समारोह, भाँति-भाँति के कार्यक्रमों के मध्य कर्णप्रिय मधुर स्वर में सुरमल्लिका की विलक्षण रचना- चारु द्वारा राग मालकौंस की बंदिश की प्रस्तुति-

जीवन में आए घनश्याम बन के

बरसे भी हो घन श्याम बन के

ढल तो न जाओगे बन के शाम

त्याग तो न दोगे श्रीराम बन के

धरती की प्यास बुझाते हैं बदरा

वाष्प बन जाती है जो थी बरखा

देख बदलिया नाचे मेरा मन-मयूर

चातक ज्यों एकटक निहारे चंद्रमा

पाती से झाँक सूखे सुरभित फूल

गुलाबों के ही संग उगते हैं शूल

हृदय के दर्पण में अमिट छवि जो

प्रतिबिम्ब-पिय कभी पड़े न धूल

गीत का हर एक शब्द श्रोताओं के कानों में रस घोलता हुआ विपुल तक पहुँचा तो चारु के मन का डर बयाँ कर रहा था। कार्यक्रम की समाप्ति पर दोनों साथ-साथ पैदल घर की ओर निकल पड़े।

"तुमने शास्त्रीय संगीत भी सीखा है?" विपुल को आश्चर्य था।

"हाँ!" एक नपा-तुला जवाब आया।

"कुछ और भी बता दोगी संगीत के बारे में तो क्या तुम्हारी जेब से कुछ चला जाएगा?" एक तल्ख-विनोदी प्रश्न उछला।

"बताने को कुछ है ही नहीं।" नीरस सा जवाब आया।

"किसी से तो सीखा होगा या खुद चल कर आ गई यह कला तुम्हारे पास, ये गुहार लगाती हुई कि मुझे अपना दास रख लो।" व्यंग्यात्मक प्रश्न ने दाँव फेंका।

"पं. गिरिधर पांडेय। वे मेरे गुरु हैं।"

"कहाँ पर सीखा उनसे?"

"उन्हीं के संगीत विद्यालय में"

"मुलाकात कैसे हुई उनसे?" वे आसानी से किसी को शिष्य नहीं चुनते हैं।"

"मेरे घर का मोड़ आ गया। अब हमारे रास्ते अलग-अलग हैं।"

"ओह नो! ऐसा मत कहो प्लीज़! मेरी जान निकल जाएगी।" विपुल माथे पर हाथ रख नाटकीय अंदाज़ में बोला और ज़ोर का ठहाका लगाकर हँसा, "मज़ाक छोड़ो! मैं तुम्हें घर पहुँचाकर ही अपने घर जाऊँगा।"

"क्यों? किस कारण?"

"अकेली लड़की को सुनसान रास्ते पर छोड़कर कैसे जा सकता हूँ?" मर्दानगी से तना वाक्य बहता हुआ आया।

"लडकी को निरीह समझने वाली सोच से मुझे सख्त नफ़रत है।" नारी उन्मूलन की तार छिड़ी।

"शौक से करो नफ़रत। किसने रोका है? लड़की के उपलब्ध होने वाली सोच का सामना कैसे करोगी फिर?" ताल से ताल ठोंक जिरह चल निकली।

"वह मेरी समस्या है।" चारु नें आँखें तरेरीं।

"अगर मैं तुम्हें साथ लेकर निकला हूँ तो मेरी जिम्मेदारी बनती है कि तुम्हें तुम्हारी गंतव्य तक पहुँचाकर ही दम लूँ।"

"मेरी नज़र में स्त्री, पुरुष दोनों बराबर हैं। कोई किसी की जिम्मेदारी नहीं है। दोनो स्वतंत्र हैं। यही बात मैं कहूँ तो...? तुम्हें कैसा लगेगा?" चारु गुर्राई।

"तुम? तुम कैसे कहोगी?"

"ऐसे! मैं तुम्हें साथ लेकर निकली हूँ तो मैं तुम्हें तुम्हारे घर तक छोड़कर अपने घर जाऊँगी। तुम मेरी जिम्मेदारी हो।" चारु का कड़क जवाब था।

"बहुत अच्छा लगेगा मुझे। काश! तुम सचमुच ऐसा कह दो।" शरारती बच्चों की तरह खिलखिलाने लगा विपुल।

"विपुल! तुम्हें एक बात स्पष्ट कह देना चाहती हूँ। मैंने पग-पग पर धोखे खाए हैं। मेरे दोस्त, नाते-रिश्ते सब छूट गए हैं मुझसे। रिश्तों की डोर सुलझाते-सुलझाते अंदर तक जाल में उलझ गई हूँ मैं। अपनी मित्रता को किसी नए रिश्ते का नाम देने की कोशिश मत करो। अपने ही साए से रिश्ता जोड़ने में भी डरती हूँ मैं। आँखें मींच प्रार्थना करती हूँ कि धूप खिली रहे और वह मुझे दिखता रहे बस! पता नहीं कब घनघोर बादल छा जाएँ और मेरा साया भी मुझसे बिछड़ जाए।"

"क्या मैं कुछ मदद करूँ?"

"किस काम में?"

"टूटे रिश्तों के तार ज़ोड़ने में और उलझनें सुलझाने में?"

“अपनी-अपनी उलझनें सबको खुद ही सुलझानी पड़ती हैं।”

“किसी का सलाह-मशवरा तो काम आ सकता है।”

“उस जाल के ताने-बाने को पहचाने बिना कुछ संभव नहीं है। मैं काफ़ी हद तक पहचान भी गई हूँ। ये उन चिकने रेशों से नहीं बने जिन्हें आसानी से समेटा जा सके। बहुत बिखराव है दूर-दूर तक, जिन्हें खँगालकर बटोर पाना सरल नहीं।”

“असभंव भी तो नहीं।”

“लो, तुम्हारी ज़िद भी पूरी हुई। मेरा घर आ गया। हालाँकि पुरुष समाज द्वारा स्त्री की सुरक्षा का बीड़ा उठाया जाना मुझे बिल्कुल नापसंद है। यदि हर पुरुष रक्षक है तो रक्षा किससे और क्यों?”

“हर पुरुष मेरे जैसा समझदार, ईमानदार और सब्रदार नहीं होता, मिस चारु मृदुल सक्सेना” इठलाते हुए विपुल बोला। “मैं तुमसे इस विषय पर कोई वाद-विवाद नहीं करना चाहता। तुम्हारी सोच, नापसंद, ऐतराज़ सब सिर-माथे पर।”

विपुल ने अपने घर की राह ली। अपने घर की सीढ़ियाँ चढ़ते-चढ़ते चारु अपने अतीत के अंधकूप के पायदान उतरती जा रही थी। उस गहरे अंधे कुँए में आगे भी कई भयावह गुफ़ाएँ थीं, जिनके संकरे द्वार पर स्मृतियों के फ़ड़फड़ाते चमागादड़ दुस्सह यातनाओं के पंख मुँह पर मार उड़ जाते थे। वह किस ओर जाए, कैसे उन उत्पीड़नों से स्वयं को बचाए, कुछ नहीं सूझता था। किसी ओर भी मुँह फेर लो, उन कष्टप्रद पलों को विस्मृत कर पाना संभव न था। धूल के

बवंडर में तिनके की तरह वह उसी ओर बह निकली, जहाँ से नियति के ताँडव के साथ अतीत के सुर-ताल झंकृत हो रहे थे।

जब से वह तीसरी कक्षा में आई थी। समाचार-पत्र पढ़ना आ गया था। पढ़ाई से सिर निकालती तो अख़बार पढ़ती। कुल मिलाकर दिन में 16 घंटे पढ़ाई। एक दिन समाचार-पत्र में 'वन महोत्सव' के बारे में पढ़ा तो दबी ज़बान में चाचाजी से 'वन अनुसंधान विभाग' देखने की इच्छा प्रकट की। परंतु अपनी व्यस्तता के चलते प्रमोद चारु को वहाँ नहीं ले जा सके थे।

'वन अनुसंधान संस्थान' में 14 नवम्बर को बालदिवस पर कार्यक्रमों का आयोजन किया गया था। इन कार्यक्रमों में कुछ गायन की प्रतियोगिताएँ भीं थीं। प्रमोद चाचा उसकी गायन प्रतिभा से अति प्रसन्न थे ही तो उन्होंने चारु को बालदिवस समारोह में ले जाने का निश्चय किया। प्रमोद ने सुशीला को इसकी खबर दी। सुशीला को क्या ऐतराज़ हो सकता था भला। कहीं भी जाए उसकी बला से। उसके सिर से बला जितने भी समय को टले, उसके लिए अच्छा था।

चारु ने अनेक प्रतियोगिताओं में भाग लिया। चारु ने गायन प्रतियोगिता भी जीती और साथ ही पर्यावरण संरक्षण पर कविता लेखन की प्रतियोगिता भी। आठ-नौ साल की उम्र में उसने पर्यावरण संरक्षण के ऊपर कविता लिख दी थी।
-

पेड़ मत काटो, इनमें है जान

ईश्वर की रचना ये है महान

कार्बन लेते ऑक्सीज़न देते

फल-फूल देते, करो गुणगान

परि+आवरण यह पर्यावरण

वायुमंडल का कम्बल आवरण

पर्यावरण में कई गैसें मिश्रित

गैसें बनाती हमारा वातावरण

सर्दी-धूप बचाए ज्यों परिधान

पराबैंगनी किरणों का निर्वाण

प्रकाश रासायनिक तंत्र करे निर्माण

ओज़ोन परत वातावरण के प्राण

ओज़ोन न घटे यह रखो ध्यान

हरियाली बढ़ाओ, बनो आयुवान

पेड़-पौधे लगाओ, महति ज्ञान

पर्यावरण से रहो न यूँ अनजान

'वन अनुसंधान विभाग' के एक वरिष्ठ छात्र को चारु को FRI दिखाने का काम सौंप प्रमोद अपने कामों में व्यस्त हो गए। चारु ने उस छात्र के अब तक के ज्ञान की पूरी परीक्षा ले डाली। हर तरह के पेड़-पौधे की जानकारी, उसके लिए अनुकूल वातावरण, आवश्यक उर्वरक, कीटनाशक आदि सभी कुछ। छात्र इतनी छोटी बच्ची की उत्कंठा देख हैरान था। चारु का प्रश्न था, "अगर हमें वन संरक्षण करना चाहिए तो FRI के ऑफ़िस में लकड़ी के फ़र्श बनाने के लिए पेड़ों को क्यों काटा गया है?"

छात्र स्तब्ध रह गया। पिछले चार वर्षों से FRI में पढ़ाई करने वाले छात्र ने इस बात पर गौर नहीं किया था कि ऑफ़िस का फ़र्श लकड़ी का बना है। बच्ची की जिज्ञासा को शांत करते हुए बोला, "ये पेड़ काटे नहीं गए हैं, अपितु अपनी उम्र पूरी कर स्वयं ही धरती पर गिर पड़े , तब इनका इस्तेमाल किया गया है।"

"किस पेड़ की कितनी उम्र होती है? पेड़ों की उम्र लम्बी करने के लिए कौन-कौन से तरीके अपनाए जाते हैं?" चारु की प्रश्नोत्तरी खत्म होने का नाम नहीं ले रही थी।

"कुछ बड़ी होकर भी समझने के लिए भी छोड़ दो मेरी अम्मा!" हाथ जोड़कर हार मानता हुआ छात्र बोला। प्रारम्भ में चारु को 'वन अनुसंधान विभाग' दिखाने में हिचकिचाने वाला छात्र उसकी प्रतिभा का कायल हो गया। ज्ञान तो उसे ही अधिक था पर जिज्ञासा किसी वयस की प्रतीक्षा नहीं करती, यह जान गया था वह।

यहीं से चारु का प्रकृति और पर्यावरण की ओर रुझान बड़ा। इसके बाद तो लगभग हर समारोह में चारु को गीत सुनाने के लिए संस्थान में बुलाया जाता। संस्थान के अधिकतर कार्यक्रम शाम के समय ही हुआ करते थे अत: चारु का स्कूल यथावत चलता रहा और वह साल में लगभग दो बार इन कार्यक्रमों में हिस्सा लेने लगी। तीन साल इसी तरह निकल गए। अब वह छठी कक्षा में पहुँच गई। अपनी रुचि के अनुसार ही चारु ने मन बनाया था कि बड़ी होकर 'वन अनुसंधान संस्थान महाविद्यालय' से ही उच्च शिक्षा लेगी।

संस्थान के महाप्रंबधक मिश्रा जी चारु से बहुत खुश थे। जब से वह छठी कक्षा में आई, मिश्राजी छोटे से छोटे समारोह में भी चारु को बुला लाने का आग्रह करते। प्रमोद खुशी-खुशी चारु को बुला भेजते। समारोह के बाद मिश्राजी चारु

को अपने दफ़्तर ले जाने लगे। तरह-तरह के पकवान से चारु का पेट भरते। उससे दुनिया भर की, ज्ञान-विज्ञान की बातें करते। चारु को मिश्राजी से मिलकर अच्छा लगने लगा। वह बेहिचक अपनी भावी योजनाओं के बारे में मिश्राजी को बताने लगी। मिश्राजी उसकी बुद्धिमता की खूब सराहना करते। चारु और खुश हो जाती। उनके कक्ष में रखी सब वन्य वस्तुओं की जानकारी एकत्र करती। खूब चहकती-चहकती दफ़्तर के कक्ष में फिरती रहती। कोई वस्तु ज़रा ऊँचाई पर रखी होती तो मिश्रा जी उसे अपनी गोद में उठाकर दिखा देते। किसी छोटी वस्तु की विस्तृत जानकारी देते हुए उसे अपनी गोद में बिठा लेते। कुछ समय तक चारु को यह सब स्नेह के रूप में ही समझ आया। जैसे-जैसे दिन बीतने लगे चारु बड़ा असहज सा महसूस करती जब मिश्राजी उसे गोदी में बिठाते या उठाते। वे जिस तरह से उसे पकड़ लिया करते, वह चारु को बिल्कुल अच्छा न लगता था। वह बेचैनी-सी अनुभव करती। उनकी पकड़ से छूटने का प्रयास करती रहती पर मिश्राजी उसे दुलारते हुए दूने प्यार का अहसास दिलाने की कोशिश करते जो उसे और भी अशांत कर जाता। इस समय उनका हर स्पर्श बिच्छू के डंक की भाँति पीड़ादायक प्रतीत होता। वह शब्दों में कुछ न कह पाती बस उस जकड़ से खुद को छुड़ाने की विफल कोशिश करती।

चारु अब बच्ची नहीं रही थी। उम्र की जिस दहलीज़ पर वह थी, अपने शरीर के नवीन युवा परिवर्तनों का अभास था उसे। उसने कक्षा में भी यह पाया था कि आकर्षक छात्राओं से दोस्ती कर लेने को तरसने वाले कुछ छात्र चारु से दोस्ती का हाथ तो नहीं बढ़ाते थे पर कक्षाओं के दौरान अथवा स्कूल के कॉरीडोर में उसे यहाँ-वहाँ छूकर निकलने की चेष्टा करते थे। उनकी धृष्टता का कारण चारु यही जानती थी कि उसमें कोई आकर्षण न होने के कारण वे उसे सहज मनोरंजन की वस्तु मानते हैं। दोस्ती के योग्य न मानकर उपयोग के योग्य मानते हैं। यह

उपयोग शिक्षा के और बड़े मंदिर में यों उपभोग में तब्दील हो जाएगा, ऐसा चारु ने स्वप्न में भी न सोचा था।

वन अनुसंधान संस्थान आकर उसे जो खुशी मिलती थी वह अब लुप्त हो गई थी। अब संस्थान से चारु के गायन की फ़रमाइश आती तो चारु कभी गृहकार्य कभी पेटदर्द का बहाना बनाकर टाल जाती। चारु का यह बर्ताव प्रमोद को अच्छा न लगता। मिश्राजी चारु को न लाने की वजह पूछते तो प्रमोद चाहे कितनी भी ठोस वजह बताए परंतु मिश्राजी को संतुष्ट न कर पाते। वे मिश्राजी के समक्ष स्वयं को कृतघ्न सा महसूस करने लगे थे। अगले कुछ महीनों में उनकी पदोन्नति का समय आ रहा था। प्रमोद को कभी भी शोध वैज्ञानिक से प्रोफ़ेसर बनाया जा सकता थ। वे कोई अवसर चूकना न चाहते थे बॉस को प्रसन्न करने का और यह मौका नहीं देना चाहते थे कि मिश्राजी उन्हें स्वार्थी या मौकापरस्त समझें।

अगली बार नववर्ष समारोह के दिन जब संस्थान से बुलावा आया तो चारु ने जाने से इंकार कर दिया। प्रमोद चाचा को चारु की यह बात पसंद नहीं आई। उन्होंने चारु से कहा, "संस्थान के कितने अहसान हैं तुझपर; शायद मेरी खुद की संतान होती तो भी उसे इतना मान-सम्मान न मिलता जितना तुझे मिला है। और फिर इस बार तो वहाँ कोई गीत प्रस्तुत करने के लिए नहीं बल्कि समारोह का आनंद लेने के लिए ही बुलाया जा रहा है। इसमें कोई आपत्ति की कतई गुंजाइश नहीं है। तिसपर मिश्राजी ने इतने प्यार से तुझे बुलाया है। वे इतने बड़े संस्थान में इतने उच्च पद पर हैं। तुझपर बेटी समान स्नेह रखते हैं। उन्हें क्या जवाब दूँगा कि अब चारु अपनी इच्छा से ही आयेगी-जाएगी, किसी के कहने-बुलाने पर नहीं। चल, जाकर तैयार हो जा। फ़ंक्शन में जाने को देर हो रही है।"

इस दलील के सामने चारु को झुकना पड़ा। विरोध की स्थिति तो पहले भी न थी। न चाहते हुए भी चारु को जाना पड़ा। इस बार चाचा के साथ चाची भी

थीं। चाची के साथ शुरु से ही छत्तीस का आँकड़ा होते हुए भी चारु को यह
आश्वासन था कि चाची की उपस्थिति में उसे अलग कक्ष में तो नहीं ले जाया
जाएगा। फिर ऐसे समारोह के दिन मिश्राजी भी उसे अपने कक्ष में ले जाने की
कोशिश नहीं कर पाएँगे। नियत स्थान पर पहुँच धड़कते दिल से चारु ने पांडाल
में कदम रखा। उसकी पूरी कोशिश मिश्राजी की गिद्ध सी नज़रों से बच पाने की
थी। वह बार-बार चाची का आँचल थाम बचने-छिपने का उपाय करती, पर चाची
थी कि उन्हें चारु का उनके आस-पास होना ही रास नहीं आता था तो पल्लू
पकड़ना कैसे आता। वे चारु को झिड़क देतीं। चारु का एक घड़ी भी किसी गीत-
संगीत में मन न लगा। कार्यक्रम के चलते घंटा भर हो चला था। मिश्राजी एक
कुर्सी छोड़कर ही बैठे थे। असल में प्रमोद और उसके परिवार को वी.आई.पी.
स्थान पर लगे गद्देदार सोफ़े पर आसन मिला था। सोफ़े के वे गद्दे किस भाँति
चारु को अंदर तक नोंच रहे थे यह उस से बेहतर कोई नहीं नहीं समझ सकता
था। बीच-बीच में मिश्राजी चारु के सिर पर हाथ फेरना भी न भूलते। चारु मूर्तिवत
बैठी रही। उस स्नेह प्रदर्शन का प्रतिकार नहीं कर सकी भरी सभा में। दो घंटे बीत
चुके थे कार्यक्रम के। चारु के लिए अपने सिर पर, गालों पर इस तरह हाथ फेरे
जाना असह्य होता जा रहा था। चारु ने उस सीट से हटने का उपाय सोचा और
चाची से अपने साथ बाथरूम चलने की विनती की। उसने सोचा कि वापिस आकर
वह मिश्राजी से दूर वाली किसी कुर्सी पर बैठ जाएगी। उसका नन्हा-सा दिमाग़
इस ज़िल्लत से बचने की तरह-तरह की योजनाएँ बना रहा था। कुछ उपायों की
तो उसके अपने तर्कों ने ही धज्जियाँ उड़ा दीं थी। बस यही योजना कारगर लग
रही थी चारु को। पर चाची ने कब उसके मन की बात जानी है। उन्होंने झट से
उसे डपटकर बैठे रहने की हिदायत दी। मिश्राजी ने तुरंत मौके का फ़ायदा उठाते
हुए चारु को बाथरूम खुद ले चलने पेशकश की। चारु सहम गई। उसने बहुत
समझाया कि उसे बाथरूम नहीं जाना है। उल्टा मिश्राजी ने पेशाब रोककर रखने

से होनेवाली बीमारियों पर लैक्चर दे डाला। चाची ने चारु को बहस करते देखा तो आँखें दिखाईं और मिश्राजी के साथ शराफ़त से चले जाने का इशारा किया।

चारु का रोम-रोम काँप उठा। एक अनजाने डर की दहशत से वह सिहर उठी। मिश्राजी चलते हुए चारु की बाँह कसकर थामे हुए थे। रास्ते में कभी उसकी कलाई को कसकर दबाते कभी बाजू को तो कभी कंधों को। चारु जाल में फँसी मछली सी तड़प रही थी। निकल भागने का कोई अवसर न था। बाथरूम के पास तक पहुँचे तो वहाँ के सारे वॉशरूम बंद मिले। चारु को कुछ राहत मिली। लगा कि अब वह बच जाएगी और वापिस जाकर कुछ दूर की कुर्सी पर बैठ जाएगी। बच्ची चारु कुत्सित मानसिकता वालों की कुटिल बुद्धि से बिल्कुल भी परिचित न थी। मिश्राजी ने उसे अपने कक्ष से लगे हुए बाथरूम में ले चलने को कहा। चारु की बुद्धि बिल्कुल भ्रमित हो गई। यह तो उसने सोचा ही न था। चारु के लाख मना करने पर भी मिश्राजी उसे खींचते हुए अपने कक्ष में ले गए। जब कोई चारा न बचा तो चारु भागकर बाथरूम में घुसी और साँकल लगाकर अंदर से खुद को बाथरूम में बंद कर लिया। यही सुरक्षित उपाय सूझा उस समय।

31 दिसम्बर की रात थी और चारु पसीना-पसीना थी। उसने मिश्राजी के वहशी इरादों को आते-आते ही भाँप लिया था। जब 10 मिनट तक चारु बाथरूम से बाहर न निकली तो मिश्राजी ने खटखटाना शुरु कर दिया। चारु सहमी सी एक कोने में दुबकी बैठी रही। साँकल नहीं खोली। पर वह साँकल मिश्राजी के कक्ष की थी सो वे जानते थे कि इसकी कमज़ोर नब्ज़ कहाँ है। एक ज़ोर का धक्का दिया तो साँकल चौखट से उखड़कर दरवाज़े से चिपक गई। चारु को खींचकर झट से अपने से चिपटा लिया और बिल्कुल न डरने को बार-बार समझाया। पर चारु तो जैसे मृतप्राय हो चली थी। कमरे में गरमी का हवाला देते हुए मिश्राजी अर्धनग्न अवस्था में आ चुके थे। चारु को खींचकर एक बड़े सोफ़े पर धक्का दे

स्वयं उसपर सवार हो गए। चारु उस वहशी की छाती के नीचे दबी छटपटाने लगी। उसी अवस्था में उसे दबोचे-दबोचे चारु को निर्वस्त्र करने की पूरी कोशिश की गई। जाने कहाँ से चारु ने शक्ति बटोरी और पूरी ताकत से अपने ऊपर लदी भारी काया को नीचे फर्श पर ढकेल दिया। किसी अनजान प्रचंड वेग से भरकर वह चिल्लाई, 'खबरदार! जो मेरे पास आने की कोशिश की तो! मैं बाहर जाकर सबको बता दूँगी आपकी सारी करतूतों का पर्दाफ़ाश कर दूँगी।' इतना कह वह भाग खड़ी हुई। उस दरिंदे को एक भोली-मासूम दिखने वाले, बेरंग-बेरूप-सी लड़की से ऐसी बगावत की उम्मीद नहीं थी। वह हैवानियत के दौर से छूट तुरंत सँभला और चारु के पीछे भागा। चारु खुद को बचाती-सँभालती, लुढ़कती, ठोकरें खाती चाचा के पास आकर गिरी। लगभग बेहोश। गफ़लत की हालत में कुछ बड़बड़ा रही थी। प्रमोद के आश्चर्य की सीमा न रही। प्रमोद ने अविलम्ब चारु को अपने अंक में उठा लिया। मिश्राजी की ओर प्रश्नसूचक दृष्टि से देखा। एक हकलाहट के साथ अति विवरण से भरी पूर्वनियोजित कहानी दोहराई गई, 'पेड़-पौधे देखने के शौक में चारु जंगल में बहुत अंदर तक चली गई। फिर वहाँ जंगली जानवरों की आवाज़ें सुन, साँप को देख बुरी तरह डर गई और बौखलाहट में भागते हुए इधर-उधर ठोकरें खाती हुई गिर पड़ी।'

चारों तरफ़ भीड़ जमा हो गई थी। चारु का पीला पड़ा चेहरा, पलटी हुई आँखें, पीपल के पत्ते-से काँपते हाथ-पैर, बड़बड़ाते हुए अटक-अटककर निकलते कुछ अधूरे शब्द, गाल व गर्दन पड़े लाल निशान और अस्त-व्यस्त पोशाक कुछ और ही कहानी दिखा रहे थे। चाची सुशीला भी उसकी यह दशा देख सकते में थी। कितनी भी कठोर थी, थी तो स्त्री ही। मिश्राजी की जिव्हा से निकले शब्द और उनके चेहरे-मोहरे की रेखाएँ दो अलग-अलग दास्ताँ बयाँ कर रहे थे, यह कोई अजनबी भी समझ सकता था। प्रमोद जैसे सुन्न हो गए थे। काटो तो खून

नहीं वाली दशा थी। सुशीला ने धीरज से काम लिया। चारु को कार की पिछली सीट पर लिटा सीधा अस्पताल का रुख किया।

डॉक्टर ने पहले निरीक्षण में ही स्थापित कर दिया कि बच्ची बाल-उत्पीड़न का शिकार हुई है। पूरा परीक्षण करने के बाद यौन-शोषण की कोशिश की संभावना को उजागर किया। प्रमोद के पाँव तले से ज़मीन खिसक गई। बच्ची के दुर्भाग्य पर रुलाई फूट पड़ी और अपनी लापरवाही पर खीज। लगभग 24 घंटे देख-रेख में रखने के बाद चारु को अस्पताल से छुट्टी मिली। उस के शरीर में कोई हलचल नहीं। मुख-मुद्रा सपाट, पर हृदय में ज्वार-भाटे का सुनामी घुमड़ रहा था।

चारु को घर लाया गया। सुशीला का हृदय भी उसे बार-बार कचोट रहा था कि काश! वह चारु के साथ बाथरूम तक जाने को राज़ी हो जाती उस रात तो यह भयावह हादसा होने से टल जाता। अब पछताने से कुछ हासिल होने वाला नहीं था। चारु के कमरे में कई बार वह उसका हाल पूछने गई। चारु तो जैसे जड़ हो गई थी। तन के घाव तो भर गए थे, मन कहीं गहरे ज़ख्मों से पीड़ित था। सुशीला का स्नेह-सिक्त स्पर्श भी कुछ लाभकारी सिद्ध नहीं हुआ। सुशीला ने प्रमोद को सलाह दी कि कुछ दिन के लिए चारु को डलहौज़ी उसके घर भिजवा दिया जाए। शायद माहौल बदलने से उसकी मानसिक अवस्था में कुछ सुधार हो। प्रमोद का मन मिश्राजी के लिए अति कटुता और घृणा से भर उठा था।

प्रमोद ने सरकार से इस बारे में शिकायत करने का निश्चय किया परंतु सुशीला ने इसकी सहमति नहीं दी। बच्ची की बदनामी के साथ-साथ अपनी निंदा और नौकरी का खतरा उसे साफ़ दिखाई दे रहा था। प्रमोद ने ऐसी सलाह पर सुशीला को धिक्कारा। सुशीला ने तर्क दिया कि इस दुर्घटना का दंश पीड़ित तो भले ही भूल जाए परंतु यह समाज नश्तर चुभा-चुभाकर उस पीड़ा पर तेज़ाब छिड़कता रहेगा। वह तरक्की के सारे रास्ते बंद हो जाने से भी आशंकित थी।

आशंका भी बेवजह न थी। प्रमोद अब मिश्राजी के कक्ष के सामने से गुज़रने से भी कतराते थे। वे कितना भी बचकर निकलें पर विगति तो उनकी राह में आकर खड़ी हो ही गई। एक माह के अंदर ही प्रमोद को 'वन अनुसंधान विभाग' से अपनी नौकरी की बर्खास्तगी का नोटिस मिला, जिसमें बर्खास्तगी का आधार यह बताया गया था कि एक छात्रा ने प्रमोद द्वारा किए गए अभद्र व्यवहार और यौन-उत्पीड़न की शिकायत दर्ज कराई है। छात्रा की पहचान उसकी प्रतिष्ठा के कारण गोपनीय रखी गई है। प्रमोद को ऐसा धक्का पहुँचा जैसे शिखर से नीचे धकेल दिया गया हो। शिकायत करे तो किससे? उसी से, जिसके खिलाफ़ शिकायत है?

प्रमोद ने इस शिकायत को सरकार के उच्च पदाधिकारियों तक पहुँचाने का फैसला लिया। इस लड़ाई में चारु की सुरक्षा का प्रश्न उठ खड़ा हुआ। यह तय किया गया कि नौकरी न रहने की बात को सामने रखकर चारु को उसके अपने घर पहुँचा दिया जाए। चारु की नियति में प्यार बदा ही न था। चाचा-चाची की नज़रों में जहाँ कहीं प्रेम की दो बूँदे झलकीं तो वहीं उनसे भी दूर करने का प्रबंध कर दिया विधाता ने। प्रेम से कहीं अधिक तो करुणा उपजी थी चाचा-चाची के मन में। करुणा पर जीवन व्यतीत करना चारु के अहम् को भी स्वीकार न था। अब उसका स्कूल, घर, आस-पड़ोस सब से मन उचट गया था। वह हरदम खोई-खोई और हर दुख-सुख से उदासीन रहती थी। लगभग 6 वर्ष देहरादून में व्यतीत करने के बाद, इसी अवस्था में चारु अपने घर पहुँच गई।

विडम्बना यह थी कि कोई घर चारु का अपना घर नहीं हो सका। डलहौज़ी में घरवालों के लिए चारु का घर देहरादून था और देहरादून में तो वह अतिथि थी ही। अबकी बार फिर चारु दो साल बाद घर लौटी थी। माँ ने चारु के स्वागत में कोई कसर नहीं छोड़ी। चारु अपने साथ हुई दुर्घटना का ज़िक्र करके न तो अपने ही ज़ख्म हरे करना चाहती थी और न ही माँ की तकलीफ़ों को बढ़ाना चाहती थी।

उसने चुप्पी साध लेना ही ठीक जाना। मंजु भी पहले से बड़ी हो गई थी। मंजु इतनी सयानी हो गई थी कि समझती थी चारु के साथ जो दुर्घटना 6 साल पूर्व घटी, वह उसकी शरारत के कारण ही घटी। उस नादानी ने चारु के फूल से खिलते जीवन की दिशा ही बदल डाली। यह ग्लानि होने के बाद भी मंजु को अपने गोरे रंग और रूप सौन्दर्य पर बहुत अभिमान था। दो हमउम्र बहनें दो अजनबियों की तरह एक ही छत के नीचे रहती थीं।

चारु आठवीं कक्षा में आ गई थी तो मंजु पाँचवीं। सुषमा ने वैकल्पिक विषय के रूप में संगीत चुनने की सलाह दी। चारु को अब गीत-संगीत से और विशेषकर गाने से नफ़रत हो गई थी। चारु के सुरीले कंठ की सब सराहना करते थे। अत: सच्चाई बताए बिना वह इस विषय से बच नहीं सकती थी। और कदाचित सच्चाई बता भी देती तो भी माँ संगीत ही चुनने का आग्रह करतीं। किसी अनहोनी के कारण संगीत जैसी मृदु कला को घृणा का पात्र तो नहीं बनाया जा सकता। कुछ सोच-विचारकर चारु ने संगीत ले लिया। ग्यारहवीं कक्षा में विषय की जटिलता को देखते हुए पं. दिवाकर शास्त्री से संगीत की अतिरिक्त कक्षाएँ लेनी शुरु कीं। सुषमा ने घर के एक कमरे में ही महिलाओं का ब्यूटी पार्लर चालू कर लिया था। वही घर की आमदनी का मुख्य ज़रिया था। दादी भी जितने हाथ-पैर चलते थे, कुछ न कुछ सहयोग देने की कोशिश करती थीं। दादाजी घर के आहाते में बागवानी कर घर की ज़रूरत के लिए शाक-सब्ज़ी का इंतज़ाम कर लिया करते थे। सुषमा संगीत कक्षाओं का खर्च उठाने को तैयार थी। स्वालम्बन की आकांक्षा रखने वाली चारु माँ पर बोझ नहीं बनना चाहती थी। उसने पं. शास्त्री के दो छोटे बच्चों को ट्यूशन पढ़ाने के बदले में संगीत सीखना स्वीकार किया था।

संगीत में चारु की अनन्य प्रतिभा देख पं. शास्त्री जी ने उसे अपने गुरु पं. गिरिधर पांडेय के पास भेजा संगीत की उन्नत शिक्षा के लिए। शास्त्री जी की

सिफ़ारिश से ही चारु को 'सारस्वत संगीत महाविद्यालय' चम्बा में दाखिला मिला था। कुछ दिन चारु डलहौज़ी से रोज़ाना चम्बा गायन सीखने जाया करती थी। जब चारु ने बारहवीं पास कर ली तब भाग्य से चम्बा के ही पैट्रोलियम इंस्टीट्यूट में बी.टेक में दाखिला मिल गया। यहाँ चारु को दाखिला पूरे वज़ीफ़े के साथ मिला था। चारु ने बारहवीं की परीक्षा में डलहौज़ी में प्रथम स्थान प्राप्त किया था। अत: पुरस्कार के अतिरिक्त ईनाम के तौर पर 'पैट्रोलियम इंस्टीट्यूट चम्बा' में छात्रवृत्ति के साथ प्रवेश मिला था। उसके रहने की व्यवस्था भी PIC के छात्रावास में हो चुकी थी। दिनभर की कक्षा के बाद संध्या समय चारु संगीत सीखने पं. पांडेय के पास जाती थी।

यहीं पर चारु की मुलाकात मयंक से हुई। मयंक तबला-वादन की शिक्षा ले रहा था। तानपुरे पर चारु और तबले पर मयंक की जोड़ी संगीत सृजन करती तो संगीतार्थियों के साथ-साथ गुरुजन भी वाह-वाह कर उठते। पं. पांडेय ने अपनी शिक्षा-दीक्षा से चारु के गायन को उच्च कोटि तक पहुँचाया। शास्त्रीय संगीत के अधिकतर सम्मेलनों, समारोहों अथवा गोष्ठियों में चारु पंडित जी की दायाँ हाथ रहती तो मयंक बायाँ। चारु के बिना मयंक का वादन अभ्यास और मयंक के बिना चारु का गायन अभ्यास अधूरा रहता।

चारु जिस बस से संगीत सीखने जाया करती थी, अकसर मयंक भी उसी बस में सफ़र करता दिखाई देता। 'पिक' (PIC) के पास ही कामकाजी महिलाओं-पुरुषों के लिए अतिथिगृह बनाए गए थे। मयंक किसी संस्था के कॉल सैंटर में काम करता था। घर से दूर होने के कारण वह अतिथिगृह में रहता था। बस में साथ जाने के कारण दोनों में बातचीत शुरु हो गई। अब एक जन दूसरे के लिए सीट रोक कर रख लेता या फिर एक को बैठने की सीट न बचने की स्थिति में दोनों ही खड़े-खड़े सफ़र किया करते। यात्रा के दौरान राग-रागिनियों, ताल-

सुरों की बातें हुआ करतीं। अमुक-अमुक राग में लगने वाले सुर, वर्जित स्वर, तीव्र या कोमल स्वर, श्रुतियाँ सबकी चर्चाएँ और विमर्श सफ़र में हो जाता। एक-दूसरे को सोदाहरण समझाते हुए दोनों कभी-कभी चलती बस में डंडा पकड़कर खड़े हुए ही आलाप और तानें लेते हुए सुनाई पड़ते। अन्य यात्रियों को हैरत से देखते हुए पाते तो होश में आते। फिर चुप खड़े बाकी का सफ़र तय करते और मंद-मंद मुसकाते-गाते। एक घंटा आने का और एक घंटा जाने का कैसे निकल जाता, पता ही न चलता था। चारु को आने में ज़रा देरे होती तो मयंक भी पिछली बस छोड़ देता और चारु के साथ ही अगली बस से जाया करता था।

इन नए खुशी के पलों को पाकर चारु अपनी ज़िंदगी के पिछले दुर्गंध भरे हिस्सों को भूल एक सुगंधित जीवन के सुनहरे सपने देखने लगी थी। दोनों ने कभी प्रेम का इज़हार नहीं किया परंतु उनके बीच पनपते प्रेमांकुर से दोनों परिचित थे। एक-दूसरे के पूरक थे वे। जीवन में रस की बौछार हो रही थी जिसे अपने सूखे दामन में समेट लेना चाहती थी चारु। चारु को उस क्षण की प्रतीक्षा थी जब मयंक उससे अपने दिल की बात कहेगा और वह अपने को दुनिया की सबसे भाग्यवान लड़की समझेगी। कभी संगीत की कक्षा समाप्त कर दोनों साथ में कॉफ़ी हाऊस जाते तो चारु को लगता कि अब वो पल आ गया है। परंतु वह पल कई बार चारु को पास से छूकर मुँह चिढ़ाता हुआ दूर निकल जाता। मयंक सदा चारु के संगीत को अपने वादन से परिपूर्ण करने का वादा करता। चारु जीवन को परिपूर्ण करने वाले संकेत की ओर आस लगाए रहती। चारु अपने अगाध प्रेम की पवित्रता और दृढ़ता पर काफ़ी आश्वस्त थी कि एक दिन मयंक उसके सामने वह प्रस्ताव अवश्य रखेगा जिससे उसकी मुरझाई बगिया में फूल महक उठेंगे।

चम्बा के सजीले आकाश में स्याह बादल पंख-पसारे आते मगर बिन बरखा ही सूने-एकांत आसमान और प्यासी-शुष्क धरा को बिलखता छोड़ जाते।

गरज-गरजकर उमड़ते बादलों को देख रावी नदी का उथला पानी अपनी सामर्थ्य से ऊँचा उठकर उछाल मारता, घुमड़ते बादलों को थाम लेने को दौड़ लगाता, अनगिनत प्रयत्नों के पश्चात भी निर्मोही बादल रावी की उपेक्षा कर कहीं और का रुख कर जाते। और अब तो रावी नदी का पानी भी सूख चला था। सिंधु नदी से बराबर पानी छोड़ा जा रहा था ताकि रावी पर जीवन गुज़र-बसर करने वालों को बदहाली से बचाया जा सके।

इसी तरह तीन वर्ष बीत चले थे। चारु को माँ और मंजु की याद बराबर सताती थी। माँ के सतत बलिदान और मंजु के एकल संघर्ष की वह बहुत कद्र करती थी। मंजु बारहवीं पास कर चुकी थी। उसकी तरक्की आत्मिक सुख देती थी। मंजु की ओर अपना कर्त्तव्य मानते हुए चारु ने माँ से उसे भी 'पिक' में दाखिला दिलवा देने की सिफ़ारिश की। चारु का विचार था कि माँ को भी उत्तरदायित्वों से मुक्ति मिलनी चाहिए, चाहे कुछ समय के लिए ही सही। बड़ी बहन होने के नाते उसका भी कुछ दायित्व बनता है। माँ की सौन्दर्य प्रतिमा वक्त के थपेड़ों और जिम्मेदारियों के बोझ से ऐसी विकृत हुई है कि किसी को यह बताना कि माँ कभी 'मिस शिमला' रही थीं, अविश्वसनीय लगता है। वह मोहिनी मूरत तो वह वापिस न ला सकेगी, कम से कम उनका भार वहन कर उनकी आँखों के किनारे बढ़ती सिलवटों को थाम लेने को अपनी बैंया बढ़ा सकती है। चारु को मंजु के उज्ज्वल भविष्य की चिंता थी।

सुषमा जानती थी कि आजकल कॉलेज में दाखिले आकाश-कुसुम हो चुके हैं। अत: उसे सुझाव भा गया। मंजु चारु के संरक्षण में रहेगी तो तसल्ली रहेगी। नहीं तो कॉलेज की देहरी में घुसते ही लड़कियों पर जाने कैसा रंग चढ़ जाता है कि घरवाले दुश्मन से कम नहीं दीखते। पीढ़ी का अंतर था या उन सीढ़ियों का अंतर था जहाँ पर खड़ी होकर मंजु कभी चारु को अपनी बहन के रूप में

स्वीकार नहीं कर पाई थी। उसने 'पिक' में दाखिले का सुझाव सख्ती से नामंज़ूर कर दिया। मंजु चारु के साथ एक ही कॉलेज में, एक ही कमरे में, कुछ भी साझा करने के पक्ष में नहीं थी। अपनी माँ, माँ की ममता, इसमें हिस्सेदारी क्या कम थी जो वह कहीं और भी हिस्सा बाँटे। स्कूल खत्म करके कॉलेज के नाम जो स्वच्छंदता चारु को मिली थी, वह भी तो उसकी हक़दार है, वह क्यों उससे वंचित रहे। यही सोचकर मंजु ने 'पिक' में एडमिशन के लिए इंकार कर दिया। यहाँ चारु मंजु का नामांकन करा चुकी थी।

चारु ने बहुतेरी कोशिश की 'पिक' की विशेषताओं को गिनवाने की। उसने फ़ीस में छूट दिलवाने का लाभ भी बताया, मगर उसकी एक न चली। मंजु की हठ के आगे सुषमा ने होंठ सी लिए। उसने ज़िद कर शिमला में 'काँगड़ा विश्वविद्यालय' में दाखिला लिया। वहाँ पढ़ाई पर होने वाले खर्च की सूची जब सुषमा के आगे आई तो उसका कलेजा बैठ गया। जी कड़ा कर सोचा कि और अधिक काम करके निबाह जाऊँगी इस व्यय को। सुषमा ने अब घर में पार्लर के काम के अतिरिक्त अपने ग्राहकों को यह सुविधा भी दी कि वह उनके घर जाकर अपने सौंदर्य प्रसाधनों से उनकी सेवा में उपस्थित हो सकती है। इससे आमदनी बढ़ने की संभावना थी। और नए ग्राहक भी बनने की उम्मीद थी। उसे एक दिन संध्या समय एक स्थान से लगभग दस महिलाओं का मेक-अप करने का बुलावा आया। वह फूली नहीं समाई। वहाँ पहुँचकर उसने उस घर के आँगन में कदम ही रखा था कि उसे यह ताड़ते देर न लगी कि यह कोई सामान्य संयुक्त परिवार नहीं है वरन् एक वेश्यालय है। अंदर जाने के नाम पर उसका जी घबराने लगा। आगे बढ़ने को उठे हुए पैर कोई पीछे को खींचता था। अपनी बच्ची की इच्छाओं की याद आते ही उसने अपने जी को दिल में से निकाल फेंका और जैसी जिसकी पसंद रही, वैसा मेक-अप कर दिया। सभी स्त्रियाँ सुषमा के द्वारा दी गई

कलात्मक कृत्रिम सुंदरता से फूली नहीं समाईं। सुषमा के हाथ में कुछ ऐसा जादू था कि वे बेरूपी-सी स्त्रियाँ भी अनुपम रमणीया प्रतीत होती थीं। कोठे की प्रबंधक ने सुषमा को प्रतिदिन इस काम पर नियुक्त कर महीने बाद वेतन देना तय कर लिया। सुषमा ने कोई आपत्ति नहीं दिखाई।

सुषमा ने विचार किया कि चार पैसे एकसाथ हाथ में आएँगे तो अच्छा ही रहेगा। रोज़ आलतू-फालतू छोटे-बड़े खर्चे की आदत से भी मुक्ति मिलेगी और कॉलेज की फीस का इंतज़ाम भी पुख्ता हो जाएगा। कई बार यह ख्याल आया कि ऐसी कमाई क्या उसके बच्चों को उन्नति और समृद्धि दे पाएगी जो एक वेश्यालय से आई है? फिर भावों ने पलटा खाया कि क्या हुआ जो वे स्त्रियाँ देह-व्यापार करती हैं। कोई मजबूरी, कोई विडम्बना, कोई दबाव ही रहा होगा जिसने उन्हें इस पाप के दलदल में खींच लिया। अपना पेट भरने को मनुष्य कुछ तो करेगा ही, जीते जी भूख की आग में तो नहीं झोंक सकता खुद को। एक महीना अभूतपूर्व वेतनराशि मिलने की सुखद प्रतीक्षा में झट से निकल गया। महीने के तीस दिनों में से एक दिन का भी अवकाश सुषमा के लिए नहीं था। उसका काम ही जो ऐसा था। बल्कि सप्ताहांत में और बढ़ जाया करता था।

उस दिन वह उमंगों से मचलते मन को सहलाती हुई वहाँ पहुँची। जब अपने वेतन की माँग की तो प्रबंधक के साथ अन्य स्त्रियों ने ज़ोर का ठहाका लगाया।

“अरी ओ मूरख! भला कोठों-रंडीखानों से भी कोई कुछ लेकर जा सका है जो आज तू लेकर जाएगी। जिसका जो हिसाब चुकाना हो, हमारे पास तो एक ही तरीका है। तू ले जा किसी को भी, जो तुझे सबसे पसंद आई हो। या मर्द चाहिए तो उसका भी बंदोबस्त हो जाएगा। तेरे लिए एक महीने तक मुफ़्त। खूब ऐश कर।” ठहाकों की गूँज से सुषमा के कानों के पर्दे फटने लगे। उस कोठे की

दीवारें खिसक-खिसककर सुषमा को दबोच लेने को कसमसाने लगीं। तभी एक और ध्वनि गूँजी।

"और अगर पैसा ही चाहिए तो बैठ जा यहीं हमारे साथ। हममें से बहुतों से अच्छी दिखती है रे तू! खूब कमाई हो जाएगी। पैसों की बाढ़ आ जाएगी कि सँभाले न सँभलें। तिजोरियाँ लुट जाएँगी तुझपर तो। हाँ, पर देख हमारे ही माल पर हाथ साफ़ मत कर जाइयो।" सुषमा कटकर रह गई। उसने बहुत विनती कीं। मिन्नतें की। रोई-गिड़गिड़ाई। अपने बच्चियों की ज़रूरतों का वास्ता दिया। पर वे पत्थरदिल न पिघलनी थीं, न पिघलीं।

सुषमा जब घर पहुँची तो बेहद निराश, निढाल, निरुपाय। पर्स एक ओर पटक शिथिल अवयवों की धज्जियाँ समेट सोफ़े पर पसर गई। छत की तरफ़ ताकती रही। सोचती थी कैसे होते होंगे वे स्थान, जहाँ छप्पर फाड़ कर धन बरसता होगा। यहाँ तो मुश्किलें और मुसीबतें आग बरसा रही हैं। ऊपर से इतने बड़ी जालसाज़ी का शिकार हो गई। क्या करूँगी? कैसे होगा? कितनी उम्मीद से गई थी। अपनी बाज़ुओं पर भरोसा था और दूसरों की नीयत पर भी। दोनों ने कपट किया मेरे साथ। कैसी भाग्यहीन हूँ कोई सुख न दे पाई अपने परिवार को। मंजु ने बार-बार पूछा मगर सुषमा कुछ न बोली। अधिक रात होने पर मंजु ज़बरदस्ती उठाकर सुषमा को अंदर पलंग पर लिटा आई।

सुबह पाँच बजे उठकर घर का सारा काम निबटाकर आठ बजे पार्लर पर बैठ जाने वाली माँ जब सात बजे तक न उठी तो मंजु को चिंता हुई। उसने सुषमा को आवाज़ लगाई। हिला-डुलाकर उठाने की कोशिश की। उस दिन सुषमा की मुँदी आँखें न खुलीं। मंजु का कलेजा धक्क से रह गया। मंजु को जैसे बिजली के झटके ने सौइयों मीटर दूर उछाल फेंका हो। वह बिलख-बिलख कर माँ की मृत देह से लिपट गई।

चारु खबर मिलते ही पागलों-सी भागी चली आई। अपनी लाड़ली बेटी को देखकर भी सुषमा के हाथ न आशीर्वाद को उठे और न लपककर अपने स्नेह-आँचल में भर लेने को उसने दौड़ लगाई। दोनों बहनें एक-दूसरे के गले लग फूट-फूटकर रोईं। मंजु ने चारु में बहन को पहली बार देखा। एक ही दर्द ने एक कर दिया था दोनों को।

चारु ने मंजु को अपने साथ चलने को कहा। मंजु ने आनाकानी की तो चारु ने एक बड़ी बहन के अधिकार से मंजु को डाँट लगाई। ऊँच-नीच समझाई और 'काँगड़ा यूनिवर्सिटी' के खर्च वहन कर पाने की असमर्थता बताई तो मंजु किसी तरह राज़ी हुई। कुछ दिनों में मंजु ने अपना सामान बाँधा और चारु के पास आ गई। चारु की संस्तुति से मंजु को दाखिला मिल गया।

चारु मंजु के रूप-सौंदर्य में ही माँ की छवि कुरेदने की कोशिश करती थी। और खुद माँ के समान उसे स्नेह देती। उसे कुछ काम को हाथ न लगाने देती। उसकी सब सुविधाओं का ध्यान रखती। मंजु अब कुछ नरम पड़ गई थी। माँ को खो देने के बाद भरी दुनिया अब दो बहनें ही थीं एक-दूसरे की हमदर्द। धीरे-धीरे समय ने ग़म भुलाने की ताकत दे दी।

मंजु ने संगीत की औपचारिक शिक्षा कभी नहीं ली थी परंतु गीत-संगीत में उसकी रुचि थी। कोई विशेष कार्य न होता, कक्षाओं का अवकाश होता, तो मंजु की इच्छा चारु के साथ गायन-वादन अभ्यास व कक्षाएँ देखने को करती। छोटी बहन की इच्छा का मान रखते हुए इसकी विशेष अनुमति चारु ने प्रबंधक महोदय से ले ली थी कि मंजु चारु के साथ संगीत-कक्षाएँ देखने भर को जा सके। शनिवार-रविवार की कक्षाओं में तो मंजु अनिवार्य तौर पर मूक दर्शक की भाँति कक्षाओं में जाने लगी। एक ही बस में मयंक के साथ दोनों बहनें सफर करतीं। सहसा स्वर-वाद्य, ताल-वाद्य और दादरा-ठुमरी-ध्रुपद-ग़ज़ल पर होने वाली चर्चाओं

के विषय कहीं साथ छोड़कर उल्टी दिशा में बहकने लगे। हवाओं को भी अधिक समय लगता होगा रुख बदलने में, उससे भी कम समय में बात-चीत के मुद्दे बदल गए। भूत-वर्तमान के किस्से-कहानियाँ, भविष्य के सपने, हास-परिहास, मौसम के मिजाज़, कॉलेज के चुटकुले, वस्त्र-परिधान ये सब विषय जाने कहाँ से अचानक बिना अनुमति दाखिल हो गए थे। ऐसी व्यर्थ बातों में चारु को आनंद न आता। लेकिन मयंक और मंजु को तो इन्हीं बातों में रस आता था।

चारु भारतीय परंपरा और सभ्यता की अनुयायी थी, पाश्चात्य की दीवानी नहीं । लेकिन समय के साथ चलने में पीछे नहीं थी। बहुत इंतज़ार के बाद चारु ने मयंक को संकेतात्मक रूप से अपने दिल की इच्छा बतानी चाही। 14 फरवरी 'वेलेन्टाइन डे' नज़दीक ही था। वातावरण ही रंगीन था। फ़िज़ाओं में कई दिन पहले से ही प्रेम का रंग घुल रहा था। गुलाब महक रहे थे। इस वातावरण से प्रभावित चारु ने एक सुन्दर कार्ड खरीद उसपर मयंक का नाम लिखा और लाल गुलाब का एक फूल चुपके से ले लिया। वह मंजु को अभी बच्ची समझती थी। फिर उसके सामने अपना राज़-ए-दिल कैसे खोलती मयंक से, अत: वह मंजु से बहाना बनाकर अकेली मयंक से मिलने रेस्त्राँ में पहुँची।

मयंक की आँखें उस दिन बेहद सौन्दर्य की मल्लिका मंजु को तलाश रहीं थीं। चारु के साथ मंजु को न देख वह बेकल हो गया। मंजु से मिलने को आतुर मयंक ने चारु के हॉस्टल जाकर मंजु से मिलने की इच्छा बताई। चारु ने फिर भी धैर्य से काम लिया और एक-एक कप कॉफ़ी के बाद चलने का प्रस्ताव रखा। कॉफ़ी पीते वक्त चारु ने वह कार्ड और गुलाब लज्जा के साथ पलकें झुकाए-झुकाए मयंक को थमा दिया। पहले मयंक को कुछ समझ न आया। कार्ड खोलकर उसका मैसेज पढ़ा और नीचे चारु का नाम देख वह बौखला गया। तमतमाता हुआ कुर्सी से उठ खड़ा हुआ। कार्ड को मेज़ पर पटक दिया और चारु

से बोला, "कब तक दूसरों की दया पर ज़िंदा रहोगी। मुझसे दया की उम्मीद मत रखो। मैं अपनी जिंदगी जीना चाहता हूँ, बर्बाद करना नहीं। सूरत देखी है अपनी? आईना है कि दिखाऊँ? तुम्हें इस तरह की हरकत करते ज़रा भी शर्म नहीं आई? आईना न सही, अपनी बहन को ही देख लेती। समझ आ जाता कि वह क्या है और तुम क्या। डूब मरना चाहिए तुम्हें।" जाते-जाते गुलाब को वहीं फेंककर निकल गया।

चारु ठगी सी बैठी रह गई। उसे समझ न आया कि वहाँ बैठी रहे या उठकर चली जाए। उसने चेहरे को कसकर ढाँप लिया। अविरल अश्रुधारा फूट पड़ी। शायद रावी की तृप्ति की यही अनिवार्य शर्त हो। इतने दिनों से आँख-मिचौनी खेलते बादल उस दिन बुरी तरह फट पड़े थे। उस मूसलाधार वृष्टि में सृष्टि का कोई प्राणी उसके आँसू पहचान न सका।

रावी के पानी का बहाव उस दिन पूरे उफ़ान पर था। उद्वेलित रावी को समर्पित होने के स्थान पर दम्भी मेघ उसपर बुरी तरह टूट पड़ा था। इच्छा हुई कि इसी रावी में कूदकर अपनी जान दे दे। सच ही कहता है मयंक- 'आखिर वह है किस योग्य। थोड़ा-सा गाना-बजाना क्या सीख गई; दिमाग साँतवें आसमान पर पहुँच गया। सच में! वह आईना देखना भूल गई थी। मयंक की आँखों के मध्य बसे चमकीले मुक्ता, अपने गायन की प्रशंसा और अपने स्वावलम्ब को ही आईना समझने का दुस्साहस जो किया था उसने। उसे जीने का कोई अधिकार नहीं है।"

छपाक! एक आवाज़ हुई। एक मानवाकृति रावी में गिरती दिखाई दी।

❀

6

बुनते-उधड़ते नाते

सहसा आँख खुली। चारु पसीने में तर-बतर थी। बुरी तरह हाँफ़ रही थी। साँस धौंकनी सी चल रही थी जैसे मीलों भाग कर आई हो। जंगल के बीचों-बीच चारों तरफ़ घने पेड़ों के बीच से निकलती हुई झाड़ियों को चीरते हुए वह भागी चली जा रही है। किससे भाग रही है? क्यों भाग रही है? कहाँ जा रही है? नहीं मालूम। अचानक हुई हरकत से साथ में सोती शुभदा भी उठ बैठी। चारु की हालत देख घबरा गई। उसने चारु की पीठ थपथपाई जिससे श्वास क्रिया सुचारु हो सके। डॉक्टर को बुलाने के लिए पूछा, चारु ने इशारे से मना कर किया। शुभदा भागकर एक गिलास पानी ले आई। पानी पीकर धीरे-धीरे वह सँभलने लगी। साँस लेने में अब भी कठिनाई का अनुभव कर रही थी। एक अजीब सी

घुटन महसूस हो रही थी। चारु ने खिड़की खोल देने को कहा। घड़ी पर नज़र डाली। रात का एक बज चुका था। शुभदा ने खिड़की खोल दी। ताज़ी ठंडी हवा कमरे में आने लगी। शुद्ध वायु नासिका द्वार से फेफड़ों तक पहुँची तो अहसास हुआ कि ऑक्सीज़न को प्राणवायु क्यों कहते हैं।

"क्या कोई बुरा सपना देखा आई?" हालत सँभली देख शुभदा ने पूछा।

"बुरा सपना भुलाना आसान है शुभदा! जीवन की किताब के वे पन्ने, जिन्हें पलटने भर से पन्नों के बीच में दबी हुई ज़हर की पुड़ियाँ उड़कर कंठ में स्वत: पहुँच जाती हों, उन पर लिखा हर हर्फ़ दिखते ही शरीर में कटार-सा गढ़ जाता हो, क्या कभी भूल सकता है?" बोलते-बोलते हाँफ रही थी चारु।

"हाँ आई! भुलाया जा सकता है। वह भी भुलाया जा सकता है।" शुभदा की आवाज़ में दृढ़ता थी। चारु के बिना बताए ही वह उसकी वस्तुस्थिति और उसके अंतर्द्वन्द्व से परिचित थी।

"???" एक प्रश्नसूचक दृष्टि शुभदा पर पड़ी जो पूछना चाह रही थी- 'कैसे?'

"आई! आपने खुद को अपने अतीत के कारागार में बंद कर रखा है। ज़रा सलाखों से बाहर झाँक कर देखो। एक नया भविष्य बाँहे फैलाए आपकी प्रतीक्षा कर रहा है। आप अँधेरे में बैठ आँखें मूँद लोगी तो आशा की किरण कैसे दिखाई देगी? एक विशाल प्रभाकर अपनी अक्षय रश्मि के दूधिया संसार में निष्प्रभ राकेश को निखारना चाहे और सोम तब रवि से पीठ फेर ले तो अमावस का जन्म होता है पूर्णिमा का नहीं।"

"इतनी बड़ी-बड़ी बातें बनाना कहाँ से सीख रही है?" शरारती विस्मित निगाहों ने शुभदा को गौर से देखा।

"आप से ही तो। भूल गईं क्या?" एक संतुलित उत्तर सुनकर चारु हँसी। यह हँसी शुभदा की बातों से अधिक अपनी नादानियों पर छूटी थी।

शुभदा की परिकल्पना को आज़माने और बेचैनी कम करने के लिए चारु खिड़की के पास जा खड़ी हुई। हलकी मुस्कान के साथ खिड़की की सलाखों से बाहर झाँकने लगी। अनंत अंतरिक्ष में विस्तीर्ण अम्बर आज शांतिप्रद लावण्य लिए, सोच-विचार में मग्न मुद्रा के साथ इस दृश्य का आनंद ले रहा था। जादुई हँसिए का निराला रूप बनाकर रजित शशांक धूमिल घन की विद्रोही सेना के एक-एक हठी सिपाही को खर-पतवार की भाँति काटता-चीरता, गर्व अर्जित करता आगे बढ़ रहा था। विजयी सुधाकर इस अनुपम पराक्रम के मध्य अपने सहयोगी सैनानियों झिलमिल सितारों के उत्साहवर्धन हेतु अपनी सुराहीदार ग्रीवा से अमृत रस छिड़काता प्रतीत हो रहा था। स्वच्छ नभांक में अर्धरात्रि का प्रेरक दृश्य प्रभा रूपी हस्त बढ़ाकर मनोभावों को अपने साथ-साथ ऊँचाइयों की सैर की निशुल्क दावत दे रहा था। मुग्ध आमंत्रण के मुक्त आवरण से अंतर वीणा के आकांक्षा तार स्वत: झनझना उठे।

क्यों बाँध रहे हो मुझे अजनबी

तुम बंधन के घेरे में

क्यों बसा रहे हो अपरिचित

भावों के इस डेरे में

सपनों की छुअन, फूलों की खनक

परछाईं तेरी पा जाने की ललक

इंद्रधनुष की दीवारें चाँदनी की छत

कपाट हवा है बसेरे की दमक

तू चंचल नदिया मैं एक पथिक

तू घास मखमली मैं तृण तनिक

बुलबुला मैं तो तू झरता निर्झर

तू है अविरल मैं प्रस्तर क्षणिक

थमना चलना इस कठिन डगर

पथ चेत मुझे न सुध कौन प्रहर

किस राह मुड़े किस दिशि चले

पल-पल डग-डग पग-पग ठोकर

"एक बात बोलूँ, आई! आप अपने जीवन पर उपन्यास लिख सकती हो।" शुभदा की आवाज़ सुन चारु ने पलटकर देखा। उसे उम्मीद थी कि शुभदा सो चुकी होगी। परंतु वह कंबल में से आँखें बाहर निकाले तब से चारु को ही ताक रही थी।

"क्यों?" मुसकुराते हुए चारु ने पूछा।

"यही एक उपाय है त्रासद घटनाओं की यंत्रणा से मुक्ति का। मैंने कहीं पढ़ा है कि मस्तिष्क के कोष्ठकों से बार-बार उछाल मारकर हथौड़े बरसाने वाली घटनाओं को लिख डालने से उन्हें ऐसी ही शांति मिलती है जैसे मृतात्मा को

तेरहवीं के क्रियाकलाप से। वे घटनाएँ भी भटकती आत्मा की तरह ही होती हैं। उन्हें यह अहसास दिलाना ज़रूरी है कि तुम हमेशा उनके साथ हो, एक आवाज़ में हाज़िर हो जाओगे। इस भरोसे के साथ वे फिर आराम की नींद सो जाती हैं। बार-बार तंग नहीं करतीं।" शुभदा वाकई बड़ी हो गई थी। शायद कहीं चारु से भी बड़ी।

"क्या तू सचमुच ऐसा विश्वास करती है शुभदा?" ज़ोर का ठहाका लगाया चारु ने।

"हाँ! बिल्कुल। और उपन्यास का नाम रखना - 'कारागार'।" शुभदा तो अपने दिमाग़ में चाहे लिख भी चुकी थी। शायद दोनों का कारागार एक ही था।

चारु को अपनी बच्ची पर अपार स्नेह उमड़ा। कुछ राहत भी मिली। वह शुभदा के पास जाकर लेट गई और शुभदा को कस के अपने सीने से लगा लिया। महसूस किया कि शुभदा सही कह रही है। सोचने लगी कि उसे भी दुविधा की बेड़ियाँ काटकर रोशनी के झरोखों से भीतर झाँकती आशाओं का आलिंगन करना होगा। जीवन के कारागार के भीतर डोलते सायों को अपना कवच बनाकर हिम्मत के हथियार से अँधेरों को काटना होगा। वह डरकर नहीं भागेगी। सामना करेगी हर परिस्थिति का। आखिर डर की वजह क्या है? कहीं वे कड़वे अनुभव फिर सामने चट्टान बनकर न खड़े हो जाएँ, उसके साथ चलती इकलौती परछाई को चकनाचूर कर कतरा-कतरा बिखरने पर मजबूर न कर दें? खोने को इस समय है ही क्या उसके पास? शायद यह डर, यह दहशत, यह खौफ़, ये ही उसकी अपनी सम्पत्ति है जो वह खो सकती है।

क्या कारण है कि विपुल जैसे होनहार नौजवान को उससे प्रेम है? उसके पास ऐसा कुछ भी तो नहीं जिससे प्रेम किया जा सके। फिर ज़रा सा हँसना-

बोलना, क्या इसे ही प्रेम समझ लिया जाए। कदापि नहीं। यही अपराध वह पहले भी कर चुकी है। पर इसे आकर्षण का नाम भी तो न दे सकेगी। आकर्षण के लिए कुछ है क्या उसके पास? आत्मा के भीतर विराजे किसी अन्य प्राणी ने जवाब दिया- 'सच्चा दिल'।

विशुद्ध प्रेम का वृक्ष तो हृदय के धरातल पर कोमल भावनाओं के बीज से अंकुरित होता है। क्या दिल में झाँककर कोई देख सकता है कि वह सच्चा है या झूठा? या फिर विपुल उन लोगों में से है कि दिल जीतने का हर संभव प्रयत्न दिल तोड़ने के लिए किया करते हैं। नहीं!!! ऐसा नहीं हो सकता। मैंने उसकी आँखों की नमी में स्नेहमयी मूर्ति की कोमल रेणु को तैरते देखा है। उसने पिछले सालभर में पग-पग पर अपने अतुल्य योगदान से मुझे उपलब्धियों के सिंहासन पर बिठाया है। उच्चाकांक्षाओं के बीज को संतुलित हवा-पानी-धूप दिया है। मैं किस तरह उसके अहसानों का प्रतिकार कर सकूँगी। क्या उससे विवाह कर के? क्या यही एक उपाय है कि जिसने तुम्हारा भला किया हो, उसे जीवन भर के लिए मजबूर कर दिया जाए, बंधनों में बाँध दिया जाए? नहीं-नहीं! मैं किसी मासूम को अपनी खुशियों की वेदी की भेंट नहीं चढ़ा सकती। फिर क्या उपाय है? क्या.... क्या.... क्या....? अगर उसकी शारीरिक आवश्यकताओं को तृप्त कर दूँ तो...? जाने उसकी यही चाहत हो। शायद उसका यह सब उपक्रम मेरा भोग करने के लिए ही हो। नहीं! वह इतना गिरा हुआ नहीं हो सकता। उसने हमेशा मुझसे बात-चीत कर अपना प्रेम इंगित किया है। कभी उसकी निगाहों में अश्लील ताँक-झाँक का लेशमात्र नहीं झलका। कभी उसने मुझे छूने का अनावश्यक प्रयत्न नहीं किया। ऐसी नीच बात मैंने सोच भी कैसे ली? घिन्न आती है मुझे खुद से और अपनी सोच से। मैं कुछ और... ... ? क्या करूँ...? मैं उसे समझाने का प्रयत्न करूँगी। ऊँच-नीच, भला-बुरा बताने की कोशिश करूँगी। वस्तुस्थिति और सामाजिकता

का ज्ञान शायद उसके सिर से ये भूत उतार दे। केवल भावनाओं से गुज़र-बसर नहीं होती। जीवन में व्यावहारिक भी होना पड़ता है। कश-म-कश में उलझी अपनी आत्मा से विवाद करती चारु की जब आँख लगी तो अल्हड़ सूरज एक कर से ऊष्म झाड़ू से गलियों में फैले अँधेरे के कतरों को बुहार रहा था तो दूसरे कर में उजली कूची से आकाश के कैनवास को सतरंगी रंग रहा था।

आज चारु दृढ़ निश्चय कर कक्षा में दाखिल हुई थी। कक्षा के बाद विपुल बाहर निकला तो चारु पीछे-पीछे चली आई। विपुल ने मुड़कर देखा।

"क्या! आज जल्दी निकल आईं?" आँखें फाड़े विपुल ने चारु को घूरते हुए पूछा।

"जल्दी कहाँ? कक्षा खत्म हो गई थी। तुम भी तो कक्षा खत्म करके ही निकले हो। तुम्हारे पीछे ही मैं निकली।" चारु ने भोलेपन से उत्तर दिया। जिससे पता चलता था कि विपुल के व्यंग्य को वह समझी नहीं है।

"वाह! आज सूरज कहाँ से निकला था जो तुम मेरे पीछे निकलीं?" आदतन चुटकी ली विपुल ने।

"वहीं से! जहाँ से रोज़ निकलता है।" मुस्कुराते हुए चारु आगे बढ़ने लगी।

"फिर कुछ विशेष काम? कहीं जा रही हो? कोई ख़ास वजह?" प्रश्नों की बौछार कर दी विपुल के हैरान मन ने।

"हाँ है विपुल। कुछ काम है।" चारु समझ नहीं पा रही थी कि किस भूमिका से बात शुरु करे।

"मेरी ज़रूरत तो नहीं? या साथ चलूँ?" मदद को सदैव तत्पर विपुल ने चारु की स्वेच्छा व स्वतंत्रता का ध्यान रखकर ही पूछना मुनासिब समझा।

"मैं तुमसे कुछ बात करना चाहती हूँ।" हिम्मत जुटाती चारु बोली।

"अरे वाह! बड़ी खुशी की बात है। बोलो, कहाँ चलोगी? कैंटीन?" अंदर ही अंदर ज़ोर से धड़क उठे दिल की थरथराहट को काबू करता हुआ विपुल बोला।

"नहीं! कैंटीन नहीं।" चारु के दिमाग़ में कोई पूर्व योजना न थी कि कौन सा स्थान उपयुक्त होगा आज बात करने के लिए।

"फिर कहाँ? बुद्ध गार्डन चलने को पूछ नहीं सकता तुमसे?" चुहल की विपुल ने।

"पूछ सकते हो। मैं ना नहीं करूँगी आज।" चारु के उत्तर ने विस्मित कर दिया विपुल को।

"हे भगवान! ये मैं क्या सुन रहा हूँ। कहीं मेरे कान बज तो नहीं रहे। आज वाकई सूरज कहीं और से निकला है। पूर्व से नहीं। पूर्व से निकलता तो दिन यूँ न होता मेरा।" नौटंकी जारी थी।

"तो कहाँ चलें? कोई और जगह बताओ" असमंजस गहराता जा रहा था।

"यह तुम तय करोगी। बात तुम करना चाहती हो ना।" विपुल आज सारे हथियार डाल कर तैयार था।

"बिरला मंदिर चलते हैं। मंदिर के पार्क में बैठ जाएँगे। ठीक है?" कुछ सोचकर चारु ने प्रस्ताव रखा।

"जो आज्ञा देवी।" असमर्थन का कोई कारण न था।

रास्ते भर विपुल चारु से बात-चीत का मुद्दा पूछता रहा। चारु ने चुप्पी तान ली। बात-चीत की दिशा तथा मार्ग ठीक से तय नहीं कर पा रही थी। ऑटोरिक्शॉ

चालक को मार्ग व गंतव्य विपुल ने समझा दिया था। विपुल अपने चकराए सिर को दोनों हाथों से आधार देकर टिकाए चारु के चेहरे पर उभर आई रेखाओं को पढ़ने की कोशिश करता रहा। उसके चेहरे पर कई भाव आए और गए परंतु विपुल कुछ न पढ़ सका। कुछ लिखा तो था पर धुँधला सा। अस्पष्ट हाव-भाव चारु के अंदर की गुत्थम-गुत्था को ही स्पष्ट कर पाने में सक्षम थे, उनकी आकृति साफ़ न थी। आतुरता के स्थान पर प्रतीक्षा ही एकमात्र उपाय था। चारु पूरे रास्ते बाहर की ओर ताकती रही।

आसमान में भरपूर खिले-खिले बादल अपने हाथों को पीछे बाँधे एक पर्यवेक्षक की भाँति धरती पर हो रही क्रियाओं का निरीक्षण कर रहे थे। कभी उन्हें पीछे धकेल धूप धरती का अवलोकन करने पहुँच जाती तो कभी बादल धूप पर हावी हो जाते। क्षितिज रेखा के ऊपर अद्भुत पकड़म-पकड़ाई का खेल चल रहा था।

बिरला मंदिर के गार्डन में दोनों एक पेड़ के तने के सहारे बैठ गए। विपुल की उत्सुकता और व्याकुलता अब सब्र का बाँध तोड़ना ही चाह रही थी। चारु समझ नहीं पा रही थी कि कहाँ से शुरु करे। उसकी उलझन देखकर विपुल बोला, “तुम कुछ बात करना चाहती थीं। क्या मेरे बारे में कुछ जानना चाहती हो?”

“हाँ...। नहीं...। मैं हमारे बारे में जानना चाहती हूँ।” अटकते हुए से शब्द रुक-रुककर गले से निकले। ‘हमारे’ से उसका क्या आशय था वह खुद नहीं जानती थी।

“हमारे बारे में? क्या मगर?” विपुल कुछ समझ न पाया।

“तुम्हारा-मेरा क्या भविष्य है?” चारु समझा नहीं पा रही थी।

"यह तो कोई ज्योतिषी भी शायद ही बता पाए। लेकिन इतना जानता हूँ कि अगर तुम-मैं एक होकर हम हो जाएँ तो हमारा भविष्य उज्ज्वल ज़रूर होगा।" 'हमारे' और 'तुम्हारा-मेरा' का तात्पर्य अब विपुल को कुछ समझ आने लगा था।

"एक होने का क्या अर्थ है? क्या बता सकते हो?" चारु विपुल की भावनाओं को विपुल के ही शब्दों द्वारा जानना चाहती थी।

"अभी तक तो दुनिया में एक ही अर्थ समझा जाता है एक होने का- दो इंसानों का एक होना, दो आत्माओं का एक होना, दो तन एक जान होना।" आम जानकारी से अवगत कराया विपुल ने। विपुल का दिमाग़ चकरा रहा था कि आखिर चारु चाह क्या रही है।

"क्या तुम्हारा मतलब प्रेमी-प्रेमिका से है, या पति-पत्नी से? शादी से?" शब्दों की गहराई तक छानबीन करने की आवश्यकता लगी चारु को।

"हाँ, लगभग उसी क्रम में। पहले प्रेम, फिर शादी, जीवनभर पति-पत्नी।" एक गहरी साँस लेकर फिर आगे जोड़ा, "मतलब तो यही था। लेकिन मेरी ज़बान से यह शब्द निकले तो तुम काटने को दौड़ती हो, इसलिए, बस यही सोचकर ...।"

"तुम्हें पता है न कि शादी-विवाह कोई गुड्डे-गुड़ियों का खेल नहीं। इसकी इमारत निष्ठा, विश्वास, प्रेम और समर्पण की नींव पर खड़ी होती है।" चारु के वाक्य से लगता था कि विपुल को कसौटी पर कसा जा रहा है।

"क्या इस बारे में कोई शुबह है तुम्हें?" विपुल को स्वयं पर पूरा भरोसा था।

"मैंने बहुत से ऐसे विवाहित जोड़ों को देखा है, जिनमें कहीं निष्ठा की कमी, कहीं प्रेम की तो कहीं समर्पण की, और अंजाम ... ? बिखराव, तनाव और एकाकी निष्फल जीवन।" हक़ीकत के लिए मजबूत कर रही थी चारु।

"हर विवाहित दम्पत्ति का ऐसा हाल नहीं होता चारु। तुमने अपने चारों ओर कुछ सफ़ल जोड़े भी तो देखे होंगे।" चारु के भय को कुछ हद तक समझ लिया था अब विपुल ने।

"हाँ देखे हैं। ज़रूर देखे हैं। फ़िल्मों में और उपन्यासों में। इसके अलावा ऐसे भी देखे हैं कि समझ ही नहीं पाई कि उन्हें सफल की श्रेणी में रखूँ या असफल की।" चारु की विवाह की खिलाफ़त अडिग थी।

"मतलब? कैसे?" विपुल चारु के मन में दबे सुलगते डर की भूमि तक पहुँचना चाहता था। वह जानता था कि कोई अनजाना डर चारु को सता रहा है।

"प्रेम विवाह में अकसर मैंने पाया कि किसी स्त्री की आत्मनिर्भरता, स्वावलम्बन और स्वतंत्रता से प्रभावित होकर पुरुष उसकी ओर आकर्षित होता है। एक बार शादी होते ही यही तीनों गुण उस स्त्री के दोष कहलाने लगते हैं, स्त्री की गरिमा पर कलंक बन जाते हैं। उसकी स्वतंत्रता, स्वावलम्बन उसके गृहस्थ जीवन की गाड़ी की पटरियाँ लाइन से निकाल देता है। तुम्हें शायद विश्वास न हो। पढ़ी-सुनी नहीं, आँखों देखी बता रही हूँ।" अपनी मंज़िल की तरफ़ कदम बढ़ा चली थी चारु।

"विश्वास क्यों न होगा? तुम बताओ तो सही।" विपुल को विश्वास था कि उसका प्रेम चारु के डर के ऊपर विजित होगा।

"मेरी एक भाभी थीं मोहिनी। बच्चों की डॉक्टर थीं। बहुत काबिल। पूरे मेडिकल कॉलेज में दसवें या आस-पास के रैंक पर रहतीं थीं। एम.बी.बी.एस. के समय से ही उनके सहपाठी यानि मेरे भैया से प्रेम के किस्से मशहूर थे। भैया पढ़ाई में अच्छे थे मगर कोई रैंक-वैंक की रेस में शामिल नहीं थे। एम.बी.बी.एस. होते-होते दोनों के प्रेम के विषय में घर में इत्तला हो गई। भैया और मोहिनी भाभी, दोनों के घर में किसी तरह की कोई आपत्ति नहीं उठाई गई। सब कुछ बहुत उत्साहजनक प्रतीत होता था। एम.बी.बी.एस. के बाद दोनों की सगाई कर दी गई। भैया-भाभी दोनों एम.डी. करने के उपरांत 'दयाल चंद हॉस्पिटल' में प्रैक्टिस करने लगे। उचित समय देख दोनों का धूम-धाम से विवाह हो गया। मैं आठवीं कक्षा में पढ़ती होंऊगी जब उनका विवाह हुआ। भैया हनीमून से लौटते ही अगले दिन हॉस्पिटल चले गए। भाभी को समझ नहीं आया कि जब दोनों एक ही हॉस्पिटल में हैं तो भैया ने उन्हें साथ चलने को क्यों नहीं पूछा। उन्होंने अनुमान लगाया कि पति का रिपोर्टिंग टाइम थोड़ा और पहले का होगा। अपने रिपोर्टिंग टाइम के अनुसार वह तैयार होकर निकलने लगीं तो उनकी सास यानि मेरी मामी ने उन्हें जाने से रोक दिया। भाभी से कहा गया कि घर का सारा काम यूँ ही छोड़कर वे काम पर कैसे जा सकती हैं। उन्हें घर की झाड़ू-बुहारी, चौका-बर्तन, कपड़े-लत्ते सब सँभालकर ही जाना होगा। यह सब काम करते-करते दोपहर हो गई। तब दोपहर के खाने का समय हो गया। खाना बनाया तो फिर से बर्तन-चौके की सफ़ाई। यह रोज़ का क्रम हो गया तो वह भैया पर बिगड़ी कि अगर तुम्हें पत्नी से घर का काम ही करवाना था तो पढ़ी-लिखी डॉक्टर लड़की से शादी करनी क्या ज़रूरी थी। भैया का कहना था कि शादी होने के बाद घर-गृहस्थी सँभालना हर लड़की की जिम्मेदारी है। यह पूरी कर के तुम अस्पताल आ सकती हो। तुम्हें किसने रोका है? भाभी का तर्क था कि इन सब कामों के लिए कामवाली बाई भी रखी जा सकती है। तब उन्हें बताया गया कि उनके घर में किसी बाहरवाले

का प्रवेश वर्जित है। सब काम अपने-आप ही करना होता है। अपने घर के काम करने से कोई छोटा नहीं हो जाता। अपने काम स्वयं करने से घर के लोगों में सम्मान और स्नेह बना रहता है। भाभी ने बहुत समझाया कि सगाई के बाद भी अपने घर के बारें में यह सब बता देते तो एम.डी. की पढ़ाई में समय और पैसे तो न खर्च होते। भैया की दलील थी कि यह तो साधारण-सी समझ वाली बात है कि घर सँभालना स्त्री का काम है। भाभी मन मसोसकर रह गईं।

भाभी ने सामंजस्य बिठाने की बहुत कोशिश की मगर असफल रहीं। स्वयं को चीर के चार तो कर नहीं सकती थीं। रोका किसी ने नहीं तो जाने भी नहीं दिया गया। चार-पाँच साल की कोर्टशिप के बाद भी भैया के विचारों और उनके घर के रीतियों को न जान सकीं। भाभी एक स्वतंत्र सोच वाली लड़की थीं। उनका मानना था कि कोई भी लड़की वैवाहिक जीवन की धारा में अगर अपनी विद्या को विसर्जित कर देती है तो उसे विद्या प्राप्त करने का ही अधिकार नहीं है। उसे शिक्षित-दीक्षित करने में प्रयत्नरत सरकार व समाज उसकी ओर आशा की दृष्टि से देखते हैं कि अब यह समाज के उत्थान में सहयोग दे। उन्हें विफल कर वह माँ सरस्वती के साथ ऐसा अनर्थ नहीं कर सकती। उनकी इसी विचारधारा से प्रभावित भैया आज उन्हीं विचारों को कुचलते-कुचले जाते हुए देख मूक दर्शक बने लाचारगी का चोला ओढ़े खड़े थे। वे पूरी तरह से अन्याय के सहभागी थे।"

"फिर? आगे क्या हुआ? क्या तुम्हारी भाभी कभी प्रैक्टिस नहीं कर पाईं?" विपुल की जिज्ञासा बढ़ रही थी।

"होना क्या था? कुछेक वर्ष तो भाभी के समर्पण से गाड़ी चलती रही। घर में पड़े-पड़े भाभी डिप्रेशन का शिकार हो गईं। उनकी कुंठा दिन दूनी रात चौगुनी बढ़ती गई। इससे उनका दाम्पत्य जीवन अस्त-व्यस्त हो गया। जब दंश असहनीय हो गया तो भाभी अपने मायके चली गईं। वहाँ उनको डिप्रेशन से

निकालने के लिए उनके घरवालों ने प्रैक्टिस शुरु करने की सलाह दी। भाभी ने जैसे-तैसे कुछेक घंटों के लिए हॉस्पिटल जाना शुरु किया। धीरे-धीरे उनकी मानसिक स्थिति पुन: सामान्यता को प्राप्त होने लगी। स्वस्थ होने के बाद वे घरवालों की ज़िद के विपरीत अपना सामान लेकर हॉस्पिटल के स्टाफ़ क्वार्टर में रहने लगीं।"

"और तुम्हारे भैया? उन्होंने इस फ़ैसले का स्वागत नहीं किया।"

"भैया ने भाभी के फ़ैसले में कोई दिलचस्पी नहीं ली। वे उसी हॉस्पिटल में काम करते रहे अजनबियों की तरह। अब वे न साथ हैं न अलग।"

"बहुत दु:ख होता है ऐसी किसी कहानी को सुनकर। यह वैवाहिक संबंध में बराबरी का हक न देने का नतीजा है।"

"क्या हासिल हुआ भाभी को शादी करके? जहाँ उनकी मुश्किलें कम होनी चाहिए थीं कि एक दुख-सुख का साझेदार मिल गया है, उसी के कारण अपार दुख मिला।" चारु की आवाज़ कठोर हो चली थी।

"आपसी सहयोग से ही गाड़ी चलती है। तुम्हारे भैया अगर परिवार की शर्तें मानते थे तो उन्हें घर के सारे कामों में भाभी का हाथ बँटाना चाहिए था। फिर दोनों साथ ही हॉस्पिटल जाते। कुर्बानी का जिम्मा केवल एक का ही क्यों? दोनों का क्यों नहीं?" विपुल ने सहज उपाय सुझाया।

"कहना बड़ा आसान है, निभाना बहुत मुश्किल।" चारु ने उलाहना दिया।

"मुश्किल ज़रूर है। अगर दिल में निभाने का जज़्बा हो तो उपाय निकाले जा सकते हैं।" विपुल दृढ़ रहा।

"जब मैं 'पैक' मे पढ़ती थी, मेरी एक सहेली बड़ी ही सुंदर, सुशील, संस्कारी थी। हम सब सहेलियाँ उसके पिछड़ेपन की खिल्ली उड़ाया करते थे। यह विश्वास हम सबको था कि वह जहाँ भी जाएगी अपनी मृदुवाणी और परंपरा पालन से सबका मन मोह लेगी। राज करेगी अपने ससुराल में। ससुराल वाले सिर-आँखों पर बिठाकर रखेंगे तो पति पलकों पर। रीति-रिवाजों के नाम पर उसके साथ उसके ससुराल में गुलामों से भी बदतर सलूक किया जाता था। सारे दिन उसे घूँघट में तो रखा ही जाता। उसे सिनेमा जाने, टी.वी. देखने, रेडियो सुनने अर्थात् मनोरंजन का कोई अधिकार न था। वह ससुरालवालों के साथ एक सोफ़े पर बैठ नहीं सकती थी। इसे असभ्यता का नाम दिया जाता था। ज़मीन पर बैठा करती थी। इंतहा तो तब हो जाती थी जब सारा दिन काम करने के बाद भी उसे छड़ी से मारा-पीटा जाता था। कभी पति को नमक कम लगता तो कभी मिर्च ज़्यादा। रोज ही किसी न किसी कसूर पर रुई की तरह धुनी जाती थी वह। कभी लात-घूँसे, तो कभी जूते-चप्पल, कभी भी किसी की भी बरसात होने लगती। एक नहीं होती थी उसके आँसुओं की। अपने साथ होने वाले जानवरों से भी गए-बीते व्यवहार की शिकायत उसने अपने माता-पिता से की तब उसे माँ से यही सलाह मिली कि अब वही तेरा घर है, तुझे जैसे रखें रहना होगा। इस घर से तेरी डोली उठी है, अर्थी उस घर से ही निकली चाहिए।"

"यह तो बहुत ज़्यादती है। बल्कि मैं तो कहूँगा कि दरिंदगी है दरिंदगी।" विपुल गुस्से से भनभना उठा।

"ऐसे तमाम किस्से देख-सुनकर मैं काँप जाती हूँ। तुम अकसर शादी की बात किया करते हो। शादी का यह रूप मेरी आँखों के सामने नाच जाता है और मेरी रूह थर्रा उठती है।"

"इसमें उसके माता-पिता भी बराबर के गुनाहगार हैं।" एक गहरी वेदनामय सच्चाई छिपी थी विपुल के इस कथन में।

"तुम सही कहते हो विपुल। ऐसे में लड़की के लिए कोई चारा नहीं बचता तड़प-तड़प के अपनी जान देने के सिवा।" चारु की आँखें छलछला रहीं थीं।

"यह तुम कह रही हो चारु? तुमसे ऐसी उम्मीद न थी। शिक्षा किस दिन के लिए हासिल की जाती है? अत्याचार को चुपचाप सह लेने वाला कहीं न कहीं उसे बढ़ावा देने के लिए उत्तरदायी है। अपने मानवाधिकारों को सुरक्षित करना भी हर मानव का कर्त्तव्य है। शिक्षा वही है जो मनुष्य को विवेक प्रदान करे, उदार बनाए। उसे कानूनी तरीके से अलग हो जाना चाहिए। अपने पैरों पर खड़े होने की कोशिश करनी चाहिए। उसे ससम्मान जीने का पूरा हक़ है।" विपुल ने भाषण ही दे डाला था।

"यही तो मुश्किल है विपुल। समाज ऐसे में जीना मुश्किल कर देता है।" चारु अभी भी निराश-हताश थी।

"यह समाज क्या है चारु? हम-तुम लोग ही समाज बनाते हैं। लोग कुछ दिन बातें बनाकर चुप हो जाएँगे। हर तरह के लोग होते हैं। कुछ लोग ऐसे भी मिल जाएँगे इसी समाज में जो उसके इस कदम में उसका साथ देंगे। जैसे कि तुम। मैं। क्या हम उसका दर्द, उसकी वेदना से अनभिज्ञ रह उस पर लांछन लगाएँगे? अगर ऐसा है तो धिक्कार है हम पर, हमारे पढ़े-लिखे होने पर।" बिना रुके बोलता गया विपुल। चारु कुछ जवाब न दे सकी। कोई बहस न कर सकी। उसके सब तर्क असर खो चले थे विपुल के विचारों की धार के आगे।

"दुनिया में सिर्फ़ दुख ही दुख हैं, ऐसा नहीं है चारु। तुमने अपने माता-पिता का पवित्र बंधन भी तो देखा होगा। उनके प्रेम से कुछ नहीं सीखा?" विपुल भावों के प्रवाह को सकारात्मक दिशा में ले जाने को कृतबद्ध था।

"हाँ, देखा। वह भी देखा।" व्यंग्य से भरा था यह वाक्य, "माँ 'मिस शिमला' थीं। पिताजी ने उनके रूप-सौन्दर्य से मोहित होकर शादी की और फिर मौके-बेमौके तरह-तरह के लाँछन लगाए। उनके चरित्र पर कीचड़ उछाला। मूल में वही बात थी कि जो आकर्षण विवाह की बुनियाद बना, वही गृहस्थी की बुनियाद गिराने वाली दरार बन गया।" चारु के स्वर में उसके ज़ख्मों को कुरेदे जाने की असह्य पीड़ा निहित थी।

"ओह! बहुत खेद की बात है। फिर तुम्हारी माँ ने किस तरह निभाया? विपुल अफ़सोस से अधिक कुछ न कर पाया।

"पिताजी सँभले ही थे कि उनकी हत्या हो गई।" कहते हुए चारु ने बचपन से अब तक की सारी दुर्घटनाएँ कह सुनाईं। माँ व दादाजी का जेल जाना, खुद का कढ़ाहे के खौलते दूध से जल जाना, चाचा-चाची के आसरे पलना, बाल-शोषण, मयंक से मन ही मन प्रगाढ़ प्रेम, मयंक द्वारा तिरस्कार होना इत्यादि घटनाएँ। बताते-बताते चारु की रुलाई फूट रही थी। विपुल सब चुपचाप सुनता रहा। चारु का कहा हुआ एक-एक शब्द उसके दिल में धमक पैदा करता रहा। उसे ताज्जुब पर ताज्जुब हो रहा था आज और झटके पर झटके लग रहे थे। उसे सच में अनुमान न था कि चारु अपने अंदर दुस्सह यातना की गहरी पीड़ा को जमाकर जी रही है। इसके नीचे ही कहीं उसने कटुता को सुखाकर कठोरता का आवरण चढ़ा दिया है। इस पीड़ा के पिघलकर आँसुओं में बह जाने से कदाचित उसकी शुष्कता भी आर्द्र हो उठे।

"तुम्हारी बहन मंजु अब कहाँ है?" इस संक्षोभ से बाहर निकल विपुल ने पूछताछ की।

"दादा-दादी और माँ सभी हम बहनों को छोड़ कर परलोक सिधार चुके थे। हम दो बहनें ही थीं, जो एक-दूसरे का सहारा बन सकती थीं। मंजु ने मयंक से कोर्ट मैरिज की। मैंने उससे संपर्क स्थापित करने की बहुत कोशिश की परंतु कुछ है, कोई गाँठ है जो उसे मुझ तक आने से रोके रहती है। नदी के दो किनारों की तरह हममें एक निश्चित दूरी बनी हुई है। दिलों के तार को जोड़े रखने की मेरी सारी कोशिशों की उसने धज्जियाँ उड़ा दीं। कुछ दिन पूर्व ही मुझे पता चला है कि उन दोनों का तलाक़ हो गया है। कोर्ट में की हुई मैरिज कोर्ट में ही स्वाह हो गई।" बहुत क्षोभ था चारु को।

"तो तुम अब उससे वापिस मेल-जोल बढ़ा सकती हो। अगर चाहो तो! उसकी सगी बहन हो आखिर।" विपुल ने आनन-फ़ानन में उपाय सुझाया।

"वह मेरी सगी बहन है, मगर मैं उसकी नहीं। वह मेरा मुँह भी देखने को तैयार नहीं है। मैं उसे दुःख नहीं पहुँचाना चाहती। अगर वह इस तरह खुश है तो ऐसे ही सही। वैसे भी मेरा मुँह देखना ही कौन चाहता है?" चारु उदास हो उठी।

"धत्! फिर से वहीं आ गईं घूम-फिरकर। ऐसी निराशाजनक बातें मत करो चारु। मैं तुमसे बहुत प्रेम करता हूँ और वादा करता हूँ कि तुम्हारी स्वतंत्रता पर, अस्तित्व पर, मान-सम्मान पर कभी कोई आँच नहीं आने दूँगा। तुम्हें पलकों पर बिठाकर रखूँगा, ऐसा वादा नहीं करता। तुम्हारे साथ कदम से कदम मिलाकर चलूँगा, तुम्हारी इच्छा-अनिच्छा का ध्यान रखूँगा, सच्चे सहयोगी की भूमिका निभाऊँगा; यह वादा करता हूँ।" विपुल ने अपने मन की बात गोल-गोल घुमाने के स्थान पर साफ़ शब्दों में खुलकर बताने की ठान ली थी।

"चारु फूट-फूटकर रोने लगी। जी चाहा कि विपुल के सीने पर सिर रखकर अब तक की दबी अपनी सारी तपन को उसके प्यार की छाँह में सुस्ताकर वाष्पित कर दे। जी में विपुल के भी यही आया कि चारु को अपने सीने से लगाकर उसके सारे गम ओट ले। संकोचवश उसके बालों को सहलाता रहा और उसे जी भर रो लेने दिया। फिर अपना रुमाल आगे बढ़ाते हुए चारु का उत्तर जानने की कोशिश की।

"तुम्हारे इस समर्पण, इस प्रेम का मैं क्या कारण समझूँ विपुल।" चारु के इस प्रश्न से चकरा गया विपुल।

"प्रेम का कोई कारण नहीं होता चारु।" सीधे दिल की अवाज़ आई उभरकर।

"तुम इतने हैंडसम हो फिर भी इस बदसूरत-सी लड़की से इतना प्रेम? यह असंभव-सा लगता है विपुल।"

"कोई दूसरा दिन होता तो मैं इस प्रश्न का जवाब देता कि तारीफ़ के लिए शुक्रिया।" खिलखिला उठा विपुल फिर से गंभीर होकर बोला, "क्यों संभव नहीं है चारु? पहली बात तो तुम अपने अंदर से यह ग्लानि निकाल दो कि तुम सुंदर नहीं हो। मेरी आँखों से देखो, तुममें सुंदरता कूट-कूटकर भरी है। तुम एक सशक्त नारी हो। अपनी राह स्वयं चुनती हो। अपने निर्णय खुद लेती हो। अपनी छोड़ औरों की डूबती नैया पार लगाने की सामर्थ्य रखती हो। बुद्धिशाली हो। प्रतिभावान हो। विचारशीला हो। तुम्हारे व्यक्तित्व पर नाज़ किया है मैंने।" तपाक से विपुल ने उत्तर दिया।

"अगर तुम्हारी बात एक बार को मान भी लूँ कि मैं इतनी गुणवान हूँ तो किसी और पुरुष को मुझसे प्रेम क्यों नहीं हुआ कभी?" चारु का प्रश्न विपुल की बातों की गहराई को नापने की कोशिश कर रही थी।

"तुमने इतनी चरित्रवान हो चारु कि किसी पुरुष की हवा भी तुम्हारे पास से गुज़र जाए तो तुम्हें चुभने लगती है। मैं यही कह सकता हूँ कि किसी ने तुमसे प्रेम किया भी होगा तो तुम्हारी दृढ़ता के सामने कभी मुँह खोलने की हिम्मत ही न कर सका होगा।" कहकर विपुल पुन: अपने मस्तमौला रूप में बोला, "फिर जैसे हर लड़की चारु नहीं होती, वैसे ही हर लड़का विपुल नहीं होता। तुम्हारे संकल्प और सौगंध को तोड़ने की हिम्मत मैं ही कर सकता हूँ।" कहकर अपनी बाजू के डोले दिखाकर ताकत का प्रदर्शन किया।

"तुम ऐसे शब्दों के धनी हो जिनकी ध्वनि बहुत कर्णप्रिय है। तुम्हारे व्यक्तित्व की यह विशेषता है। मगर मुझे इस तरह मीठी बातों से छल नहीं सकते। मैंने यह कलंक दिन-रात झेला है। बार-बार लोगों की नफ़रत का शिकार हुई हूँ।" हलक तक चढ़ आए अतीत के कड़वे घूँट को सटकते हुए चारु बोली।

"सुंदरता की परिभाषा कहीं लिखी हो तो मुझे भी पढ़वाना। मैं भी जानना चाहूँगा कि लोग किसे सुंदर कहते हैं। कहाँ वे चित्र बने हैं जिनसे तुलना कर किसी को सुंदर या असुंदर वर्गों में बाँटा जाएगा। वे साँचे भी दिखाना, जिनके पैमाने में समाकर यह जाँच-परख होगी कि कौन-कौन सुंदर है। मेरे विचार से अगर व्यवहार अच्छा न हो तो विश्व-सुंदरी भी बदसूरत। और मन कोमल हो, वाणी में मिठास, दिल में उदार भाव और शुद्ध आचरण; मेरे हिसाब से यही खूबसूरती की निशानी है।"

"ये वही आसमानी बातें हैं जिनको मापने का कोई यंत्र नहीं बना है। बाद में यही सारी खूबियाँ पत्नी रूप में दिखनी बंद हो सकती हैं और तब यह भद्दी सूरत हर समय सामने दिखा करेगी।" चारु के विचार तटस्थ थे।

"अब ये सूरत का राग अलापना बंद भी करो चारु। कभी मैंने अपनी बदसूरती के चिह्न गिनवाए तुम्हें? कभी गिनवाई अपनी विकृति कि मेरी दाहिनी भौं में यह कटाव है, यह टूटा हुआ दाँत है जो बदनुमा दिखता है?" विपुल अब खीज गया था।

"मुझे नहीं समझ आता कि इतनी खूबसूरत लड़कियाँ तुम्हारे आस-पास मंडराती हैं तुम उनमें से किसी को क्यों नहीं चुन लेते।" चारु अपनी बात पर अड़ी रही।

"चुन लूँ? क्यों चुन लूँ? कोई सामान है क्या?" विपुल को क्रोध हो आया।

"कोई तो कारण होगा नापसंद का।" चारु भी ढीठ थी।

"वे मेरे योग्य नहीं।" झल्लाहट भरा जवाब था।

"क्या विशेषता होनी चाहिए तुम्हारे योग्य होने के लिए- विकृत सूरत-शक्ल व हाथ-पैर?" अडिग थी चारु।

"उफ़्फ़! चारु! तुम्हें कैसे समझाऊँ। मेरे पास इसकी कोई दलील नहीं है कि मुझे तुमसे ही प्यार क्यों हुआ। बस हुआ तो हुआ।" विपुल हार मान चला था।

"लेकिन मेरे पास है विपुल। मैं तुम्हारे योग्य कदापि नहीं हूँ। इसलिए तुम्हारे प्रणय-निवेदन को स्वीकार नहीं कर सकती हूँ। जानती हूँ कि अपने सौभाग्य को खुद ही ठोकर मार रही हूँ। परंतु मेरा सौभाग्य तुम्हारा दुर्भाग्य बन

जाए, यह सह नहीं पाऊँगी मैं। न ही मैं इतनी स्वार्थी हूँ, न ही इतनी निष्ठुर।" चारु दृढ़ स्वर में बोलती चली गई।

"निष्ठुर तो तुम हो रही हो चारु। अगर मैंने जीवन भर तुम्हारा साथ देना चाहा है और तुमसे तुम्हें जीवनसाथी के रूप में साथ माँग रहा हूँ तो इसमें गलत ही क्या है? क्या यह बहुत बड़ी माँग है? क्यों तुम बार-बार मुझे किसी न किसी ऊल-जलूल बात में उलझाकर मेरा तिरस्कार कर रही हो।" विपुल की उदासी साफ़ झलक रही थी।

"इस तिरस्कार से ही तो मैं डरती हूँ विपुल। उसी से बचाने की कोशिश कर रही हूँ।" चारु गिड़गिड़ाने लगी थी।

"तुम मेरे बारे में नहीं जानती चारु। तुमने अगर बहुत दुख झेले हैं बचपन में तो मैं भी कोई फूलों के झूलों पर झूलकर बड़ा नहीं हुआ हूँ। बारह साल की उम्र में मैंने अपने माता-पिता दोनों को खो दिया। पिताजी की टी.बी. की बीमारी का पता चला तो माँ चिंता में दित-रात घुलने लगीं। पिताजी का बुखार टूटता न देख माँ टूट जाती थीं। रोज़ाना उनका वज़न घटता देख माँ घट-घट के आधी रह जाती थीं। माँ की ज़िंदगी का बस एक ही मकसद था- पिताजी को इस घातक बीमारी की गिरफ़्त से आज़ाद करना। माँ पूरी तरह से उनकी देख-भाल में जुट गईं। पिताजी का अपना काम था। घर के आँगन में ही एक तिरपाल बाँधकर उसमें कुछ मशीनें लगीं थीं। मशीन में रुई धुनकर उसके गद्दे, रजाई व तकिए बनाए जाते थे। मुझे याद है वह दिन जब पिताजी पाई-पाई जोड़कर मशीन खरीदकर लाए थे। पिताजी की खुशी का पारावर न था। माँ तो जैसे मशीन देख-देख निहाल हुई जाती थीं। पिताजी की बीमारी से काम ठप्प हो गया। वे बार-बार चारपाई छोड़ मशीन चलाने को दौड़ते, पर माँ रोक देतीं। हालात यहाँ तक पहुँच गए कि इलाज के लिए पैसे न बचे।"

"ओह! फिर?"

"माँ दमे की मरीज़ थीं। उन्हें रुई जैसी चीज़ से सख़्त एलर्जी थी। मगर घर की परिस्थिति कुछ ऐसी हो गई कि मशीन चलाए बिना भूखों मरने की नौबत आ गई। पिताजी खाना खा-पीकर, अपनी दवा लेकर ज़रा देर नींद लेते तो माँ मशीन चलाकर रुई धुनती और गद्दे, रज़ाई बनाने में जुट जातीं। मैं दस साल का था। स्कूल से आकर मैं उन रज़ाई-गद्दों को साइकिल के कैरियर पर बाँधकर ग्राहकों के घर तक पहुँचाकर आता था।"

"जीवन हर कदम संघर्ष है।"

"पिताजी का एक फेफड़ा पूरी तरह गल चुका था। डॉक्टर ने शल्य चिकित्सा कर उसे जल्द से जल्द निकाल देने के सलाह दी थी। अगर ऐसा न किया गया तो सारे शरीर में ज़हर फैलने की संभावना थी। माँ ने अपने आप को पूरी तरह रुई धुनने की मशीन में धुन दिया। माँ को चौबीस घंटे भी कम पड़ रहे थे आपद से संघर्ष करने में। माँ ने हार नहीं मानी। मेरे लिए भी पिताजी की ज़रूरतों का ध्यान, स्कूल और रज़ाई-गद्दे की डिलीवरी का काम साथ-साथ कर पाना मुश्किल हो गया। मैं पाँचवीं कक्षा की परीक्षा न दे पाया। बहुत पैसे उधार लेने पड़े- कुछ ग्राहकों से कुछ सप्लायरों से। कैसे-कैसे पिताजी का ऑपरेशन हुआ। ऑपरेशन कामयाब रहा। कुछ दिनों में अस्पताल से छुट्टी मिली। पिताजी ने घर आते ही अपनी जत्न से निर्मित मशीनों को पुचकारा। पिताजी की तबीयत जैसे ही सँभलने लगी, उन्होंने माँ का काम में हाथ बँटाना शुरु कर दिया। पिताजी ने देखा कि अस्थमा की मरीज़ माँ को रुई की मशीन चलते ही ज़ोर-ज़ोर से खाँसी आती है। यहाँ तक कि वे खाँसते-खाँसते बेहाल हो जातीं। पिताजी को पलक झपकते ही सारा माजरा समझ आ गया कि रुई का काम अपने सिर पर लेकर माँ ने अपने जीवन का सौदा कर पिताजी को नया जीवन दिया है।"

“स्त्री जाति की यही विशिष्ट बात है कि जिसे अपना मान लेती हैं उस पर सर्वस्व लुटा देती हैं।”

“सही कहती हो चारु। यही हुआ भी। ऋणदाताओं के तकाज़े भी शुरु हो चुके थे। परंतु इन सबकी फ़िक्र न करते हुए पिताजी ने माँ को अस्पताल में दाखिल करा दिया। घर की सारी जमापूँजी तो बहुत पहले ही उठ चुकी थी। पिताजी ने माँ के इलाज के लिए गहनों की पोटली टटोली तो पता चला कि उनकी दवाइयों का खर्चा उठाने में वे तो पहले ही बिक चुके थे। पिताजी की दवा की एक-एक गोली बहुत महँगी आती थी। पिताजी को माँ का इलाज कराने के लिए रुई धुनने की मशीनें बेचनी पड़ीं। अस्पताल की देखभाल, दवा-दारु और ऑक्सीज़न चढ़ने से माँ की हालत में कुछ सुधार आया। घर आते ही माँ ने रुई की मशीनों की जगह खाली देखी तो सद्मे के कारण बेहोश हो गईं। होश में आईं तो बच्चों की तरह-तरह बिलख-बिलखकर रोने लगीं। पिताजी पर बहुत बिगड़ी कि एक इंसान की ख़ातिर उन्होंने पूरे परिवार का भरण-पोषण करने वाली मशीनें बेच दीं। पिताजी ने माँ को समझाने की बहुत कोशिश की- कि हम-दोनों एक-दूसरे के लिए बने हैं। तुमने भी तो मेरी सेवा में अपनी बीमारी की परवाह नहीं की, अपने गहने बेच दिए। तो मैं कैसे तुम्हें छोड़कर इन निर्जीव मशीनों को सीने से लगाए रहता।’ माँ की फ़िक्र के आगे पिताजी की कोई दलील न टिक सकी।”

“तुम्हारे पिताजी की बात एकदम सही थी।”

“माँ को कर्ज़ देनेवालों की चिंता खाए जा रही थी। माँ यह सब बर्दाश्त न कर सकीं और हम दोनों को बिलखता छोड़कर इस संसार को अलविदा कह गईं। पिताजी बुरी तरह उखड़ चुके थे। माँ से जुदाई सहन न कर सके और ठीक तेरहवीं के दिन ही उनके भी प्राण पखेरु उड़ गए।”

"ओह! बेहद अफ़सोस की बात है। तुम्हारे माता-पिता के परस्पर अमर प्रेम को मेरा शत-शत नमन है। लेकिन तुमने कैसे अकेले गुज़ारा किया विपुल?"

"मैं इस संसार में निपट अकेला रह गया। कभी घर-घर जाकर ब्रैड बेचता तो कभी अख़बार डालता तो कभी किसी दुकान पर काम; जहाँ भी जो काम मिल जाता वह करता रहा। पतंग बेचने से लेकर ढाबे पर बर्तन माँजने का काम भी किया। एक बार दिनभर के काम से थका-हारा मैं एक टैम्पो में जाकर सुस्ताने लगा। टैम्पो ढाबे के सामने ही खड़ा था। ड्राइवर ढाबे में खाना खाने और सुस्ताने को रुका था। कब आँख लग गई, पता नहीं चला। आँख खुली तो टैम्पो ढाबे के पास न होकर यमुना किनारे खड़ा था। मैं डर के मारे नीचे कूद पड़ा। परेशान-सा चारों तरफ़ नज़रें दौड़ाईं। ड्राइवर यह देखकर चौंका। मैंने उसे सारी कहानी सच-सच कह सुनाई। मेरा भरी दुनिया में कोई नहीं है यह जान वह मुझे अपने घर ले गया। बड़ा भाई कहूँ या पिता, उसने सारी भूमिकाएँ निभाईं। उसने ही मुझे स्कूल में दाखिला दिलवाया। उसके घर में हम दो ही प्राणी थे- वह खुद और मैं। मैं दिन में स्कूल जाता, वापिस आकर घर का काम करता और खाना तैयार करता। शाम को आकर भैया मुझे टैम्पो में बिठाकर घुमाने ले जाते और टैम्पो चलाना सिखाते। वे कहते कि तुम अच्छे घर के बच्चे हो। पढ़-लिखकर बड़े आदमी बनो। आड़े वक्त के लिए यह टैम्पो चलाना सीख लो जाने कब काम आए।"

"जहाँ जीवन होता है, हज़ार राहें जीवन की निकल आती हैं। ऐसे दयावान और परोपकारी मनुष्य धरती पर कम होते हैं। ईश्वर की हम पर दया हो तो वे कृपा के पात्र ढूँढ लेते हैं।"

"हाँ, ईश्वर की असीम अनुकम्पा रही। मैंने टैम्पो चलाना जल्दी सीख लिया। पूरे चार साल स्कूल से नाता टूटा होने के बाद भी मेरी पढ़ाई अच्छी चलने लगी थी। घर का सारा काम करने में मैं उस्ताद था ही। दर-दर की ठोकरों ने

कुशल कारीगर तो बना ही दिया था। उनके आश्रय, प्रोत्साहन व सहयोग के बल पर छ: वर्षों में बारहवीं पास कर कॉलेज में दाखिला ले लिया। मैं कॉलेज के सहपाठी छात्रों से उम्र में काफ़ी बड़ा था। मैं उनसे दोस्ती नहीं कर पा रहा था। वे सब खुद को मुझसे दूर-दूर रखते थे। एक बार दो छात्रों की बात-चीत को चुपचाप सुनने से मुझे पता चला कि उनमें से एक बेहद परेशान है क्योंकि उसके पिताजी को नौकरी से निकाल दिया गया है और उसे रातोंरात घर बदलना है। ऐसे में बेहिचक सामने पहुँचकर मैंने अपनी टैम्पो सर्विस का हवाला देकर सब काम ठीक से निबटवाने का आश्वासन दिया। थोड़ा-सा सकुचाते हुए उन्होंने स्वीकार कर लिया। भैया और मैंने पूरी मेहनत से यह काम करवाया। उन दोनों के हाथ लगाए बिना सारी वस्तुएँ सावधानी के साथ दूसरे घर में स्थानांतरित कर दी। उनके घर में अभी गैस स्टोव का कनैक्शन न होने के कारण खाने की समस्या थी। मैं बाहर से उन तीनों के लिए खाना ले आया। फिर क्या था वे दोनों मेरे दोस्त बन गए। तब से आज तक मुझे दोस्तों की कमी नहीं रही।”

“वह मैं समझ सकती हूँ। अब भी तुम्हारे मददगार आचरण ने ही इतने मित्र और ख्याति दोनों अर्जित की हैं।”

“तब भी दोस्तों की लम्बी सूची थी। मेरे दोस्त घर आते-जाते तो भैया के एकाकी जीवन में बहार आ जाती। मेरे दोस्तों में आशा का नाम भी शामिल था। आशा अच्छी लड़की थी। जब वह मेरा विशेष ख्याल रखती। मैं बीमार होता तो वह घर आकर मुझे कक्षाओं से जुड़ी सब इत्तला दे जाया करती। मैं लिखने के काम से जी चुराता ही था, वह खुशी-खुशी अपने नोट्स मुझे दे जाती। अपने टिफ़िन में कुछ विशेष मेरी पसंद की चीज़ें लाकर चुपके से मेरे हाथ में थमा जाती। मैं कॉलेज न पहुँचता तो उदास हो जाती और पहुँच जाता तो उसके गालों पर लाली की लहर ठहर जाती। मैं यह सब देखकर भी अनजान बना रहा। उसका

अपनत्व इस कदर बढ़ रहा था कि दोस्त मुझे उसके नाम से छेड़ा करते। मैं इस छेड़-छाड़ से चिढ़ जाया करता था। आशा की अच्छाइयों की मैं भी कद्र करता था। मानता था कि वह गुणों की खान है। भैया को भी वह बहुत पसंद थी। वे मेरे भावी जीवन के सपने संजोने लगे थे। परंतु मेरे सपनों में पहले से ही कोई और थी। मुझे आशा की ये हरकतें चुभने लगीं थीं। मुझे धीरे-धीरे उसकी शक्ल से कुढ़न होने लगी। युवावस्था में उसे चेचक ने दबोच लिया था। उसके चेहरे पर प्रेम उमड़ना तो पहले ही अस्वाभाविक था। आशा एक मित्र के रूप में स्वीकार्य थी, जीवन संगिनी के रूप में नहीं। जब मेरे व्यवहार से इस बात का संकेत मिलने लगा तो आशा बुझ सी गई। वह अब यथासंभव मुझसे दूर-दूर रहने का प्रयास करती। यहाँ तक कि उसने कॉलेज आना भी बंद कर दिया।"

"ओह! मैं उसका दर्द भली-भाँति समझ सकती हूँ। फिर आगे क्या हुआ?" चारु का कौतुहल बढ़ा।

"मैं नाकाम रहा था उसे समझने में। उस समय मुझे अपने पड़ोस में रहने वाली सीमा से बहुत लगाव था। उसके जैसी रूपवती लड़की की कल्पना मैंने अपनी अर्धांगिनी के रूप में की थी। मेरे प्रेम को सीमा ने स्वीकृति दी तो मैं जैसे पंख लगाकर आसमान में उड़ चला। धरती पर पैर न पड़ते थे। बंद आँखों में सीमा के सपने तो खुली आँखों में उसकी परछाई सदा साथ रहती थी। एक दोस्त की मोटरसाइकिल उधार लेकर सीमा से मिलने जा रहा था। सीमा पार्क के गेट पर मेरा इंतज़ार कर रही थी। मैं वहा पहुँचने ही वाला था कि एक ट्रक से टकरा गया। मोटरसाइकिल के साथ दूर तक खिचड़ता चला गया। सीधे हाथ के सहारे सड़क पर घिसटने से मेरे कंधे की हड्डी टूट गई। आँख भी बाल-बाल बची। आँख के ज़रा ऊपर गहरा ज़ख्म हो गया, एक दाँत टूट गया। सीमा ने सब कुछ देखा और देखते-

देखते घटनास्थल से लापता हो गई। मेरी कराहती आवाज़ उसे पुकारती रही। उसके पीछे हटते कदमों की एक फीकी सी झलक अब भी याद है।"

"ऐसा कैसे कर सकती थी वह?" चारु को एक स्त्री के इस व्यवहार पर हैरत हुई।

"ईश्वर मुझे सबक सिखाना चाहता था शायद। एक भलेमानस ने दया कर मुझे अस्पताल पहुँचा दिया। भैया भागे-दौड़े बदहवास से वहाँ पहुँचे। मेरे कंधे की चकनाचूर हड्डी को सहारा देने के लिए ऑर्थोपीडिएक रॉड डाली गई। चेहरे पर भी पट्टी में बँधा मैं मिस्री ममी से कम नहीं लग रहा था। कई घंटों बाद मुझे होश आया। भैया मेरे सिर को अपनी गोद में लिए ऐसे रो रहे थे कि जैसे मैं दुनिया से चल बसा हूँ। मुहे होश में आया देख भैया के आँसुओं से भीगे चेहरे पर बत्तीसी खिल गई। मैं दर्द से छटपटा रहा था। फिर भी यह दर्द उस दर्द से तो शत प्रतिशत कम ही थी जो सीमा के व्यवहार ने जो मुझे दिया था। तब यह विचार करने की न क्षमता थी न आवश्यकता, किंतु आज यह समझ सकता हूँ कि जिम्मेदार और करुणामय होना कितना मुश्किल होता है। शायद सीमा की भी यही स्थिति थी। और उसने उचित ही किया। वह किस नाते से मेरी सहायता करती। वह मेरी पत्नी नहीं थी। मेरी मदद करने के प्रक्रम में समाज को उसके और मेरे प्रेम-संबंधों का पता लग जाता जो उसके लिए कई मुश्किलें पैदा कर सकता था। अगर इस दुर्घटना के बाद मैं न बचा होता तो उसका क्या होता? वह किसी अन्य को भी न अपना पाती। अगर वह खुद को सँभाल भी लेती तो मेरे और उसके बारे में जानने के बाद और कोई उसे अपनाता या नहीं यह भी उसके लिए एक चिंता का विषय रहा होगा।"

"यह तुम्हारी भलमनसाहत है कि तुम उसका पक्ष समझ रहे हो।"

"हाँ चारु, क्योंकि दूसरों को गलत ठहराना बहुत आसान है। बस अपना ही अपराध समझ नहीं आता मानव को। उस समय मुझे आशा की बहुत याद आई। आशा के प्रति अपने दोषपूर्ण व्यवहार का ज्ञान हुआ। आँखें खुल गईं। उसकी मन:स्थिति का अहसास मुझे बखूबी हुआ। मन बनाया कि अस्पताल से घर पहुँचते ही उससे अपने हृदय परिवर्तन का प्रमाण दूँगा। भैया ने भी मेरे इस निर्णय की बहुत सराहना की। मैंने सौंदर्याकर्षणों की कच्ची डोर से खिंचने वाले दुर्बल, अपरिपक्व व अप्रौढ़ प्रेम की गहरी वास्तविकता को जब तक पहचाना तब तक बहुत देर हो चुकी थी। आशा निराश होकर आत्महत्या कर चुकी थी। मेरे हाथ पश्चात्ताप के अलावा कुछ न लगा। अपनी आत्मा को ग्लानि के दलदल से उबारने में मुझे सदियाँ लगेंगी।"

"उफ! बहुत खेद हुआ विपुल। शायद बहुत आहत हुई होगी। तुम भी तो टूट गए होंगे।"

"बस इतना ही नहीं चारु, ग्रेजुएशन के फाइनल में था जब एक और दुर्घटना घटी। शाम को किसी ग्राहक का सामान पहुँचाने मैं अपने भैया के साथ जा रहा था कि भैया ने टैम्पो का रुख उसी ओर कर दिया जहाँ वे मुझसे पहली बार मिले थे। उनकी वह जगह फिर से देखने की इच्छा थी। वह उस घड़ी को अपने लिए सौभाग्यशाली मानते थे जब मैं उन्हें मिला। मेरे लिए तो वह क्षण पुनर्जन्म से कम नहीं था। माता-पिता की मृत्यु के बाद कभी सोचा नहीं था कि जीवन में ऐसे सुखद रंग भी दिखेंगे। ठीक उसी स्थान पर उसी स्थिति में टैम्पो खड़ा कर हम दोनो भाई यमुना की ओर बढ़ रहे थे कि अचानक उनके सीने में ज़ोर का दर्द उठा। सीने के दर्द के साथ ही पेट, हाथ और जबड़े में भी भयंकर दर्द हुआ। सिर में भी चक्कर आने लगा। उनका चेहरा दर्द के मारे काला पड़ गया। मैं कुछ समझ न पाया और उन्हें टैम्पो में भरकर फटाफट हॉस्पिटल की तरफ़ भागा।

वे दर्द से कराह रहे थे और मेरे अंदर की आशंका मेरे पीले पड़े चेहरे पर आँसू के रूप में बही जा रही थी। घबराहट के कारण रास्ता भी नहीं सूझ रहा था।"

"फिर आगे क्या हुआ?" चारु की जिज्ञासा आशंका में ढल गई थी।

"हॉस्पिटल पहुँचकर उनकी हालत देख तुरंत आई.सी.यू. में भरती कर लिया गया। मेरी हज़ार प्रार्थनाओं और डॉक्टर की लाख कोशिशों के बावजूद वे मुझे फिर से अकेला कर इस दुनिया से रुख़सत हो गए। मैं घंटों उनकी मृत काया से लिपटा चीत्कार करता रहा। वे निर्मोही न हिले, न डुले। बस पड़े-पड़े बंद आँखों से ही सारा तमाशा देखते रहे। मैं पूरी तरह लुट गया था। बुरी तरह टूट चुका था। नियति ने बार-बार मुझसे मेरा संसार छीनकर वनवास दिया था।"

"यह तो मैं अनुमान लगा सकती थी कि तुम्हारा सफ़र भी कष्टों से भरा है, परंतु मेरे अनुमान से कहीं ज़्यादा पीड़ा के भागीदार रहे हो तुम। उसके बाद भी तुम इतने मस्तमौला हो। सलाम है तुम्हारी ज़िंदादिली को।"

चारु और विपुल एक दूसरे की पीड़ा की सहअनुभूति करने में समर्थ थे। कमोबेश दोनों एक ही नौका में सवार थे। बातचीत किसी निर्णयात्मक मोड़ पर पहुँचती कि तभी आँखमिचौनी खेलते अल्हड़ बादल बचपने से भरपूर आपस में उलझ पड़े। उनके मध्य विद्युत गर्जना करने लगी। वे एक-दूसरे पर बरसने लगे। उनके झगड़े के छींटे धरती पर आ गिरे। मानो प्रतियोगिता सी हो गई कि कौन अधिक बूँदा-बाँदी करता है। चारु और विपुल तुरंत ऑटो में सवार हो निकले।

चारु जब घर पहुँची तो होड़ लगाते वारिदगण के समान ही उसके मन-मस्तिष्क में प्रतिस्पर्धा प्रारंभ हो गई। मन कहता है- विपुल बहुत उदार है। संवेदनशील है। उसके अंदर करुणा का अथाह सागर हिलोरें लेता है। उसका प्रेम पाकर मैं धन्य हो उठी हूँ। मस्तिष्क ने मन को टोका- यह कोरी सहानुभूति है। मैं

इसे समर्पण मानने के पक्ष में नहीं हूँ। यह प्रेम कदापि नहीं है। मन का जवाब आया- यह प्रेम ही है। अगाध पवित्र प्रेम। यह उसकी रगों में लहू बनकर दौड़ रहा है। उसकी निष्ठा, उसका समर्पण अद्वितीय है। उसके प्रेम के आदर्श उसके माता-पिता हैं। मस्तिष्क ने मन को फटकार लगाई - विपुल को उस पर प्रेम नहीं करुणा है। आशा के प्रेम के परित्याग की ग्लानि के कारण ही यह हमदर्दी उपजी है। एक जीवन इस कारण समाप्त हो गया तो वह अपनी दया दृष्टि से यह जीवन बचाना चाह रहा है। मन आज मस्तिष्क के बहकावे में आने को तैयार न था- क्या हानि है अगर वह अपने अतीत से सीख लेकर एक जीवन बचाने को प्रयत्नरत है। अगर उसका मन पावन न होता तो वह यूँ बारम्बार विनती न करता। मैंने कितने ही असफल उदाहरण पेश कर उसे डारने की कोशिश की परंतु उसकी आस्था, विश्वास को डिगा न सकी। मैं ऐसे प्रेम पर निछावर जाती हूँ अपना सब कुछ उसे समर्पण करने को विकल हूँ।

वृष्टि बंद हुई थी फिर क्यों अचानक भयावह यामिनी को दामिनी भीषण हिंस्त्र बना गई। चारु के अंतर में अंतर्द्वंद्व मच गया। विपुल के प्रेम का परीक्षण तो भरपूर हो गया। उसका प्रेम तो पवित्र है परंतु मेरा? मेरी पवित्रता? क्या अपने अतीत की सबसे बड़ी सच्चाई के बारे में विपुल को बताए बिना अवसर का अनुचित लाभ उठाना, विपुल की मासूमियत के साथ खेलना, उसके साथ धोखा न होगा? इतने सहृदय मनुष्य के साथ क्रूर अन्याय न होगा?

❧

7

कारागार

मरुस्थल में भटकते मानव को क्या चाहिए? दो बूँद पानी। प्यास से तड़पते राही बहुधा मृग-मरीचिका का शिकार हो जाते हैं। जलधारा या जल की लहरों की वह मिथ्या प्रतीति जो अधिक उष्ण वायु की लहरों पर कड़ी धूप पड़ने के कारण उत्पन्न होती है, तृषित मनुष्य को अधिक बेहाल कर जाती है। यही मुसाफ़िर यदि किसी स्थान पर बतख, हंस, बगुले या मराल आदि पक्षियों को देखें तो मृगतृष्णा के भ्रमजाल से निकल वास्तव में शाद्वल की खोज कर लेंगे। इन पक्षियों की उपस्थिति मरुद्वीप अथवा मरुउद्यान की मौजूदगी का विश्वस्त अहसास दिलाती है। हिरन अथवा चिंकारा के दृश्य धरिणी के अंदर बहती जलधारा का भूमि की सतह संतृप्त करने को ऊपर आने का विश्वास दिलाते हैं।

इसी हिरण की भूमिका में शुभदा का अस्तित्व विपुल को चारु के अंत:करण में प्रपात की उपस्थिति का आश्वासन देता है। विचार सुदृढ़ हो जाता है कि चारु का हृदय शुष्क मरुस्थल नहीं हो सकता। कदापि नहीं। वहाँ अवश्य अविरल निर्झरणी के प्रवाह से उपजे मधुर संगीत के सुरों की रुनझुन होगी।

विपुल घर से निकला तो गगनमंडल में श्यामवर्ण मेघदल का घेराव था। कितना भार वहन करते हैं ये श्यामघन। धरती की, अंतरिक्ष की दोनों की आवश्यकता की पूर्ति करते हैं। रेशा-रेशा ताप सहन करते हैं। कतरा-कतरा भाप शनै:-शनै: सोखते जाते हैं। भाप में लिपटी एक-एक बूँद की रक्षा करते हैं। गुप्त तहख़ाने में उन्हें जमा करते रहते हैं। वहन क्षमता से अधिक भार हो जाए तो जिसकी धरोहर है उसको लौटा आते हैं। मटका-मटका भर खजाना धरती पर उँडेल देते हैं। स्वयं रीते हाथ रह जाते हैं।

एक माह हो चला था। विपुल ने इस दौरान चारु को समझने का पूरा यत्न किया। उसकी कही हुई हर एक बात पर बार-बार गौर किया किंतु असफल रहा। एक माह के अवकाश के बाद कॉलेज के खुलने के दिन आने वाले थे। विपुल बहुत अन्यमनस्क था। वह किसी भी सूरत में जानना चाहता था कि चारु की असहमति का क्या कारण है? क्या चारु वास्तव में शुभदा की माँ है? चारु उसकी माँ कैसे हो सकती है? शुभदा चौदह-पंद्रह साल की बच्ची की है और चारु पच्चीस-छब्बीस की। अगर है भी तो इससे मेरे प्रेम पर क्या असर पड़ता है? क्या शुभदा का पिता जीवित है? क्या चारु किसी और से प्रेम करती है? क्या कोई है उसके जीवन में? मैंने कभी भी यह जानने की चेष्टा नहीं की। बस अपने ही प्रेम के मद में चूर रहा। उस दिन जो कुछ उसने बताया वह सब यह यकीन दिलाने को काफ़ी नहीं है कि चारु किसी को अपनाना नहीं चाहती। ज़रूर कुछ और है जो मैं

देख नहीं पा रहा हूँ। कोई गुत्थी उलझी है जिसकी डोर का सिरा मेरे हाथ नहीं लग रहा है।

हलकी रिमझिम फुहार के बीच विपुल चारु के घर पहुँचा। शुभदा को पौधों पर पानी का छिड़काव करता हुआ पाता है। दरवाज़े पर दस्तक देते-देते रुक जाता है। सीढ़ियाँ उतरकर शुभदा के पास पहुँचता है।

"इस बूँदा-बाँदी में भी पौधों को पानी देने का मतलब? शुभदा!" हैरानी से विपुल ने पूछा।

"कुछ पौधे इतने नाजुक होते हैं भैया कि आवश्यकताओं की पूर्ति से अधिक उन्हें अपनेपन की तलाश रहती है।" शुभदा ने पानी देना जारी रखा।

"लेकिन अधिक पानी से ये गलकर मर भी सकते हैं शुभदा!!!" विपुल की हैरत में कोई कमी नहीं आई।

"इनको मिलने वाले पानी में धरती का भी तो साझा है। कुछ वह सोख लेगी। इन्हें स्वत: मिल जाएगा, ऐसा सोचकर मैं क्यों अपने स्नेह में कमी लाऊँ।" शुभदा का कार्य हो चुका था। वह पानी छिड़कने का जार उठाकर बगिया में से निकल आई।

"जो बात तुम कह रही हो, सुनने में ठीक ही लग रही है। पर रहस्य अभी भी मेरी समझ से परे है। क्या इंसानों पर भी यही बात लागू है?" बच्चों की भाँति विपुल ने पूछा।

"बिल्कुल भैया! इंसानों पर और भी अधिक। कुछ हृदय इतने मुरझा चुके होते हैं कि प्रेम की एक तेज़ बौछार उन्हें जिला नहीं पाती। प्रतिदिन स्नेह की नन्ही फुहार उनमें जीवन की आस जगा सकती है।" समझदारों की भाँति शुभदा बोली।

"हँ" बस हामी भर पाया विपुल। इस विचार के दृष्टांत खोजने पर मजबूर हो गया। मगर ऐसा कुछ भी नयनपटल अथवा मस्तिष्क पटल के समक्ष तत्काल उपस्थित न हुआ जिससे वह सहमत हो सके।

" चलिए। आपको चाय पिलाती हूँ।" शुभदा ने विषय का रुख मोड़ते हुए कहा।

"क्यों आज तुम्हारी आई घर पर नहीं है क्या?" शुभदा के प्रस्ताव ने विपुल को हतप्रभ कर दिया।

"क्या मेरे हाथ की चाय में कुछ खराबी है भैया?" शुभदा भी विपुल सी ही वाकपटु, वाचाल और चतुर थी।

"नहीं शुभदा। ऐसा नहीं है। तुम्हारी आई तुम्हें आँखों के सुरमे-सा साथ रखती है। तुमसे कोई बात करे, कोई प्रश्न पूछे उसे रास नहीं आता। फिर इस कारण तुमसे कभी खुलकर बात नहीं हुई न! तो आज तुमने मुझे हैरत में डाल दिया।" विपुल की बात में सच्चाई थी।

शुभदा खिलखिलाकर हँस पड़ी। उसकी भोली, निश्छल आत्मीय हँसी में विपुल को एक अटूट बंधन की डोर आ आगास दिखाई दिया। वह शुभदा के संभ्रांत, अतिथि यथोचित व्यवहार से बहुत प्रभावित हुआ। विपुल के विचारों के अबाध प्रवाह में अचानक बाधा पड़ी। "आज आप यहाँ खुद आए हैं कि आई ने बुलाया था?" शुभदा का प्रश्न बड़ा सटीक और साफ़ था। विपुल के आने से वह भी कम हैरान न थी।

"तुम्हारी आई मुझे कभी नहीं बुलाती शुभदा। मैं ही उसके आगे-पीछे भँवरों की तरह डोलता रहता हूँ।" विपुल का विनोदपूर्ण खेदभरा जवाब उसकी

दिली इच्छा को प्रस्तुत कर रहा था। शुभदा को इससे उन सारे संकेतों के प्रमाण मिल गए जिनको चारु बहुधा नकारा करती थी। शुभदा बहुत खुश थी।

"मेरी आई है ही ऐसा सुगंधित पुष्प, जिसकी सुगंध आपको मोहित कर यहाँ खींच लाती है।" शुभदा के जवाब ने एक पल को विपुल को ठिठका दिया। फिर दोनों ठहाका लगाकर हँसने लगे।

"वैसे आज वह सुगंधित फूल है कहाँ?" सीढियाँ चढ़ते हुए विपुल ने पूछा।

"आई देहरादून गई हैं।" शुभदा ने बेहिचक बताया।

"देहरादून? वहाँ क्यों? विपुल को थोड़ा अचरज हुआ।

"आज उनके चाचाजी वन अनुसंधान संस्थान से रिटायर हो रहे हैं। उसी के समारोह में सम्मिलित होने के लिए गई हैं।" शुभदा को जो जानकारी थी, वह सामने रख दी।

"क्या चारु के चाचा जीवित हैं? मुझे तो लगा कि... । चलो! यह तो बहुत अच्छी बात है।" अच्छी बात कहते हुए विपुल थोड़ा हिचका। परंतु शुभदा बच्ची थी उससे और क्या कह सकता था।

"हाँ भैया! चाचाजी ही हैं बस। चाची कुछ वर्ष पहले नहीं रहीं।" शुभदा के द्वारा दी गई यह जानकारी भी विपुल के लिए नई थी।

देहरादून! वन अनुसंधान संस्थान! सब बातें एक-एक कर विपुल के मस्तिष्क में कौंधने लगीं। जैसा चारु ने स्वयं उसे बताया था, वहीं वह बाल-शोषण का शिकार हुई थी। आज वह उसी स्थान पर है। क्या यह उचित है उसके लिए? जितना मैं चारु को समझा हूँ वह ऐसे स्थान पर नहीं जाना चाहेगी जहाँ उसने कड़वे घूँट पिए हों। अपने अतीत में दोबारा झाँकने की गलती नहीं करेगी वह।

अगर चारु देहरादून गई है तो यह बहुत ही साहसपूर्ण फैसला है और बहुत श्रद्धेय भी।

" कहाँ खो गए भैया।" विपुल को विचारमग्न देख शुभदा ने पूछा।

"नहीं, कहीं नहीं शुभदा। बस ऐसे ही। तुम अभी छोटी हो तो शायद तुम्हें चारु के बचपन के बारे में न पता हो। कुछ दिन गए चारु ने कुछ बातें बताईं थीं। बस उन्हीं घटनाओं-दुर्घटनाओं के विचार यहाँ-वहाँ टहलने लगे थे।" चाहकर भी पूरी तरह अपने चिंता छुपा नहीं पाया विपुल।

"मैं जानती हूँ भैया! मिश्राजी के बारे में भी जानती हूँ। उस हादसे के कुछ वर्षों बाद मिश्राजी को ऐड्स की बीमारी डायग्नोज़ हुई। अपनी करनी पर पछतावा था उन्हें। यह दुनिया छोड़ने से पूर्व उन्होंने प्रमोद चाचाजी से माफ़ी भी माँगी और उन्हें संस्थान में वापिस ले लिया था।" शुभदा ने विपुल के मन को खंगालकर जैसे सब शंकाओं को पढ़ लिया था।

"ओह! मुझे पता नहीं था। शायद मैंने जानने की कोशिश भी नहीं की। फिर तुम्हारी आई है ही इतनी रहस्यमयी और साथ में गुस्सेवाली भी कि कुछ अधिक पूछते-गछते डर भी लगता है।" फिर कुछ सोचकर विपुल बोला, "तुम तो सब कुछ जानती हो शुभदा! भूत भी वर्तमान भी। कुछ भविष्य के बारे में भी बता सकती हो क्या?

"आज तो सच में बता सकती हूँ। आप शायद यकीन न करो भैया, मगर आज आप यहाँ मेरी प्रार्थना के फलस्वरूप ही आए हो।" शुभदा की बातों में एक बूढ़ी अम्मा का सा भास होता था।

"वह कैसे?" एक सुखद आश्चर्य विपुल के शब्दों में पिरकर वाक्य बना।

"मैं चाहती थी कि आप यहाँ आएँ जब आई न हों।" शुभदा ने अपनी पहले वाली बात दोहराई जिसे विपुल भूल गया था।

"क्यों शुभदा? तुम्हारी आई ने तुम्हें मारा-पीटा क्या?" हँसी में विपुल बोला।

"मार-पीट? और आई? असंभव।" बातों में होशियार थी शुभदा। समय बर्बाद किए बिना अपना काम करना चाहती थी, अत: बोली, "मैं आपको कुछ दिखाना चाहती हूँ।"

"क्या मुझे भिक्षा देने के लिए कुछ रख छोड़ा है चारु ने।" विपुल के लिए यक़ीन करना मुश्किल था इसलिए उसे सब कुछ एक हँसी-खेल लग रहा था। यद्यपि अभी तक वह शुभदा की बुद्धिमता और विवेकशीलता का कायल हो चुका था।

"प्रेम भिक्षा में देने-लेने वाली वस्तु नहीं है भैया। वह स्वत: प्रस्फुटित निर्झर है।" शुभदा की बात में गहराई थी।

"यह निर्झर वसुधा तक आते-आते राह में ही सरस्वती तरंगिणी की भाँति लुप्त क्यों हो जाता है, शुभदा?" विपुल को शुभदा के रूप में एक दिली हमदर्द, सच्चा साथी मिल गया था। चारु से निकटता बढ़ने से पूर्व स्निग्धा, अतिरा, वार्ष्वी, निक्षिप, अनिकेत, अश्विन आदि का एक बड़ा दोस्त-समूह था जिसका विपुल भी हिस्सा हुआ करता था। चारु के प्रति विपुल के झुकाव ने उसे इन सबसे दूर कर दिया। उनके लिए विपुल को समझना मुश्किल था और विपुल के लिए इन सबको। अत: इतने अर्से से उसका कोई नहीं था जो उसे समझ सके; जिसे वह अपनी बात समझा सके।

"लुप्त नहीं है, भैया! सुप्त हो जाता है।" शुभदा ने तुरंत वाक्य शुद्धि की।

"उफ्फ तुम भी न शुभदा! शब्दों में उलझाने में माहिर हो। मैं तो तुम्हें बच्ची समझकर बात कर रहा था। तुम तो मेरी अम्मा हो।" शरारती नज़रों से विपुल ने शुभदा को देखा।

"मुझे पता है कि आप भी ऐसी ही बातों के फ़नकार हो।" शुभदा ने नहले पर दहला मारा।

"भई वाह! तुम्हें कैसे पता?" विपुल ने पूछा।

"आई मुझे सब बताती हैं। जो वह नहीं बताती वह यह कि वह आपको अथाह प्रेम करती है।" शुभदा ने वह राज़ खोल दिया जिसका चारु को भी नहीं पता था। या पता होने पर भी वह अस्वीकारती चली आ रही थी।

"यह तुम कैसे कह सकती हो शुभदा? मुझे तो ऐसे कोई लक्षण दिखाई नहीं देते।" एक लम्बी श्वास छोड़कर विपुल ने कहा।

"मेरी आई के प्रेम को समझना आसान नहीं है। वह अनन्नास फल की भाँति है। बाहर से कँटीला मगर एक बार अंदर तक पहुँच गए तो कोमल-मुलायम और रसीला।" चटखारे लेते हुए शुभदा बोली।

"कुछ और बताओ।" विपुल की जिज्ञासा सर चढ़कर बोलने लगी।

"अब इससे अधिक अन्वेषण तो आपको खुद ही करना होगा। आई के हृदय में पनपते आपके प्रेम का अन्वीक्षण मैं कर चुकी हूँ। सो उसके बारे में पूरे विश्वास से कह सकती हूँ।"

"हँ ... दिल चाहता है कि तेरी बात पर पूरा विश्वास कर लूँ।" अविश्वास से भरी एक हुँकार सुनाई दी।

"तुम मुझे कुछ दिखाने वाली थीं न! जिसके लिए तुमने आज प्रभु से यह प्रार्थना की थी कि मैं यहाँ आऊँ।" सहसा विपुल को याद आया।

"हाँ, भैया।" यह कहकर वह एक डायरी उठाकर लाई और बोली, " आप यह पढ़ो न। तब तक मैं चाय बनाकर लाती हूँ।"

"यह क्या है मिट्ठो?" अपने में खोए हुए विपुल बोल उठा।

"हैं? क्या हुआ भैया? मेरा नाम भी भूल गए?" शुभदा रसोईघर को जाती-जाती चौंककर पलटी। वह इस नए संबोधन से हैरान थी।

"नहीं! भूला नहीं। कैसे भूल सकता हूँ इतना प्यारा नाम? शुभदा! बस अचानक मुँह से निकल गया। मैं बचपन से अकेला था और ईश्वर से कामना किया करता कि मुझे एक बहन दे दे। तभी सोच रखा था कि उसे मिट्ठो बुलाया करूँगा। आज अचानक यह नाम मेरे मुँह से कैसे फिसला मैं खुद हैरान हूँ। शायद मैं खुद भी इस नाम और बहन की चाहत के बारे में पूरी तरह भूल चुका था। जैसे बरसों धरती में दबा कोई बीज उचित अवसर खाद-पानी पाकर अंकुरित हो जाता है, कुछ ऐसा ही अहसास हो रहा है तेरे बार-बार भैया बुलाने से।" भावुक हो उठा विपुल बताते-बताते। शुभदा के सिर पर स्नेह से हाथ फेरा।

"मैं तो धन्य हो गई भैया तुम्हारे जैसा भाई पाकर।" शुभदा गदगद हो उठी। शुभदा को भी विपुल में भ्रातृत्व स्नेह के दर्शन कुछ ऐसे ही हुए जैसे मस्तानी आँधी ने मरुस्थल में पड़े मतवाले हीरे पर बिखरे ठोस बालू के कण किसी प्रबल वेग से एक बार में ही उड़ा दिए हों।

"यह क्या थमा दिया तूने? 'कारागार'? मैं तो पढ़ने-लिखने का बड़ा ही चोर हूँ। कैसे पढ़ूँगा इसे?" सिर चकरा गया विपुल का, ऐसी भरी-पूरी डायरी देखकर।

"चुपचाप पढ़ो।" आँखें तरेरते हुए शैतानी से शुभदा बोली, "यह मेरी डायरी नहीं है। कभी मेरी सोचकर पढ़ने से जी चुरा रहे हों। यह आई की डायरी है। इसमें उस तहख़ाने की चाबी है जहाँ आज तक कोई नहीं पहुँचा। और लिखाबट भी आई की है। आई ने खुद लिखा है।"

"ओह! सच में क्या? हाँ! चारु की लिखावट मैं पहचानता हूँ।" पन्ने उलटते-पलटते, निरीक्षण-परीक्षण करते हुए विपुल बोला।

"हँ! अब चटपट पढ़ डालोगे।" शैतानी में शुभदा ने कहा।

"और नहीं तो क्या? तू भाग अब? चाय बना। और हाँ मिट्ठो! बिस्कुट भी लेकर आना।" शुभदा की छेड़खानी से बचना मुश्किल हो रहा था विपुल के लिए।

शुभदा रसोई में गई और विपुल ने पढ़ना शुरु किया। ...

... उस दिन, 14 फरवरी, प्रेम के गहन सागर में डूबी मैं, मयंक की अवहेलना से इतनी हताश थी कि जीवन निरर्थक लगने लगा। रावी की गहराइयों में अपने अस्तित्व को डुबो देने के लिए मैंने पुल से नीचे छलाँग लगा दी।

रावी का पानी बहुत उफ़ान पर था। चमेरा बाँध के द्वार खोल दिए गए थे ताकि रावी का पानी चम्बा शहर की अस्मिता को सुनामी रूप में लील न ले। चम्बा के सलूनी इलाके में एक चमेरा झील थी जो चमेरा बाँध के द्वारा रोके गए जलाशय से बनी थी। उस दिन कॉलेज के कुछ विद्यार्थी पिकनिक मनाने उस झील किनारे आए थे। मौज-मस्ती में तल्लीन उन्होंने झील में तैराकी का फैसला लिया। बच्चे

कुशल तैराक थे। परंतु प्रकृति की दक्षता के सामने अपनी कुशलता को सिद्ध करने का प्रयास उनकी बहुत बड़ी भूल थी। मौसम विभाग की जानकारी के अनुसार बारिश की संभावना की कोई पुष्टि नहीं की गई थी। मानव कब दैवगति को जान पाया है जो उस दिन जान लेता। दोपहर बाद जो अप्रत्याशित बादल फटा तो रावी नदी के साथ-साथ चमेरा झील का जल-स्तर भी बाँस के पेड़ की भाँति शीघ्रता से बढ़ने लगा। शांत दिखती झील के शीतजल में हाथ-पाँव चलाकर अठखेलियाँ करते बच्चे अब सशक्त लहरों की गिरफ़्त से छूटने के लिए हाथ-पाँव मारने लगे। वहाँ मछली पकड़ते मछुआरों ने यह दृश्य देखा तो अविलम्ब पुलिस को सूचित किया।

नाविकों ने पूरी झील छान मारी लेकिन पिकनिक मनाते विद्यार्थियों की कोई खोज-खबर न मिली। शीघ्र ही पुलिस ने गोताखोरों के दल को बुला भेजा। आशंका यह थी कि झील के मुखागमन से निकल वे बच्चे कहीं अनजाने में रावी के प्रचंड प्रवाह के बीच न आ फँसे हों। लगभग बीस जाँबाज़ गोताखोर क्रोधित रावी की तूफ़ानी लहरों को चीरते हुए संभावित जीवन की तलाश में जुट गए। वे खाली हाथ नहीं लौटे थे। दस में से करीब आठ बच्चों को ढूँढ लिया गया। नौंवी मैं थी। कुदरत का करिश्मा ही था कि मैं उनके हाथ लग गई। जहाँ जीवन होता है वहाँ हज़ार बानक बन जाते हैं। होश आया तो अपने आस-पास जीवन के लिए संघर्ष करते हुए आठ प्राणियों को पाया। उन बहादुरों के मध्य मैं अकेली कायर थी जो अपने जीवन को संघर्ष किए बिना ही समाप्त करने की मूर्खता कर बैठी थी। साँसों के लिए उनकी कसक, तड़प और वेदना देखकर जीवन की कीमत समझ आती थी। एक मैं थी जो इन अमूल्य साँसों की रेशमी डोर को नादानी में काटने चली थी। आस-पास जमा भीड़ उन बालकों की ऐसी धृष्टता को दोषी ठहरा

रही थी और मैं अपनी बुजदिली को। अपने भीरुपन पर मुझे क्रोध हो आया। घृणा हो गई स्वयं से।

पुलिस ने गोताखोरों के प्रमुख को सूचना दी कि नौ की बरामदगी हो चुकी है बस एक को ढूँढने की और आवश्यकता है। मैं होश में आ चुकी थी। सब-कुछ सुन-समझ पा रही थी। पुलिस द्वारा नियंत्रित किए गए माता-पिता, उनका विलाप और अपने बच्चों को एक बार देखने की छटपटाहट ने मुझे विचलित कर दिया। मैंने अपनी शिराओं में दौड़ते रक्त की ऊर्जा को संचित किया और लड़खड़ाते हुए आगे बढ़कर एक पुलिसकर्मी को इत्तला दी कि मैं पिकनिक वाले दस विद्यार्थियों में से नहीं हूँ। कृपया दो की तलाश जारी रखें। यह सुन पुलिस सकते में आ गई। उनके हाथों के जैसे तोते उड़ गए। मैंने अपनी भूल के लिए क्षमाप्रार्थना करते हुए उन्हें संक्षेप में अपनी दास्ताँ कह सुनाई। मुझे आत्महत्या के अपराध में दर्ज कर लेने की धमकी देकर वे तुरंत दो अन्य की खोज में लग गए। सही भी था। आत्मघाती ही तो थी मैं।

प्राथमिक चिकित्सा दी गई। फिर हम नौ प्राणियों को तुरंत अम्बुलैंस के द्वारा अस्पताल ले जाया गया। उन आठ बालकों में से केवल पाँच को ही बचाया जा सका। तीन के फेफड़ों में बुरी तरह पानी भर चुका था। डॉक्टरों ने जी-जान लगा दी मगर विधना के विधान के आगे कुछ न कर सके। इस घटना ने मुझे भीतर तक दहला दिया। पाँच बच्चे और छठी मैं संताप और क्षोभ से सुन्न पड़ गए। तीनों के माता-पिता और सगे-संबंधियों की हृदय-विदारक चीत्कार ने मेरे कलेजे को चीरकर रख दिया। दो लापता बच्चों के माता-पिता का रो-रोकर बुरा हाल था। उनकी माताएँ सिर पटक-पटककर बेहाल हुई जाती थीं और पिता पैरों में गिरकर अपने बच्चों को ढूँढ लाने की विनती कर रहे थे। इतना निस्सहाय मैंने स्वयं को

कभी नहीं पाया था। पुलिस और गोताखोरों की पूरी टीम उन दो को खोज लाने में विफल रही। ऐसा मार्मिक दृश्य कभी मेरी आँखों से न गुज़रा था।

अस्पताल में जहाँ दृष्टि घुमाओ, कष्ट और पीड़ा का साम्राज्य था। सैकड़ों पलंगों पर फैली कायाएँ और सिकुड़े तन लम्हा-लम्हा ज़िंदगी की भीख माँगते थे। असाध्य रोगी भी कण-कण प्राणों के क्षय से भयभीत और आतंकित थे। सामान्य रोगी भी आशंकाओं से मुक्त न थे। उनके अनहृत शब्दों ने आत्मा में कोलाहल मचा दिया था। अघोष व्यथा की अश्रुत ध्वनियाँ भी कानों में गूँज रही थीं। कुछ स्वास्थ्य लाभ पाने वाले क्षण-क्षण जीवन के लिए कृतज्ञ थे तो कुछ लाचार और खामोश। मैं शायद उन सबमें सबसे अधिक स्वस्थ थी। अवसर अपने बुलंद सितारों की सराहना का था। किंतु उस पलंग पर पड़े-पड़े अपनी कुबुद्धि को मैंने बहुत कोसा। मन वितृष्णा से भर उठा कि क्यों मैंने अपने राई भर संताप को पहाड़ मान लिया। दुःख की परिभाषा मूर्त रूप में प्रत्यक्ष थी, जो हृदय को स्थिर न बैठने दे रही थी। घड़ी-घड़ी प्राणों में शोर कर रही थी। हर घड़ी माँ की याद आई। अगर आज माँ जीवित होतीं तो मुझे इस हाल में देखकर उन्हें कितनी निराशा होती। कितनी यातनाएँ सहकर भी वह जीवित रहीं। और ऐसी अदम्य साहसी स्त्री की बेटी मैं? रत्ती भर अवहेलना पर कुंठा से ग्रस्त हो गई?

शरीर में पैठा रावी का पानी कई-कई बार फूट पड़ने वाली रुलाई में पलकों के द्वार से विसर्जित हो गया तब मैंने स्वयं को रावी के उसी पुल पर खड़ा महसूस किया। मैंने पाया कि मैं निहायत स्वार्थी, तिनके भर दर्द से असीम विचलित, दुनिया की तमाम वेदनाओं से अनभिज्ञ, मानसिक रूप से निशक्त रावी में छलांग लगा रही हूँ। नहींSSSS... कोई रोको। कोई हाथ बढ़ाओ। कोई इसकी दृष्टि घुमाओ। इसे दिखाओ कि यह सृष्टि कैसी-कैसी यातनाओं-यंत्रणाओं से भरी हुई है; शारीरिक-मानसिक कष्टों से लबालब है; और फिर भी आशावान है। संघर्षवान

है किंतु पराजित नहीं। पीड़ित है किंतु अपाहिज नहीं। दुर्बल है निस्सहाय नहीं। अब मैं स्वयं को देखती हूँ कि मैं गिरते-गिरते जैसे थम गई हूँ। हृष्ट-पुष्टकाय आँखें बंद मेरी स्वस्थ छाया, मानसिक रूप से संतुलित अपने शरीर का संतुलन बनाकर उठ खड़ी हुई है और पुल की दीवार से नीचे उतर जीवन रूपी उपहार पाकर महकती, गहन आत्मविश्वास से लरजती, नवीन निश्चयों के तेज़ से दमकती अपनी मुस्कुराती हुई प्रतिच्छाया की मध्यमा थाम आगे बढ़ रही है।

अस्पताल में बिताए हर पल ने, हर दृश्य ने मुझमें अभूतपूर्व विचारों की चिंगारी को हवा देने पर बाध्य किया। प्रारब्ध में कुछ और नियत था। मैं हैरान थी कि निपुण तैराक भी न बच सके और मुझे ईश्वर ने जीवित रखा है। दैवनिर्दिष्ट इस पुनर्जीवन का ज़रूर कोई कारण होगा। जिस अदृष्ट के निमित्त मेरे प्राण शेष हैं, उसे पूर्ण करना होगा। कुछ ऐसा काम है जो मुझे करना है, जिसके लिए धरती पर भेजी गई हूँ। वह किए बिना कैसे असफल होकर वापिस जा सकती हूँ। इसलिए रावी ने भी मेरी बलि स्वीकार नहीं की। वहाँ भगोड़ों के लिए कोई स्थान नहीं।

अस्पताल से मुक्ति मिलने पर पुलिस द्वारा बंदी बना ली गई। चम्बा में इस कानून के सख्ती से पालन किए जाने का मुझे रंज नहीं हुआ। अपराध तो मैंने किया था। सज़ा की हकदार थी। मैंने निर्विरोध अपना दोष स्वीकार किया। अपने बचाव में कोई दलील नहीं दी। एक वर्ष की सज़ा मिली थी। इतना दण्ड अपेक्षित था। आत्मघात के अपराध के दण्डविधान के औचित्य का भी अस्पताल के दिनों में ज्ञान हुआ। यह आत्मविश्लेषण का, आत्ममंथन का, आत्म-मनन का अवसर देता है। निरर्थक जीवन से निरुत्साहित मन को यह संधान करने का मौका है कि किस क्रिया से यह निष्क्रिय जीवन अर्थपूर्ण बनाया जा सकता है।...

शुभदा चाय रख गई। विपुल ने डायरी में व्यक्त आत्मकथा से सिर बाहर निकाला। जिस वेदना की संवेदना को वह अनुभव कर पा रहा था, उसे चाय की चुस्कियों में डुबोकर आगे पढ़ने की कोशिश करना चाहता था, जो असंभव सा लग रहा था। अंदर की छटपटाहट लक्ष्यहीन चहलकदमी करते कदमों में प्रतिफलित हो रही थी। व्यथित सा विपुल खिड़की पर जा खड़ा हुआ। चारु के बोये पौधों की तरफ एकाएक ही ध्यान चला गया। उन कोमल पौधों को आँधी-तूफ़ानों में भी विश्वास से झूमते पाया। नित्य मिलने वाला स्नेह इन्हें शीतोष्ण मौसम के थपेड़ों से जीतने की हिम्मत देता है। विषम अवस्था में भी जीने की आस जीवित रखता है। फिर हम तो मानव हैं। सोचने-विचारने की क्षमता से परिपूर्ण। प्रतिकूल परिस्थितियों में सामंजस्य बिठाने की कला धरती ने दी ही है। विपुल दिल थाम कर आगे पढ़ने लगा।

... स्त्रियों की विशेष जेल थी। मेरी कोठरी में लगभग सात महिलाएँ थीं। तरह-तरह के अपराध की भागीदार थीं। कितने सत्य थे और कितने मिथ्या, यह केवल उनकी अंतरात्मा जानती होगी या परमात्मा। सभी महिला कैदियों को खाना बनाना, बगीचे में काम करना और बेंत की टोकरियाँ बनाने का काम करना होता था। यह काम आठ घंटे तक करना अनिवार्य था। जहाँ सब लड़कियाँ जेल के इन कामों को रोती-झींकती करतीं, मैं बहुत ही शांतिपूर्वक किया करती। यही मेरे पाप का प्रायश्चित था। जेल से मुक्ति मिल भी जाती तो आत्मग्लानि से मुक्ति सरल न थी। उसके लिए इतना यत्न कुछ अधिक न था।

मेरी रुचि के अनुरूप बगीचे में मुझे बहुत आनंद आता। जेल की रसोईघर से सब्ज़ी के व्यर्थ हिस्से और छिलकों को मैं साथ की साथ बगीचे में दबाती रहती और पूरी लगन से देखभाल भी करती। मेरी विनती पर मुझे जेल में गोबर की खाद भी उपलब्ध करा दी गई। बागवानी में मेरा मन खूब रम गया। महीने भर में

एक नई हरी-भरी क्यारी ने जेल की बगिया में पदार्पण किया। भिंडी, बैंगन, टमाटर, टिंडे की पौध और तुरई की बेल मुस्काने लगी। अब अन्य बहुत सी स्त्रियाँ मेरी सहायता को प्रस्तुत होने लगीं। हम सब मिलकर सुबह-शाम क्यारी सँभालते। मैं यह जानती थी; यह पढ़ा था कि संगीत का बहुत निदानात्मक प्रभाव पड़ता है वनस्पति पर। मनोरंजन और पेड़-पौधों के लाभ के लिए मैं सुबह राग भैरव की बंदिश गाती। अन्य स्त्रियों ने भी सुनकर गाना सीख लिया। हम सभी बगिया में उपस्थित हो समवेत स्वर में गाते:-

मुरली ये तुम्हें पुकारे

यमुना नदी के किनारे

कदम्ब के पेड़ सहारे

अब तो दरस दिखा रे

सुन लो, नंद के लाला आओ

सुन लो, यशोमती द्वारे आओ

बाट जोहें सब तेरे प्यारे

अब तो दरस दिखा रे

आओ रे आओ रे अब मनवा तरसें

आओ रे आओ रे अब नयना बरसें

रीते पड़ गए सब द्वारे

सूने हैं रे साँझ सकारे

राधा की सूरत तुझको बुलावे

गोपी की मूरत तुझको बुलावे

कैसे रहोगे तुम मौन धारे

अब तो दरस दिखा रे

असुवन बरसें बिन बदरा रे

अब तो दरस दिखा रे

कैसा निर्मोही तू मुस्काए

छलिया वेश धर छलता जाए

प्रीत भरे दो बोल उचारे

अब तो दरस दिखा रे

कब से आस लगी है नियारे

अब तो दरस दिखा रे

जेलर को जब यह खबर मिली वह हँसती-खिलखिलाती फसल देखकर अभिभूत हो गए। हमारे यत्नों की उन्होंने भूरि-भूरि प्रशंसा की।, चार-पाँच माह के अंतराल में उसमें अधिक तो नहीं पर कुछ छोटे-छोटे टमाटर, भिंडी, टिंडे और बैंगन दिखने लगे। अपनी उगाई सब्ज़ियों से स्नेह ऐसा कि उन्हें पौधे से तोड़ने को जी नहीं करता था। जेल की आपूर्ति के लिए तो वे जीरे की मात्रा भर थे। अत: हमने अंतत: कड़े दिल से उन्हें तोड़कर जेलर के पास भेंटस्वरूप पहुँचा दिया।

जेलर ने सब्ज़ियाँ मिलते ही मुझे अपने कक्ष में आने का संदेश भिजवाया। संदेश क्या साक्षात यमराज का बुलावा जैसा प्रतीत हुआ। मेरा रोम-रोम सिहर उठा। माँ के साथ जेल में घटी सारी घटनाएँ फड़फड़ाते पन्नों की भाँति फड़कने लगीं। किसी अनजान आशंका से मैं सिहर उठी। धड़कते हृदय से जेलर के कक्ष की ओर कदम बढ़ाया। सूखे पत्ते के समान मेरा पूरा बदन काँपने लगा। जेलर के सम्मुख पहुँची तो उन्हें सब्ज़ियों को निहारते हुए, उलट-पलटकर निरखते-परखते हुए पाया। कलेजा थाम लिया। मन के डर को कुछ थामस मिली।

जेलर अधेड़ उम्र के एक सौम्य मुखमुद्रा वाले व्यक्ति थे। उनके सीने पर लगी नामपट्टी पर 'हरिचरण तिवारी' लिखा था। उन्होंने मुझे अपने सामने बिठाया। मेरे बारे में पूरी जानकारी मुझसे ली। मेरी फाइल उनके सामने ही रखी थी।

"मैं तुम्हारे आचरण से बहुत खुश हूँ। सबके साथ तुम्हारा व्यवहार बहुत अच्छा है। तुम्हें इसका इनाम देना चाहता हूँ।" जेलर प्रसन्न वदन बोले।

"मेरा सौभाग्य है।" मैंने औपचारिक उत्तर दिया।

"तुम्हें आठ माह तो हो चुके हैं जेल में। ऐसा कोई जघन्य अपराध भी नहीं किया तुमने। चाहो तो तुम्हें मुक्त करने की दर्ख़्वास्त कर सकता हूँ।" जेलर ने दिल खुश कर देनेवाली बात कही।

"इस कृपा के लिए धन्यवाद। मैं अपनी सज़ा पूरी करना चाहती हूँ।" मैं ने प्रलोभन में आए बिना तटस्थता से उत्तर दिया।

"कमाल है! ऐसा भी कोई कैदी नहीं देखा। तुम्हारे सद्विचारों का, सदाचार का, सज्जनता का कुछ तो लाभ तुम्हें मिलना चाहिए। इससे अन्य कैदियों को प्रोत्साहन मिल सकेगा।" जेलर का मंतव्य स्पष्ट हो चला था।

"अगर आप अहसान करना ही चाहते हैं तो मुझे अनुमति दें कि मैं यहाँ अपनी पढ़ाई कर सकूँ।" मैं अब कुछ नर्म पड़ी। अब मेरा डर समाप्त हो गया था।

"अरे! उसके लिए आज्ञा की क्या ज़रूरत है। वह तो तुम कर ही सकती हो। कुछ और माँग कर सकती हो।" जेलर मेरे कार्य से अतिप्रसन्न दिखाई दे रहे थे।

"मुझे अपनी पुस्तकें लानी होंगी और अगले वर्ष की परीक्षाओं के लिए नामांकन कराना होगा। इस वर्ष तो दे नहीं पाई परीक्षा।" अपना-सा जानकर मैंने उन्हें अपने दिली इच्छा और दुविधा ज़ाहिर कर दी।

"उसमें मुझे कोई आपत्ति नहीं है। मेरे पास एक प्रस्ताव है अगर तुम देश व समाज का भला करने की इच्छुक हो तो... । कुछ परोपकार करना चाहती हो तो..." इतना कह उन्होंने एक क्षण रुककर मेरा चेहरा पढ़ने को मेरे मुख पर दृष्टि डाली।

"उसके लिए मैं सदैव तैयार हूँ। देश के लिए कुछ भी कर सकती हूँ। कहिए क्या करना होगा?" मुझे अब उनके इस अनजाने प्रस्ताव में रुचि होने लगी थी।

"इतना सरल नहीं होगा मेरे लिए तुम्हें बताना। तुम्हें कुछ शपथ लेनी होगी। वादे करने होंगे। आश्वासन देने होंगे। अनुबंध हस्ताक्षर करने होंगे।" जेलर कुछ काम तो चाहते थे मगर अभी मेरी निष्ठा पर पूरा भरोसा नहीं कर पा रहे थे।

"कुछ तो हवाला दें सर!" बिना कुछ जाने वचन देना मेरे लिए भी सहज संभव न था।

"तुम्हारे निर्विकार सेवा-भाव को, शांत प्रकृति को, आत्मगौरव, आत्म-सम्मान और आत्म-उत्थान को, सबको मैंने महसूस किया है, पहचाना है, तभी यह प्रस्ताव रखने का साहस किया है। हलाँकि यह जोखिम का काम है, खतरों से मुक्त नहीं रहेगा। मगर तुम्हारे पूर्ण समर्पण के आश्वासन के पहले कुछ न बता पाऊँगा।" जेलर साहब के संकोच को मैं भली-भाँति समझ पा रही थी। कारागार में सज़ा काटती एक बंदिनी पर एकाएक इतना भरोसा करना सामान्य बात नहीं है।

"अगर कार्य वास्तव में समाज और देश के हित में है तो मैं आपको विश्वास दिलाती हूँ कि मैं जी-तोड़ मेहनत करूँगी। आप निश्चिंत होकर मुझे बता सकते हैं। मुझे देश की सेवा करने का अवसर मिले यह मेरे लिए सौभाग्य की बात है। मैं अपने प्राणों की परवाह किए बिना कार्य को अंजाम देने का वचन देती हूँ।" मुझे अपने जीवन की सार्थकता कहीं दूर से चलकर समीप आती हुई प्रतीत होने लगी।

"मुझे तुमसे यही उम्मीद थी। मैं योजना बनाकर तुमसे बात करता हूँ। हमारी इस बात-चीत की गोपनीयता का ध्यान रखना अब तुम्हारा कर्त्तव्य बन जाता है।" जेलर साहब को मेरे जवाबों से कुछ तसल्ली मिली होगी, ऐसा मैंने जाना।

"जी ज़रूर!" मैंने हामी में सिर हिलाया और अपनी कोठरी में आ गई।

अपनी कोठरी की चादर पर रातभर अपने शरीर को इधर से उधर आँच पर पापड़ की तरह पलटती रही। पापड़ तो फिर पलटने से किसी काम का हो जाता है, मुझे कुछ हासिल न हुआ। पुलिस और जेलर की आवश्यकताओं और देशहित के काम का अंदाज़ा लगाना मेरे बूते के बाहर था। दिमाग़ के घोड़े बार-

बार दौड़ाए, मगर नाकामयाबी ही हासिल हुई। कई बार मन में इस शक़ ने जगह बनाई कि इस बहाने से जेलर महोदय कहीं कोई खेल तो नहीं रच रहे मेरे साथ। कोई जाल तो नहीं फैलाया जा रहा है? किसी मुसीबत में तो नहीं फँस जाऊँगी मैं?

कई रोज़ इस तरह निकल गए। शुबह की झाड़ियों ने पीछे हटकर आगे बढ़ने का रास्ता छोड़ दिया। बहुत हैरानी थी कि अब तक कोई प्रोग्रैस क्यों नहीं हुई। कुछ दिन बाद मन में यह अंदाज़ा लगाकर सुकून हासिल कर लिया कि अभी योजना पर काम किया जा रहा होगा। इस बीच मैंने अपनी पुस्तकों का प्रबंध भी कर लिया था। पढ़ाई और बागवानी साथ-साथ चल रहे थे।

मैं अपनी उपलब्धि से संतुष्ट थी। फिर भी मन था कि बेकाबू हवा-सा उद्विग्न होकर बार-बार देशहित समाजसेवा के प्रस्ताव की ओर बह निकलता। फिर कुछ अंतराल में ही चारों ओर लू के थपेड़े खाकर वापिस अपने स्थान पर आकर चुपचाप बैठ जाया करता।

जब पंद्रह-बीस दिन इसी तरह और निकल गए और तब भी जेलर तिवारी ने मुझे नहीं बुलाया तो एक दिन मैं स्वयं उनके पास पहुँच गई और योजना के बारे में पूछताछ की।

"मुझे इसी दिन का इंतज़ार था।" उनका उत्तर कुछ अजीब लगा मुझे।

"मतलब?" मैंने जानना चाहा।

"तुम्हारे अंदर जब स्वयं यह लगन लगे तब ही हम इस दिशा में कदम उठाएँ ऐसा मैंने मन में तय किया था तो अब वह समय आ गया है।" जेलर साहब ने इतना बताया और आगे की विस्तृत जानकारी के लिए मुझे जेल से बाहर एक

रेस्तराँ में ले गए और गोपीनाथ और पुलिस इंस्पेक्टर भोलासिंह से मिलवाया। इस गुप्त मिशन के इंचार्ज पुलिस इंस्पेक्टर भोलासिंह ही थे। गोपीनाथ पुलिस का ख़ास ख़बरी था। तीनों ने मुझे पूरी योजना से अवगत कराया। जानकारी एकत्र करते समय मेरा हृदय धक-धक धौंकनी सा बजता रहा। इतने बड़े अभियान के बारे में कभी कल्पना करने की भी मेरी सामर्थ्य नहीं थी। मेरा आत्म-विश्वास हिल गया था। मैं खुद से ही आशंकित थी कि क्या मैं यह सब कर पाऊँगी। इन लोगों की उम्मीद पर ख़रा उतरना मेरे लिए संभव होगा क्या? अगर उम्मीद को फ़िलहाल छोड़ भी दिया जाए तो कहीं मुझसे कोई गलती, कोई चूक हो गई तो? मेरी जान को खतरा है, उसकी भी फ़िक्र नहीं है मुझे, मगर वे अन्य जिंदगियाँ जो मेरी एक लापरवाही से काल-के गाल में समा सकती होंगी उनका क्या? मैं खुद अपने ऊपर भरोसा नहीं कर पा रही थी।

जेलर साहब और गोपीनाथ के निकलने के बाद भोलासिंह ने मुझे और भी कई खतरों तथा कुर्बानियों से वाकिफ़ कराया जिन्हें सुनकर मैं ऊपर से नीचे और बाहर से भीतर तक हिल गई। रूह काँप गई मेरी। मेरी ऐसी दशा देख भोलासिंह ने पुन: मुझे झिंझोड़कर पूछा, "तुम चाहो तो मना कर सकती हो चारु। जान के साथ-साथ और बहुत कुछ जाने का जोखिम है इस काम में। तुम्हारे मना करने के बाद तुम पर कोई आँच नहीं आएगी। तुम पहले की ही तरह जेल जाकर अपना समय पूरा कर रिहा होकर अपनी नई ज़िंदगी शुरु कर सकती हो।"

"मैं कोई भी फैसला लेने से पहले यह जानना चाहती हूँ कि इस काम के लिए आप लोगों ने मुझे क्यों चुना?" मैं पूरी तरह असमंजस में थी।

"पहला कारण- तुम्हारे द्वारा आत्महत्या की कोशिश, दूसरा- तुम्हारा व्यवहार, तीसरा- तुम्हारा अतीत और चौथा- तुम्हारा एकाकीपन। मेरे विचार से इतने कारण काफ़ी होंगे।" मुझे तसल्ली देते हुए इंस्पेक्टर भोलासिंह ने कहा।

"इन सब से यह कैसे सिद्ध होता है कि इस अभियान के लिए मैं ही उचित व्यक्ति हूँ।" उनके उत्तर से मैं संतुष्ट नहीं थी।

"पहली बात- जो व्यक्ति स्वयं को समाप्त करने का प्रयास कर चुका होता है, चाहे कोई भी कारण रहा हो, अगर वह सच्चा है, भावुक है, सदाचारी है, स्वाभिमानी है तो वह अपने प्राणों को देश पर न्योछावर करने से पीछे नहीं हटेगा। दूसरे- जिस कोमल हृदयधारी स्त्री की हमें तलाश थी, वह विशेषता जेलर साहब को तुममें दिखाई दी और अब मैं भी मानता हूँ कि हाँ, उनकी परख सही है। तुम्हारी सादगी और होशियारी इस काम को बेहतर अंजाम दे पाएगी। तीसरे- तुम इतने दिनों से जेल में हो लेकिन कोई तुम्हारी खोज-खबर लेने नहीं आया, यह तथ्य हमारे लिए बहुत बड़ा एडिशनल प्लस पाइंट है। इन सारी बातों से इस बात की पुष्टि होती है कि तुम ही वह लड़की हो जैसी हमें ज़रूरत थी। हमें आशा ही नहीं पूर्ण विश्वास है कि तुम पूरी तरह से इस अभियान के लिए अपनी तकलीफ़ों, अपनी महत्त्वाकांक्षाओं, अपने घर-बार को भूलकर समर्पित हो सकती हो।" जेलर सुस्पष्ट, सुनियोजित एवं सुलझे व्यक्तित्व के मालिक थे। अत: बिना अधिक विचार किए कि क्या बात बुरी लग सकती है और क्या अच्छी, स्पष्ट ही कहते चले गए। मुझे उनका यह बर्ताव अच्छा लगा।

"पता नहीं क्यों, मैं खुद पर इतना भरोसा नहीं कर पा रही हूँ। इतने बड़े अभियान को अपने बूते पर सफल बना लेना मुझे असंभव सा लग रहा है।" मैंने अपना संशय साफ़ बता देना उचित समझा।

"हीरे की कद्र जौहरी जनता है। हीरा खुद नहीं। तुम इस कार्य के लिए सर्वथा उपयुक्त हो। फिर हम तुम्हारे साथ हैं। तुम्हें समय-समय पर गाइड करेंगे और तुम्हारी पल-पल की जानकारी हम तक पहुँचे इसकी पूरी व्यवस्था करेंगे।" उन्होंने अपने हाथ से मेरे काँपते हाथ को दबाकर संबल दिया।

"क्या अपको मुझपर इतना भरोसा है?" पिछले कुछ माह में अर्जित आत्मविश्वास का आसन डोलता दीख रहा था। मैं किंकर्त्तव्यविमूढ़ की-सी स्थिति में आ फँसी थी।

"हाँ है। तुमसे बेहतर यह काम करने वाला हमें नहीं मिल सकता। इतना मुझे विश्वास है।" उन्होंने काफ़ी ज़ोर देकर कहा।

"तो मुझे आपके भरोसे पर विश्वास है। ईश्वर से प्रार्थना करूँगी कि आपका यह मिशन सफल हो।" मैंने स्वयं को मजबूत किया। ठोंक-पीटकर अपने इरादों को दुरुस्त किया। अब मुझे हर कदम फूँक-फूँककर रखना होगा। आत्मविश्वास का एक लम्बा-सा घूँट पीकर मैं दृढ़ता के साथ खड़ी हुई।

"शाबाश!" एक शब्द में जवाब देकर वे उठकर पुलिस जीप में जा बैठे। मैं उनके पीछे हो ली।

෴

8

मिशन मंजूषा

सुबह-सुबह आसमान में भयंकर गड़गड़ाहट। बादलों का विकराल रूप भयावह स्थिति धारण किए था। बिजली की धमधमाहट थरथराहट पैदा करती थी। छमाछम बौछार पड़ रही थी। मूसलाधार बारिश से सड़क पर चलते प्राणियों के कदम धरती पर टिक नहीं पा रहे थे। यह मौसम की चेतावनी थी या नैसर्गिक अनुमोदन बरस रहा था। अनिष्ट की आशंका करूँ या सामर्थ्य, विश्वास, लगन, समर्पण की सशक्त कड़ियाँ जोड़ कर प्रबल बनने की प्रेरणा पाऊँ? मेरी समझ से बाहर था।

ऐसे में अख़बार की आशा एक सपने जैसी थी। संभावना यही थी कि अख़बार डालने वाला लड़का आज छुट्टी कर जाएगा। फिर भी प्रतीक्षा की कड़ी

मुख्यद्वार के बाहर होने वाली हल्की सी आहट से जुड़ जाती थी। इंस्पेक्टर भोलासिंह ने कई बार दरवाज़ा खोलकर देखा कि शायद किसी भाँति अख़बार डाल दिया गया हो। इस बार वह आहट धोखा न थी। स्वयं बारिश के पानी में सराबोर वह लड़का अख़बार को प्लास्टिक की थैली से लपेटकर दरवाज़े पर डाल ही गया था।

इंस्पेक्टर भोला ने बिजली की गति से वैवाहिक विज्ञापन वाला पृष्ठ निकाला। आज उसमें मेरे विवाह के लिए विज्ञापन छपा था।

'25 वार्षीय, गौर वर्णीय, सुशिक्षित, मातृ-पितृविहीन हिंदू कन्या के लिए वर चहिए। उचित प्रत्याशी 4536897243 पर संपर्क करें।'

पढ़कर उन्हें संतुष्टि मिली। मैंने भी अख़बार पढ़ लिया। अभी आगे की योजना कैसे कार्यांवित होगी, उसकी व्यग्रता थी। मस्तिष्क में समग्र परिकल्पना अभी भी मूर्त न थी। मेरे लिए आज के बाद से किसी से मिलने की मनाही थी।

दिन बहुत बेकली में बीता। शाम होते-होते रिश्तों के लिए कुछ फ़ोन आने लगे। इश्तिहार में दिए गए नम्बर पर कॉल आती तो मैं उन लोगों से बात करती। रिश्ते के लिए उपस्थित लड़कों की पूरी जानकारी ले लेती। बात के अंत में सभी लड़कों को एक ही जवाब देती- 'सोचने के लिए समय दीजिए, फिर बताती हूँ।' फ़ोन की लाइन का एक सिरा इंस्पेक्टर भोला की लाइन से जुड़ा हुआ था। आज आए सभी रिश्तों की छान-बीन का काम गोपीनाथ के सुपुर्द किया गया। तीन-चार घंटे में गोपीनाथ ने सबको 'ना' कर दिया।

इश्तिहार लगातार तीन दिन छापा जाना तय था। अगले दिन भी छपा। इस दिन आने वाली कॉल की संख्या में इजाफ़ा हुआ। मैंने यंत्रवत वही बातें

दोहराईं जैसा मुझे सिखाया गया था। शाम तक इन सभी रिश्तों के लिए 'ना' का उत्तर निश्चित कर लिया गया।

तीसरे दिन शाम तक किसी ने दिए नम्बर पर संपर्क नहीं किया। मुझे योजना के असफल होने के लक्षण दृष्टिगोचर होने लगे। अपने गुप्त स्थान पर सोने की तैयारी कर ही रही थी कि फ़ोन की घंटी झनझना उठी। अंदाज़ा था कि इंस्पेक्टर भोला का फ़ोन होगा। मैंने फ़ोन उठाया। दूसरी तरफ़ से आवाज़ आई-

"आपका नाम नहीं दिया गया है अख़बार में"

"जी, उषा। और आप?" मैंने बताया।

"नाम मैं बाद में बताता हूँ। आप रहती कहाँ हैं?"

"मेरी आवश्यक जानकारी विज्ञापन में दी गई है। आप अपने बारे में बताइए पहले।" ज़रूरत से ज़्यादा चालाकी दिखाने वाले पर मैं मन ही मन क्रोधित हो उठी थी।

"जी, मेरा अपना मैरिज ब्यूरो है। आपका नाम अपने यहाँ रजिस्टर कर लेता हूँ। मेरे पास कई उपयुक्त वर उपलब्ध हैं, जो मेरे यहाँ पहले से ही रजिस्टर हैं।"

"उसकी कोई आवश्यकता नहीं है। मैं अपने लिए वर ढूँढ लूँगी।" कहकर मैंने फ़ोन काट दिया।

फ़ोन काटते ही फिर से घंटी बजी। इतनी रात में अब रिश्ते के लिए कॉल आने का मतलब समझ नहीं आया। फ़ोन उठाया तो इंस्पेक्टर भोला का था। वे बोले, "चारु, मुझे इसी पर संदेह हो रहा है। हो न हो यह वही है जिसकी हमें तलाश है। अगर इसका दोबारा फ़ोन आए तो तुम लम्बी बात करना। बस एक

बात का ध्यान रखना कि किसी बात की हामी तुरंत मत भरना।" मैंने हाँ में सिर हिला दिया।

अगली सुबह फिर फ़ोन बजा। मैंने लपककर उठाया। वही व्यक्ति था।

"माफ़ कीजिए! कल मैं बेरुखी से पेश आया। मैं अपने छोटे भाई के लिए वधू की तलाश कर रहा हूँ। तो आपसे इस सिलसिले में मिलना चाहता हूँ।"

"आपका छोटा भाई क्या करता है? उसकी कुछ डिटेल्स दें।" मैंने पूछा।

"वह भी मेरे साथ ब्यूरो में काम करता है।"

"उसके बारे में व्यक्तिगत जानकारी?"

"नाम अरविंद है। उम्र 27 बरस।"

"ठीक है। कब मिलना चाहते हैं?"

"आज शाम?"

"अपना शिड्यूल देखकर बताती हूँ।"

इंस्पेक्टर भोला ने जाँचकर बताया कि शत प्रतिशत यही व्यक्ति है। तुम आज शाम मिलने के लिए हाँ कर दो।

"मेरा दिल बहुत ज़ोर से धड़क रहा है इंस्पेक्टर।" मुझे अपने पैरों के नीचे से ज़मीन खिसकती नज़र आती थी।

"तुम हिम्मत रखो। आज बात कुछ अधिक आगे नहीं जाएगी। अभी ख़तरा बहुत दूर है।"

मैंने इंस्पेक्टर भोला के आदेशानुसार शाम को मिलने की बात पक्की कर दी। शाम को वे दोनों नियत स्थान पर नियत समय पहुँच गए। मुझे हैरानी थी कि मिलने के लिए उन्होंने एक सस्ता-सा होटल चुना था। उन्हें मुझे और मुझे उन्हें पहचानने में देर नहीं लगी। इंस्पेक्टर भोला सादी वर्दी में कुछ दूरी पर बैठकर अख़बार पढ़ने का उपक्रम कर रहे थे। दोनों में से बड़ा भाई गोविंद और छोटा अरविंद था। उस मुलाकात में उन्होंने मेरे घरवालों के बारे में पूछा। योजनानुसार मैंने बता दिया कि माता-पिता एक सड़क दुर्घटना में चल बसे। उसी दुर्घटना में मेरे चेहरे और हाथ-पैरों पर भी कुछ चोटें आ गईं। कोई संबंधी-रिश्तेदार न होने के कारण मैंने स्वयं ही इश्तिहार दिया था। उन्होंने अधिक कुछ न पूछा, न बताया। मेरा पता जानने की इच्छा उन्होंने फिर से ज़ाहिर की, जिसके लिए मैंने मना कर दिया। मैंने स्पष्त कारण बताया कि जब तक कोई संबंध तय नहीं हो जाता, घर का पता कैसे दिया जा सकता है। मुझे अपनी बदनामी का भी ख्याल रखना है। बात समाप्त कर दोनों वहाँ से चले गए। मैं अपने स्थान पर पहुँच गई।

मुझे तो ऐसा लगा कि इस मुलाकात से हमें कुछ भी हासिल नहीं हुआ है जबकि इंस्पेक्टर भोला और गोपी बहुत खुश थे कि तीर निशाने पर लगा है और बात भी सही दिशा में जा रही है। इंस्पेक्टर ने यह अंदेशा भी ज़ाहिर किया कि 'हो सकता है कुछ दिन बाद ये दोनों किसी अन्य से तुम्हारे विवाह का प्रस्ताव लेकर आ जाएँ। तुम्हें बहुत समझदारी से काम लेना होगा।' यह सब मेरी समझ से बाहर था।

उस मुलाकात के बाद एक महीने तक उनकी कोई ख़बर नहीं आई। न कोई फ़ोन, न संदेश, न खबर किसी और तरीके से। मुझे अपना प्लान फेल होता दिखाई दिया। ठीक एक महीने बाद फिर गोविंद का फ़ोन आया कि वह मिलना चाहता है। अकेला। बस वह और मैं। मुझे हल्का आश्चर्य तो ज़रूर हुआ। फिर से

वही होटल निश्चित किया गया। उसने बड़े ही सपाट शब्दों में मुझे बताया कि उसका भाई थोड़ी अधिक सुंदर पत्नी की कामना करता है। सुनकर मुझे कोई हैरानी नहीं हुई। फिर भी मैंने थोड़ी निराशा जताई। गोविंद ने हल सुझाया कि वह हरियाणा में अपने किसी रिश्तेदार से मेरा विवाह करवा सकता है। मैंने यह कहकर मना कर दिया कि आप बस अपने भाई के बारे में सोचें। मेरे विवाह की चिंता न करें। यह जिम्मेदारी आपकी नहीं है। मैंने रटा-रटाया जवाब तो दे दिया मगर सोचने लगी कि इस तरह तो इन दोनों के घर में घुसने का रास्ता बंद हो जाएगा तो योजना पर अमल किस प्रकार होगा? मगर मुझे यही सिखाया गया था।

मैं लोगों की मनोवृत्ति के अनुसार खेलना नहीं जानती थी। मनोविज्ञान की जानकारी मुझे तनिक भी न थी। फिर अपराधी प्रवृत्ति के मनुष्यों से कैसे मनचाहे परिणाम निकलवाने हैं, इसका तो बिल्कुल कोई अनुमान मुझे नहीं था। मैं इस क्षेत्र में बिल्कुल ही अनाड़ी थी। नौसिखिया भी तो नहीं।

इस बार गोविंद का फ़ोन तीन-चार दिन में ही आ गया। उसने फिर मिलने का आग्रह किया। इस बार मैंने मिलने में आना-कानी की। मैंने कहा कि मुझे इस प्रकार विवाह में कोई दिलचस्पी नहीं है। वे कोई और कन्या तलाश करें। गोविंद के बहुत अनुरोध करने पर मैं थोड़ी देर के लिए मिलने को तैयार हो गई।

इस बार वह एक भिन्न प्रस्ताव लेकर उपस्थित हुआ था। वह अपने विवाह के लिए मेरा हाथ माँग रहा था। उसने यह भी बताया कि वह एक विधुर है तथा उसकी पहली पत्नी से एक बेटी भी है। जाने क्यों मुझे उस समय उसकी आँखों में सच्चाई, करुणा और प्रेम की तसवीर दिखी। एक बेटी का पिता ऐसे घिनौने कार्यों में लिप्त होगा जैसी कि मुझे सूचना थी, मन यह मानने को तैयार न था। परंतु यह तो जानती थी कि लोग बहुत से मुखौटे अपने साथ लेकर घर से निकलते हैं। दिन में कई-कई बार चोला बदला करते हैं।

स्कीम के मुताबिक मैंने उसे सोचकर बताने का वादा किया। पहली बार उसने अपने पते की जानकारी मुझे दी। अगली मुलाकात में अपनी बेटी से मिलाने का वादा भी किया। मैंने अपने पते के रूप में 'सुरुचि वर्किंग वीमैन हॉस्टल' का पता बताया।

गोविंद से प्राप्त सारी जानकारी मैंने इंस्पेक्टर भोला को हस्तांतरित कर दी। गोपी को यह जानकारी थी कि गोविंद की कोई बेटी नहीं है। वह चारु उर्फ़ उषा को जाल में फँसाने के लिए झूठ का सहारा ले रहा है। उसके हृदय में दया और ममता का संचार हो, इसलिए यह नाटक कर रहा है। मुझे तर्क गलत नहीं लगा। मैं असमंजस में थी कि किसे सही मानूँ? फिर उस समय इंस्पेक्टर भोला और गोपी की बात मानना ही मेरा कर्त्तव्य था। अभी तक वे दोनों व्यवहार भी इंस्पेक्टर के अनुमान के मुताबिक ही कर रहे थे। अभी तक की कोई भी जानकारी उन्हें चौंका नहीं सकी थी। तो यह तो तय था कि इतना आधारभूत शोध कर के ही उन्होंने योजना को अंजाम देना शुरु किया था।

मुझे एक बच्ची से मिलवाया गया। उसका नाम मौली बताया गया। बच्ची की उम्र दस वर्ष की रही होगी। वह एक मासूम, गंभीर और शांत लड़की थी। बहुत मोहिनी सूरत थी उसकी। मैं आकर्षित हुए बिना न रह सकी। मैंने गोविंद से विवाह का प्रस्ताव स्वीकार कर लिया। एक-दूसरे की सहमति से एक सप्ताह बाद विवाह होना तय हुआ। एक सप्ताह तक गोविंद रोज़ मुझसे मिलने किसी भी समय 'सुरुचि वर्किंग वीमैन हॉस्टल' आ जाया करता। मैं उसके अप्रत्याशित आगमन के लिए पहले से तैयार रहती, जैसी कि मुझे ट्रेनिंग दी गई थी। मुझे अपने प्रेम का विश्वास गोविंद को दिलाना था।

आखिरकार विवाह का दिन भी आ ही गया। हृदय धड़क-धधक के शरीर छोड़ कहीं दूर भाग जाता था। मन था कि मेरा होकर मुझसे ही मुँह फुलाए बैठा था। कलेजा था कि भीतर ही भीतर धक्के दिए जा रहा था। कैसा विवाह था यह?

केले के पत्र के द्वार भी हैं

महकते वंदनवार भी हैं,

बेला गुलाब के हार भी हैं

इत्र वर्षा और फुहार भी है।

मन नहीं रुचती ये जगमग

पर हो रहे मंगलाचार भी है।

सिर पर लाल चुनर सजा

मस्तक पर सिंदूरी ध्वजा,

कलाई के कंगन रहे लजा

पावों मे पायल की छटा।

मन वियोगी तन से विरहन

सुहागन का हर रूप जुटा।

समक्ष अग्नि हवनकुंड भी है

आहवाहित वक्रतुंड भी है,

समिधा का हर झुंड भी है

वचनों का सब पुंज भी है।

अवच्छेद का अतिलंघन

छल प्रवंचक हुंड भी है।

मंदिर में पुरोहित ने हम दोनों का विवाह करवाया जिसमें प्रत्यक्षत: चार ही लोग थे- मैं, गोविंद, अरविंद और मौली। मौली को यह बता दिया गया कि मैं आज से उसकी नई माँ हूँ। परोक्ष रूप से पुलिस दल के कुछ सिपाही फूलवाले, मिठाईवाले के रूप में मौजूद थे। स्वयं को सुहागन के जोड़े में देखा भी तो एक नाटक के अंग के रूप में। विवाह असली, दूल्हा असली, दुल्हन असली और विवाह का अभिनय भी असली। किसे वास्तविक मानूँ और किसे फ़रेब, यह विवेक मैं खोती जा रही थी। छल मेरे साथ है, दुनिया के साथ, या कि मैं इन लोगों के साथ कर रही हूँ, ये बातें मुझे उलझाए दे रही थीं। मैं बस इतना जानती थी कि मैं देश के लिए अपने भाग का योगदान दे रही हूँ।

मेरे योगदान की, बलिदान की, यह पहली रात थी। नई नवेली सुहागन के समान पति से प्रथम मिलन की जो उमंग, जो प्रफुल्लता, जो उल्लास और उत्तेजना होनी चाहिए थी, वह मेरे अंदर से कहीं चुपके से निकल एक भय को अपनी जगह स्थापित कर गई थी। और ऐसा होना स्वाभाविक भी था। यह विवाह विवाह न था, एक परिणीता का स्वांग भर था। यह नाटक किसी रंगमंच पर नहीं खेला जा रहा था। चारदीवारी के भीतर था, जहाँ पत्नी धर्म का पालन करना, मात्र अभिनय से कहीं अधिक था। जिस अस्मिता को सहेजकर गिद्धों की कुदृष्टि से बचाए रखा, उसके लूटे जाने पर बद्ध-जिह्वा कुठाराघात सहते जाना था।

अपने परमप्रिय के लिए सुरक्षित रखा कौमार्य अपनी आत्मा को कहीं कुचलकर उस रात एक पापी की भेंट चढ़ गया। उसके पापों को भस्म करने हेतु

विजय यज्ञ के अनुष्ठानों में यह विशिष्ट आहुति परमानिवार्य थी। केवल तन समर्पित वहाँ था, मन तो स्वदेश का ऋणी था। उसके हृदय पर अधिकार कर, उसके भरोसे को जीतने के बाद ही अपनी मंजूषा की खोज शुरु करनी थी। शुबह का कोई सूत्र गोविंद को देना मौत को दावत देना था। मृत्यु का भय नहीं था लेकिन अभियान की सफलता पर दाँव नहीं खेला जा सकता था। अभी तक सब कुछ योजना के अनुरूप चल रहा था।

सुबह आदर्श पत्नी की भाँति चाय देना, रसोई बनाना, कपड़े-लत्ते, साफ़-सफ़ाई इत्यादि सब किया। गोविंद और अरविंद खुशी-खुशी मैरिज ब्यूरो निकल गए। मैंने सारा घर छान मारा, परंतु मंजूषा पाने का कोई द्वार नहीं दिखा। मौली सोकर उठी तो उसे दूध-नाश्ता आदि दिया। वह सबकुछ चुपचाप करती रही। उसने मेरी कही हर बात मानी, बस मुँह से एक शब्द भी बाहर न निकाला। दस बरस की बच्ची के ऐसे अजीब व्यवहार से मुझे बहुत ताज्जुब हुआ। यह कोई सामान्य बात नहीं थी। मैंने उसके मुँह से दो बोल निकलवाने की भरसक कोशिश की किंतु उसने मुँह न खोला। वह गूँगी नहीं थी, यह मुझे विश्वास था। अधिकतर मूक-बधिर बच्चों के न बोल पाने का कारण उनका बधिर होना होता है। वह बहरी तो कदापि नहीं थी क्योंकि उसने मेरी निर्देशों का बराबर पालन किया था और कुछ बातों को सिर हिलाकर 'हाँ' या 'ना' में उत्तर भी दिया था। मैंने उसका मुँह खोलकर भी देखा, जिह्वा, दाँत, तालू आदि सभी वाचनांग सलामत थे। मुझे गोपी की कही बात याद आई। विश्वास होने लगा कि यह गोविंद की बेटी या कोई रिश्तेदार नहीं है। कोई मुसीबत में मारी है जिसे ये लोग उठा लाए हैं। डाराने-धमकाने के कारण अपनी जबान नहीं खोल रही है। इस समय मेरे पास अधिक वक्त इस बात की तह में जाने के लिए था नहीं तो बच्ची को फ़िलहाल उसके हाल पर छोड़ा।

दोपहर को अरविंद घर पर खाना खाने के लिए आया और गोविंद का खाना बँधवाकर ले गया। साथ में उसने ब्यूरो के ऑफ़िस में काम करने वालों के लिए कुछ अतिरिक्त खाना बाँधने को कहा। मैंने उसकी फ़रमाइश पूरी कर दी। वह अधिक बात न करता था। न ही 'भाभी' का संबोधन उसके मुँह से निकला। मुझे उसकी घातक निगाहों से बड़ा डर लगता था। हर समय उसकी नज़रें मेरी हरकतों का पीछा करती दिखाई देती थीं। वह आस-पास न भी होता तो भी उसकी दहशतपूर्ण उग्र आकृति मुझे बहुधा भयभीत कर जातीं। गोविंद से वह बहुधा इशारे में ही कुछ बात कह जाता और मुझे यह डर ग्रसने लग जाता कि जैसे कह रहा हो, 'मुझे तो इस उषा पर शक होता है। इसपर ज़्यादा भरोसा करने की ज़रूरत नहीं है। यही कहीं हमें मरवा न दे। यह कोई खबरी न हो। हमारा भंडा-फोड़ न करवा दे।'

रात के भोजन के लिए मैंने शानदार खाना तैयार किया था। हालाँकि अपनी नाकामी पर मैं उदास थी। खाने की मेज़ पर मैंने गोविंद से अपना ऑफ़िस दिखाने को कहा तो थाली में उसके हाथ जहाँ के तहाँ रुक गए। वह कुछ सोचकर बोला, "सारा स्टाफ़ मर्द है तो तुम्हारा वहाँ जाना उचित नहीं लगता।" मैं चुप रही। ज़िद करने की स्थिति में नहीं थी। रात में फिर मुझे वही अनुभूतियाँ कचोटने लगीं जो किसी 'पतिता-कुलटा-कुलक्षिणी' कही जाने वाली स्त्री को होती होंगी। मेरा जी चाहा कि अपना अंग-अंग नोंचकर चील-कौवों को फेंक दूँ। शायद बेहतर गति को प्राप्त होगा यह शरीर तब।

अगले दिन फिर सभी अलमारियाँ, मेज़ की दराज़ें, पोटलियाँ- गठरियाँ सभी कुछ उथल-पुथल कर डाला, मगर कोई सुराग़ हाथ न लगा। मौली का मौनव्रत बरकरार था। एक बदलाव मैंने उसके चेहरे पर लक्ष्य किया कि अब वह कभी-कभी गलती से मुस्कुरा उठती थी। उसकी भोली मुसकान ने मेरा सारा दर्द

विस्मृत करा दिया। मौका पाते ही अपने गुप्त वायरलैस हॉटलाइन ट्रांसमीटर यंत्र से, जो कि मेरे बाएँ कान के कर्णफूल में फिट था, मैंने इंस्पेक्टर भोला को अब तक की जानकारी दे दी थी। वे पूरी तरह से आश्वस्त थे कि इन दोनों भाइयों के काले कारनामों का कच्चा-चिट्ठा यहीं खुलेगा।

मैंने अपनी तलाश में कोई कसर नहीं छोड़ी थी। उस घर में उपस्थित हरेक वस्तु को एक जासूस की निगाहों से परखा था। मौली को पता नहीं था कि मैं क्या करती रहती हूँ दिनभर। मैंने पाया कि अब वह मेरे आस-पास बने रहने की चेष्टा करती थी। उसके इस परिवर्तन से मुझे आत्मिक सुख मिला। मौली का मुझसे बढ़ता लगाव गोविंद की शातिर नज़रों से छुपा न था।

मुझे दसियों दिन गुज़र गए थे छान-बीन करते-करते। मौली अब तक मेरी छाया बन चुकी थी। हर समय मेरा आँचल पकड़े रहती। मेरी ममता के बीहड़ कानन में मृगशावक मन कुलाँचे भरने लगा था। उस स्नेहिल ऊष्मा से मेरे जीवन को प्रश्रय मिला था। मैंने पूरे घर के सामान को हिलाने की सोची ताकि जो अनदेखे कोने-बूचे रह गए हैं घर में उन्हें भी खँगाल सकूँ। सामान भारी था, कोई सहायक तो था नहीं। मैंने पूरे घर के रंग-रोगन के लिए पुताईवालों को आमंत्रण दे डाला। उन्होंने वजनी पलंग, दीवान, सोफ़े, भारी-भारी अलमारियाँ, मसहरी सब अपनी जगह से ख़िसका डाले। मौली साए की तरह मेरे साथ लगी थी। मैं पागलों की तरह इधर से उधर भाग-भागकर तहकीकात करने में जुट गई। मेरी इस हरकत से हैरान एक मज़दूर ने कहा, "कछु खो गए है भाभीजी, जाय ढूँढ रही हो। यह घर तो किला है किला। यहाँ कुछ नाहीं मिलेगा आपको।" कहकर वह विक्षिप्तों-सा हँसने लगा। मैं उसे कातर निगाहों से देख अपने काम में जुट गई। वह फिर बोला, "आपको हमरी बात पर विस्वास नाहीं होए रहो है। किला तो यहाँ होए ही

करै था।” कहकर वह काम में जुट गया। शायद उसे मेरी व्यस्तता और नाराज्गी दोनों का आभास हो चुका था।

उसकी बात ने मुझे एक क्षण सोचने को मजबूर कर दिया। किंतु मैंने अपना काम जारी रखा। मुझे कोई भित्ती, कोई गुप्त दरवाज़ा कोई ऐसा चिह्न नहीं मिला जिसपर संदेह कर कुछ काम किया जा सके। मौली ज़रा देर को मुझसे अलग बैठी तो एक कोने में रखी विशालकाय चक्की को घूर-घूरकर देखने लगी। मेरा ध्यान भी उस ओर गया। उसके ऊपर भारी दीवान रखे रहने से वह आटा पीसने की चक्की नज़र नहीं आती थी। मैंने घर में लगे मज़दूरों से उसे हटाने को कहा। मज़दूर पूरी ताकत लगाकर भी बड़ी मुश्किल से उसे हटा पाए। जबकि वह एक अधूरी चक्की थी। उसका ऊपरी पाट गायब था। चक्की हटी तो उसके नीचे मैनहॉल का ढक्कन था। ढक्कन खोलने की बहुत कोशिश की वह खुला नहीं। मैंने मौली को देखा कि आखिर वह वहाँ कर क्या रही थी। उसकी आँखों में बहते आँसू कई छिपे राज़ों के यहीं दबे होने को इंगित कर रहे थे। मैंने उसके आँसू पोंछे तो वह बोली ‘आई’ और मेरे सीने से लिपट गई। मैं सब काम छोड़कर उसे प्रेम से सहलाने लगी। वह मेरे आँचल में दबी सहमी सी सुबकती रही।

रंग-रोगन के कारीगरों के घर से जाते ही मैंने मौली को बहुत स्नेह देकर उस के रोने का कारण पूछा। बहुत देर बाद कुछ संयत होकर उसने टूटी-फूटी भाषा में कुछ बताया। मैंने अंदाज़ा लगाया कि जो कुछ वह बोल रही है वह न तो हिंदी भाषा ही है, न ही इस राज्य में बोली जाने वाली कोई भी स्थानीय बोली। कुछ-कुछ मराठी जैसी ध्वनि लगी मुझे। वह अधिक कुछ न बता कर बस मैनहॉल की ओर इशारा कर सिसकती रही। मैंने उसे अपने सीने से लगाया तो एक ममत्व के अहसास ने मुझे घेर लिया। मुझे गोपीनाथ की बात याद थी। शक यक़ीन में बदल गया कि मौली को भी अन्य लड़कियों की तरह कहीं से लाया गया है।

शायद अपहरण कर के। अब इसका भी कहीं सौदा किया जा रहा होगा। परंतु यह मैनहॉल का कोई राज़ समझ नहीं आया। यह सूचना इंस्पेक्टर भोला को दी जानी बहुत ज़रूरी थी। इस इमरजैंसी का अहसास होते ही वायरलैस ट्रांसमीटर को जैसे ही मैंने चालू किया कि दोनों भाइयों के घर में घुसने की आहट हुई। मैंने तुरंत ट्रांसमीटर बंद कर दिया। उधर इंस्पेक्टर भोला ट्रांसमीटर की हलकी सरसराहट से समझ गए कि कोई सुराग मेरे हाथ लगा है। उन्होंने अपने साथियों को काम पर लगा दिया।

गोविंद अरविंद के साथ अंदर आया तो दोनों सारा घर उलटा-पुलटा देखकर भौंचक्के रह गए। गोविंद मुझपर बेहिसाब बिगड़ा।

"ये क्या कर रही हो उषा? पागल हो क्या? किसने कहा यह सब करने को? कैसे घुसने दिया तुमने पराए मर्दों को घर के भीतर?" गोविंद मुझे धक्का देकर बिना रुके चिल्लाने लगा। अरविंद ने भी मुझे ऐसे ही घूरा जैसे उसे यही शक था।

"घर बहुत गंदा था गोविंद। लगता था बरसों से यहाँ सफ़ाई नहीं हुई। और मैं समझ सकती हूँ कि होती भी कैसे? कोई स्त्री नहीं थी घर में। बिन घरिनी घर भूत का डेरा होता है। गंदे घर में लक्ष्मी का वास नहीं होता। मैं तो बस अपना काम ही कर रही थी।" खून का सा घूँट पीकर अपने आक्रोश को दबाकर बड़ी विनम्रता से मैंने कहा। मैं परंपरागत उदाहरणों से भावनात्मक रूप में घेरने की कोशिश कर रही थी।

"यह सब देखना मेरा काम है। हम बरसों से घर में ऐसे ही रहते आ रहे हैं। नहीं चाहिए कोई सफाई-वफाई। मेरे घर में किसी चीज़ से छेड़छाड़ करने की ज़रूरत नहीं। तुम अपने काम से काम रखो बस। मेरे काम में टाँग मत अड़ाओ।

इस घर में रहना है तो मेरे हिसाब से ही रहना होगा।" गोविंद ने मेरी बाजू कसकर पकड़ी और गुर्राया।

"मैं शादी कर के यहाँ आई हूँ गोविंद। मैं समझती थी कि अब यह मेरा घर है। इस घर पर मेरा भी समानाधिकार है। तुम तो चले जाते हो। सारे दिन मकड़ी के जालों का, छिपकली-कॉकरोच-चूहे, इन सबके साथ तो मुझे ही रहना पड़ता है न! एक ज़रा पुताई, रंग-रोगन पर इतना बिगड़ने की क्या बात है?" अंदर से आग से उबलते हुए भी मैं एक साधारण पत्नी का पूरा नाटक कर रही थी।

गोविंद कोई भी कारण मानने को तैयार नहीं था। शायद अब उसे भी मुझपर संदेह हो चला था। उसने मेरा हाथ बुरी तरह झटका और वही हिदायतें दोहरा दीं जो उसने विवाह से पहले भी मुझे बताईं थीं कि मुझे इस घर में उसके अनुसार रहना होगा, उसकी किसी वस्तु से छेड़-छाड़ न करूँ और कहीं भी बस उसके साथ ही आऊँ-जाऊँ।

मैं पति से रूठने का नाटक कर अपने कमरे में आकर बैठ गई। मैं बहुत डर भी गई थी। उसका और सामना करने की हिम्मत मुझमें नहीं थी। पहले से ही सुबकती मौली बुरी तरह सहम गई और भागकर मुझसे लिपट गई। कमरे में अचानक एक वेग के साथ दरवाज़ा खुला और अरविंद ने मौली का हाथ पकड़कर खींचा और एक झटके में उसे मुझसे छुड़ा कर बाहर ले गया। मैं कुछ समझ पाती कि मौली के साथ क्या हो रहा है, उससे पहले ही अरविंद और मौली मेरी आँखों से ओझल हो गए। मौली का मेरी तरफ़ बढ़ा हुआ मुझे पुकारता हुआ हाथ का चित्र ही मेरे मस्तिष्क पर अंकित हो सका। दिमाग़ झनझना उठा। सैंकेंड के कुछ हिस्से बाद जैसे ही दिमाग़ की बत्ती जली तो मुझपर वज्रपात सा हो गया।

"घर में तमीज़ से रहा करो। कल सुबह-सुबह हम हरियाणा जाएँगे। मेरे एक दोस्त ने हमें हमारी शादी की दावत देने को बुलाया है। अच्छी तरह तैयार हो जाना। अपने कुछ कपड़े वगैरह रख लेना। कुछ दिन हम वहीं रहेंगे।" अरविंद के व्यवहार से बेअसर गोविंद बोला।

मेरा सिर चकरघिन्नी-सा घूम रहा था। मेरा पूरा ध्यान मौली की सलामती की तरफ़ लगा था। मैंने मौली के बारे में जानना चाहा, "अरविंद कहाँ ले गया है मौली को?"

"उसका दाखिला बोर्डिंग स्कूल में कराना है। इस लिए अरविंद ले गया है उसको। यहाँ उसकी देखभाल कैसे होगी?" गोविंद गुस्से से भड़भड़ाया।

"रात में? रात में कौन सा स्कूल दाखिला लेने को खुला हुआ है? सुबह का तो इंतज़ार करना चाहिए। और मैं हूँ न। मैं उसकी माँ बनने की पूरी कोशिश कर रही हूँ" घोर अनिष्ट की आशंका से मेरा कलेजा काँप उठा था, फिर भी खुद को संयत किए हुए मैंने कहा। मैं इस तरह कुछ समय हासिल करना चाहती थी।

"तुम केवल कोशिश कर रही हो माँ बनने की। मैं उसका बाप हूँ। मैं जो चाहे कर सकता हूँ। कई बार कहा न, तुम बस अपने काम से काम रखो। मेरे कामों में दखल मत दो। मैंने उसके भले का ही इंतज़ाम किया है। तुम्हें भी कोई परेशानी न हो इसका ही ध्यान रखा है।" गोविंद एक विचारशील बाप की तरह ही बोला।

"एक बार मुझसे भी पूछ लेते कि मुझे कोई परेशानी है कि नहीं।" धीरे से बोलकर मैं रसोई की तरफ़ चली गई। मौली के साथ-साथ मुझे उन बहुत-सी लड़कियों की भी फिक्र सताने लगी जिन्हें अपहरण करके या बहला-फुसलाकर लाया गया होगा और यहाँ-वहाँ ठहराया गया होगा कि उचित खरीदार मिलते ही

उनका सौदा कर दिया जाए। यहाँ से अधिकतर लड़कियाँ हरियाणा में ही बेची जाती हैं यह जानकारी इंस्पेक्टर भोला ने मुझे शुरु में ही दी थी। मुझे भी हरियाणा ले जाने के पीछे कहीं न कहीं किसी सौदे की ही बात होगी। कहीं मेरे सौदे की तो नहीं? यह विचार बेबुनियाद न था। शायद अब दोनों भाई भाँप गए थे कि मेरी उखाड़-पछाड़ की आदत बेवजह नहीं है किंतु स्पष्ट रूप से कह नहीं सकते थे। अगर ऐसा करते तो स्वयं ही अपने राज़ का पर्दाफ़ाश कर रहे होते।

इधर मैंने ट्रांसमीटर बंद किया था कि इंस्पेक्टर भोला के सिपाहियों ने घर के आस-पास अदृश्य घेराव कर दिया था। अरविंद जैसे ही मौली को लेकर घर से निकला। पुलिस के गुप्तचरों ने पीछा किया। वह घर से कुछ दूर एक खंडहर जैसे टूटे-फूटे मकान में मौली को खींचता हुआ घुसा। उस खंडहर में अंदर घुसने के वाद अरविंद मौली को लेकर कहाँ लापता हो गया था गुप्तचरों को पता नहीं चल पा रहा था। कहीं कोई दरवाज़ा, खिड़की कुछ भी नहीं थी। पुलिस के सिपाही भी पहुँच गए। उन्होंने तहकीक़ात कर एक बड़ी-सी चक्की देखी जो केवल ऊपरी पाट के रूप में थी। इंस्पेक्टर भोला को इस बात की इत्तला मिली तो वे दोनों चक्कियों के नीचे गुप्त सुरंग और तहख़ाने का राज़ तुरंत समझ गए। भेदियों को काम पर लगाकर उन्होंने सिपाहियों से अभी हमला करने के लिए मना किया। वे गोविंद और अगुवा की गई लड़कियों के साथ-साथ हरियाणा के व्यापारी को भी रंगे हाथ पकड़ना चाहते थे। अभी छापा मारने से मंजूषा अभियान के अधूरे रह जाने का डर था।

उधर रातभर मैं मौली के लिए अपनी कसक को छिपाकर और अभिनय नहीं कर सकी। मौली के साथ क्या अनर्थ हो रहा होगा यह सोच-सोचकर मेरे प्राण सूख जाते थे। नाज़ुक-सी बच्ची किन वहशियों का शिकार बनी होगी, यह सोचकर वहाँ से भागकर उसे ढूँढ लाने को जी मचलता था। इन थोड़े-से दिनों में

मुझे उससे और उसे मुझसे अनन्य प्रेम हो गया था। मैंने अपनी विद्रोही भावनाओं
को यह सोचकर काबू रखा कि अगर अभी मैंने ऐसा कोई कदम उठाया तो हम
मौली को तो बचा भी लें शायद (यद्यपि उसकी भी कोई गारंटी नहीं है), लेकिन
उसके जैसी अबोध कितनी ही बच्चियाँ इन दरिंदों की गिरफ़्त में हैं, उन को बचा
पाने के सारे रास्ते बंद हो जाएँगे। इंस्पेक्टर भोलासिंह के आँकड़ों के मुताबिक
लगभग दस अन्य लड़कियाँ जिनकी उम्र 10 से 15 बरस के बीच है, इन चांडालों
की गिरफ़्त में हैं। इनमें से अधिकतर लड़कियाँ हरियाणा में शादी के नाम पर बेची
जाती हैं। इन्हें विशेष तौर पर अहिन्दीभाषी पिछड़े क्षेत्रों से लाया जाता है ताकि
ये अपनी बात किसी से कह न सकें। छोटी उम्र की होने के कारण आराम से
धमकाकर, डर दिखाकर दबा लिया जाता है। परंतु मुझे कल हरियाणा ले जाने
के पीछे क्या छद्म है। 26 साल की स्त्री को भी बेचने से पीछे नहीं हटेगा यह
राक्षस? वह भी उसे जिसे अपनी ब्याहता बना कर लाया है? ईश्वर करे इंस्पेक्टर
भोला ने पूरा प्रबंध किया हुआ हो। मैं उन्हें कुछ इत्तला नहीं कर पाई हूँ आज। यह
याद कर मैंने जब अपने कर्णफूल को हाथ लगाया तो वह अपने स्थान पर न था।
मैं सिहर उठी। उसे ढूँढने की चाह में पलटी तो देखा गोविंद बिस्तर से गायब था।
मुझे सोया हुआ जानकर वह किसी कांड को अंजाम देने गया होगा। छि:! मैं भी
किस नर-पिशाच की पत्नी बनी बैठी हूँ। मगर अच्छा ही है कि इस समय यहाँ
नहीं है। अवसर देखकर मैं उस स्थान पर दौड़ी जहाँ गोविंद और मेरी हाथापाई हुई
थी। बहुत ढूँढने पर मुझे किचिन की दीवार से सटा हुआ मेरा कर्णफूल और उसमें
दबा नैनो ट्रांसमीटर मिल गया। बटन छूकर देखा तो मैंने पाया कि ट्रांसमीटर ऑन
था अब तक भी। मैंने राहत की साँस ली। ट्रांसमीटर उठाकर कान में पहना और
वापिस पलंग पर लेट गई। यह इलैक्ट्रॉनिक ट्रांसमीटर था। मैं इसे बंद रखूँ तब
भी यह अपनी भौगौलिक स्थिति की जानकारी इंस्पेक्टर भोला तक पहुँचाता
रहता था। इसी कारण मैं हरियाणा जाने के नाम से अधिक विचलित नहीं थी।

किंतु अगर कल मैं इसके बिना ही हरियाणा चली जाती तो क्या होता? हमारा मिशन अधूरा रह जाता। थोड़ी देर में आहट हुई और गोविंद वापिस आ गया था।

अगले दिन आदेश के अनुसार मैं अपने कुछ कपड़े लेकर गोविंद के साथ हरियाणा की बस में बैठ गई। मैंने कनखियों से इधर-उधर देखा। मैं किसी को पहचान नहीं पाई। मगर मुझे इंस्पेक्टर भोला पर पूरा विश्वास था कि उनके आदमी ज़रूर हमारे साथ इस बस में सवार होंगे। अपने लिए डर अब नाममात्र को भी न था। अब तो बस इस जीवन का एक ही लक्ष्य था मिशन 'मंजूषा' द्वारा मानव तस्करी को उखाड़ना और उसमें लिप्त अपराधियों को सज़ा दिलवाना।

हम अंतर्राज्यीय बस से झज्जर उतरे। झज्जर के एक कस्बाई गाँव भरोड़ा में स्थानीय बस द्वारा पहुँचे। अंतर्राज्यीय बस के लगभग पच्चीस-तीस आदमी भी उसी स्थानीय बस से भरोड़ा पहुँचे जिस से मैं और गोविंद। भरोड़ा गाँव के सरपंच के घर हम पँहुचे। हमारा वहाँ भव्य स्वागत हुआ। आरती उतारी गई। माथे पर टीका लगाया गया। फूलों का हार पहनाया गया। पूरा पांडाल सजा था। बहुत से मेहमान बैठे हुए थे। गाँव के सरपंच बेहद जीर्ण-शीर्ण काया वाले बुजुर्ग थे जिनके आधे अधेड़ हो चुके पाँच बेटे अब तक अविवाहित थे। मुझे अपने भवितव्य का अनुमान लगाते देर नहीं लगी। मुझे एक साफ-सुथरी चाँदनी बिछी चारपाई पर बिठाया गया। 'अभी आया' बोलकर गोविंद सरपंच के साथ थोड़ी दूरी पर टहलने लगा। बीच-बीच में बार-बार इधर-उधर नज़रें घुमाना न भूलता।

मैं असमंजस में थी कि क्या करूँ और क्या न करूँ। वे पाँचों अधेड़ राल टपकाती आँखों से आँखों ही आँखों में मुझे जीम जाना चाहते थे। मुझे इतना तक इल्म न था कि मैं किसी एक के स्वाद के लिए यहाँ लाई गई हूँ या इन पाँचों के। गाँव भर में जहाँ देखो मर्द ही मर्द दिखाई देते थे। मुश्किल से ही थोड़ी सी स्त्रियाँ दिखाई देती थीं। और वे भी सहमी-सहमी सी दूर-दूर से टुकुर-टुकुर ताक रहीं थीं।

उनमें से बूढ़ी-बूढ़ी तो हरियाणा की ही लगती थीं। किंतु जवान या कन्याओं के बारे में यह कहना मुश्किल था। कोई असम की, कोई गुजरात की, बिहार अथवा बंगाल की लगती थीं। सारी कहानी पलभर में शीशे की तरह साफ़ हो गई।

मेरी नज़रें इस समय अपने रक्षकों को तलाश रही थीं। मैं स्वयं इंस्पेक्टर भोला या किसी अन्य को नहीं पहचान सकी थी। मैंने जरा उझककर बैठे-बैठे ही चारों ओर घूमकर देखा कि मेरी दृष्टि गोविंद पर पुन: पड़ी। वह सरपंच से लेकर करारे नोटों की गड्डी अपने बैग में भर रहा था कि तभी बिजली की गति से पुलिस के जवानों ने उसे धर दबोचा। कई लोगों को अपनी ओर बढ़ते देख उसने खतरा भाँप भागने की कोशिश की मगर मुस्तैद पुलिस कब से इन दानवों का पीछा कर रही थी। भाग सकने की सभी दिशाओं में सादी वर्दी में पुलिस तैनात थी। गोविंद पुलिस के बंधन से मुक्त होने की कोशिश करता दूर तक नज़र आया।

हरियाणा पुलिस को भी इस मिशन में पहले से ही शामिल किया जा चुका था। उसने सरपंच, उसके बेटे समेत कई अन्यों को हथकड़ी डाल दी। बेटियों की कोख में हत्या का पापी यह सारा गाँव आज अपने बेटों की शादियों के लिए कन्याओं को तरस गया है। सारे गाँव में लड़कियों का आकाल पड़ गया तब इन्होंने दूसरे स्थानों से लड़कियों को खरीदकर उन्हें गुलाम बनाने का अपराध शुरु किया। जो लड़की खरीदी जाती थी वह घर में जितने भी जवान मर्द हैं सबके हवाले कर दी जाती थी। वे लड़कियाँ बच निकलने का कोई मार्ग न पाकर आत्महत्या की राह पकड़ लेती थीं। सभी की खरीद-फ़रोख़्त सरपंच के यहाँ ही होती थी। वही लड़की देखकर दाम तय करता था और कीमत की अदायगी भी।

इसके बाद इंस्पेक्टर भोलासिंह अपनी जीप लेकर आए और मुझे फटाफट चलने को कहा। यहाँ की विपदा से निबटते ही मुझे मौली का ख़्याल आया। अरविंद का क्या हुआ? वह पकड़ा गया कि नहीं? भोलासिंह ने मुझे शांत करते

हुए बताया- "अरविंद तो पकड़ा ही गया है। साथ में मानव तस्करी में लिप्त उनका पूरा गिरोह पकड़ा गया है। लगभग पंद्रह-बीस सप्लायर थे, जिनका काम था दस-बारह साल की लड़कियों को अगवा कर उठा लाना। और अगर इन भेड़ियों के हाथ पंद्र-सोलह साल की लड़की लग जाए तो उसे प्यार के जाल में फँसाकर शहरी जिंदगी का ख्वाब दिखाकर भगाकर ले आना। यहाँ आकर उनके पहले खरीदार होते थे गोविंद और अरविंद। उन्हें आगे हरियाणा में बेचने का सारा जिम्मा ये दोनों और इनके कुछ खास आदमी सँभालते थे। सुबह हरियाणा के लिए एक टीम को रवाना करते ही दूसरी टीम ने गोविंद के घर और खंडहर दोनों पर एक साथ छापा मारा। पत्थर की चक्की के अलग-अलग पाट और उसके नीचे मैनहॉल का हवाला तुम से मिल ही चुका था तो उसके ढक्कन को हटाया तो नीचे आपस में जुड़ी हुई सुरंग मिली जो मैरिज ब्यूरो के दफ़्तर में खुलती थी। वहीं दफ़्तर में भेड़-बकरियों की तरह बाँधकर रखी गईं बारह बच्चियाँ हमें बरामद हुईं जो न जाने किस-किस स्थान से कहाँ-कहाँ से उठाकर लाई गईं हैं। तुम्हें जानकारी भी नहीं होगी कि तुम्हारे 'सुरुचि वर्किंग वीमैन हॉस्टल' की बहुत सी लड़कियों तक पर इन दोनों ने डोरे डालने शुरु कर दिए थे। कुछ तो इनकी लच्छेदार बातों में आ भी गईं थी। इनके पूरे गिरोह को पकड़ते हुए वे लड़कियाँ भी बचा ली गईं हैं।"

मैं स्तब्ध रह गई। इन दुराचारी निशाचरों के बारे में इतना घृणित कभी मेरे स्वप्न में भी नहीं आ सकता था। मेरा मुँह खुला का खुला रह गया। सबकी ही तो रिपोर्ट पता लग गई है। इंस्पेक्टर ने अगर कुछ छोड़ा है तो मौली के बारे में। क्या वह नहीं मिली? हे भगवान! वह जीवित तो है! सुरक्षित तो है? "इंस्पेक्टर मेरी मौली? वह कहाँ है? क्या वो ठीक है?" मैं पूछे बिना रह न पाई। कल शाम से ही मौली की सूरत बार-बार मेरे सामने मुझे अपराधबोध का अहसास कराती रही थी। बोलती थी- 'आई! तुमको आई माना। पर तुमने मेरी रक्षा को एक कदम भी

आगे न बढ़ाया। कैसी माँ हो? अपनी बेटी के लुटने का तमाशा देखती रहीं। हैवान के हवाले कर मुख से एक शब्द भी न बोला? ऐसी क्या मजबूरी थी जिसने तुम्हें जकड़ लिया? कसाइयों ने मेरा क्या हाल किया, जानने की कोशिश भी न की?'

"मौली हॉस्पिटल में है चारु।" कहते-कहते इंस्पेक्टर भोला का गला रुँध गया, "मौली पर बहुत अत्याचार हुआ। हम कल रात एक्शन न लेने के लिए मजबूर थे और उन दोनों पिशाचों ने उसके कोमल शरीर को बहुत नोंचा। सुरंग में बेहाल मिली हमें वह। हॉस्पिटल में बेहोश पड़ी है। जब भी हल्का-सा होश आता है, 'आई' बोलकर बेहोश हो जाती है। तुम ही हो जो उसे बचा सकती हो चारु। इस हादसे के बाद भी वह जीवित है तो तुम्हारे इंतज़ार में।" मेरा कलेजा मुँह को आ गया। जिस अंदेशे से बार-बार सिहर जाती थी, वही हुआ। मैं इतनी बड़ी हट्टी-कट्टी जब यह अत्याचार नहीं झेल पाई तो उस नन्हीं-सी जान का क्या हाल हुआ होगा? कैसे लड़ी होगी वह निःशस्त्र उन राक्षसों से? कैसे जीत पाई होगी उनसे? क्या हार गई होगी? नहीं...! ऐसा नहीं हो सकता। ऐसा नहीं होना चाहिए। मौली की हार पूरे कन्या वर्ग की पराजय होगी। हर कोई वहशी दरिंदा इस प्रकार बालिकाओं को नोंचता रहेगा और वे दम तोड़ती रहेंगी। यह नहीं हो सकता। हे परमपिता परमेश्वर! ऐसा मत होने देना। मेरी मौली को सलामत रखना। चाहे मेरे प्राण उसके बदले में ले लेना।

सुनकर मैं ज़ार-ज़ार रोई। कहाँ अपने गुनाहों को छुपाऊँ? कैसे अपनी आत्मा को अपना मुँह दिखाऊँ। किस तरह यह धरती फट जाए और मैं उसमें समा जाऊँ। सबको अपने अंदर छुपा लेने वाली धरिणी भी अपनी गोद में मुझे स्थान न दे कदाचित। उसकी एक कोमल बच्ची को मैं अपने आँचल की छाँव में सँभाल न पाई। वह नन्ही-सी कली जिसने दस दिन बाद मुँह खोला तो मुझे दुनिया का सबसे बड़ा- अपनी माँ का दर्जा दिया, उसकी अस्मिता की, उसके विश्वास की,

अपने ममत्व की, किसी की रक्षा न कर सकी मैं। किस तरह मेरे दामन से बँधी मेरी परछाईं-सी बनी फिरकनी-सी घूमती रहती थी मेरे आगे-पीछे। मेरे मिशन मंजूषा के यज्ञ आह्वान में उस मासूम की बलि किस तरह ज़रूरी थी? उसको बचाया जा सकता था। मैं उसे बचा सकती थी।

रास्ते में इंस्पेक्टर भोला ने आगे बताया- “मौली को ‘नवीमाल’ नामक कस्बे के एक अनाथाश्रम से अपहरण कर लाया गया। मौली को हिन्दी-उर्दू या इससे मिलती जुलती भाषाओं का बिल्कुल अभ्यास नहीं था। इस लिए जब उषा यानि तुमसे शादी की बात चली तो प्रस्ताव को वास्तविक दिखाने के लिए गोविंद ने मौली को अपनी बेटी बताने का नाटक किया। ताकि तुम्हारा हृदय द्रवित हो सके। तुम जानना चाहती थीं कि वह तुमसे स्वयं शादी का प्रस्ताव रखेगा इसका अनुमान कैसे लगा? मिशन मंजूषा से कुछ माह पूर्व हमने उसे अपहरण के इल्ज़ाम में गिरफ़्तार कर लिया थ। लेकिन तब वह सबूतों के अभाव में छूट गया। उसने हमें बताया कि वह एक भला आदमी है। उसका छोटा-सा परिवार है, बीवी है, एक बच्ची है। हमें उसके साथ एक पूरे रैकेट के जुड़े होने की खबर थी। उस समय गोविंद को गिरफ्तार कर भी लेते तो भी रैकेट ज्यों का त्यों चलता रहता। पूरे के पूरे गिरोह का सफाया करने के लिए हमने उसे छोड़ दिया और उसकी गढ़ी हुई कहानी को सच दिखाने का मौका देकर अपने जाल में फँसाया।” पुलिस की निगरानी और कार्यवाही की कठिनाइयों का अंदाज़ा लगाना मुश्किल था।

मेरे लिए सफर का एक-एक पल काटना दूभर हो रहा था। मैं हॉस्पिटल के प्रवेश द्वार पर पहुँची। भागकर अंदर आई.सी.यू. में अपनी मौली के पास पहुँची। कितने यंत्र और कितनी नलियाँ उसके नन्हे से शरीर से जुड़े थे, गिनना मुश्किल था। इन सबके बीच अपनी मौली को पहचान लेना असंभव हो रहा था। मैंने उसके सिर पर हाथ फेरा। उसके गाल पर पुचकारा। उसके सीने पर अपना

कान रखा। बहुत देर तक उसके दिल की धड़कन सुनने का प्रयास करती रही। साथ में आए सभी लोग स्तब्ध थे। सबकी आँखें फटी की फटीं थीं। दिल घबराए हुए थे। मेरी भी यही हालत थी कि काटो तो खून नहीं। मैं उसके सीने से चिपके-चिपके फूट-फूटकर रो पड़ी। हल्की खाँसी की आवाज़ सुनाई दी। मेरे मन ने कहा कि यह मौली की है। मुँह उझकाकर मौली के चेहरे को अपने हाथों में लिया। उसकी पथराई आँखों में हरकत हुई और उसकी नन्हीं उँगलियाँ मेरे गाल तक पहुँची। मैं खुशी से रो पड़ी और चिल्लाई- "मौली"।

उसकी धीमी-सी कराहती आवाज़ निकली- "शुभदा। ... माझे नाव शुभदा आहे" उसके ज़ख्मों से लाल हुए चेहरे पर अनघ मुस्कान उभर गई। मेरी आँखों ने बरसों के संचित नीरनिधि को अपनी शुभदा पर लुटा दिया।

9

प्रदीप्त उषा

केसरिया सुभग जलधर पर निशांतकालीन आरोचित पुष्कर के सुवर्णमय कर-आलोक की सुघर शोभा, दिग-दिगांत के पुष्परंजित होने का आभास देती थी। आज दिव्यलोक से पुष्पवर्षा ही तो थी। देश में महिलाओं को बहादुरी के लिए मिलने वाले सर्वोच्च पुरस्कार 'वीरांगना पुरस्कार' से आज चारु को सम्मानित किया जा रहा था। प्रशस्ति-पत्र के अतिरिक्त दस लाख रुपए की अमूल्य राशि उसे पारितोषिक स्वरूप दी जा रही थी।

'मिशन मंजूषा' द्वारा रक्षित बारह बालिकाओं के भविष्य को सुरक्षित करने के लिए शिक्षा और आजीवन चिकित्सा का उत्तरदायित्व सरकार ने वहन करने का वादा किया। शुभदा के लिए इन सुविधाओं के अतिरिक्त एक लाख नकद राशि

का इनाम घोषित किया गया। जेलर तिवारी, इंस्पेक्टर भोला आदि को पदोन्नति तथा प्रशस्ति-पत्र प्रदान किए गए।

जेलर तिवारी चकित रह गए जब चारु ने इस समारोह के पश्चात अपना कारावास पूरा करने देने का आग्रह किया। जेलर इसका कारण समझ नहीं पाए। चारु ने बताया कि वह अन्य कैदियों को यह संदेश नहीं देना चाहती कि उसने दी गई कृपाओं का अनुचित लाभ उठाया है। जेलर ने हँसते हुए ऐसी किसी संभावना से इंकार कर दिया। परंतु चारु की दलील थी कि वह देश के संविधान का बहुत सम्मान करती है। अपने तुच्छ लाभ के लिए वह 'कारागार' के दंड को अपूर्ण नहीं छोड़ेगी। फिर उसके लगाए वे खुशनुमा पौधे भी उसे पुकारते होंगे। जेल की कृष्णमयी कोठरी की वे अर्धपरिचित सखियाँ उसे खोजती होंगी। वे क्लांत दर-ओ-दीवारें, वे रोशनदान से झाँकती स्निग्ध किरणों की रूक्ष खरपच्चियाँ और वे सलीकेदार-धारीदार सलाखें मेरी राह तकती होंगी। उनका मुझपर कुछ कर्ज़ बकाया है, जिसे चुकाए बिना मैं रिहा नहीं हो सकती।

जेलर को चारु की ज़िद के आगे झुकना पड़ा। परंतु अब चारु को बिना ताले की कोठरी में ठहराया गया था। उसके पाले-पोसे हुए पौधे, कतिपय नवपरिचित बंदिनी सहेलियाँ, सब खिल उठे चारु को देखकर। उसके आते ही जेल की रौनक बढ़ गई। वह 'कारागार' की परी बन गई। यह एकमात्र ऐसी जगह थी पृथ्वी पर, जहाँ चेहरे की सुंदरता से अधिक हृदय की सुंदरता को मान दिया गया।

जेल में रहकर ही चारु ने शुभदा को विधिवत गोद लेने के लिए 'नवीमाल अनाथाश्रम' में आवेदन डाल दिया, जहाँ से उसे लाया गया था। आवेदन मंजूर हुआ। न्यायिक औपचारिकताएँ पूर्ण हुईं। शुभदा अब चारु की बेटी थी। एक बार बोले गए शब्द 'आई' ने दो मनुष्यों के जीवन में अद्वितीय परिवर्तन कर दिया। दो

ज़िंदगी सँवर चली थीं। एक को माँ मिली तो एक को बेटी। यह है प्रकृति का 'कारागार' जो बड़ा कारगर है, जहाँ पर छिपी है स्नेह की झिलमिल रत्नजड़ित मंजूषा।

विपुल ने चारु की डायरी के आखिरी पेज पर चिपके जेलर के इस पत्र को पढ़ा। डायरी पढ़कर बंद की तो बड़े यत्न से छिपाया गया आँखों से बहकर तरल द्रव्य गालों पर सीली नालियों की खुश्क छाया को अंकित कर चला था।

वर्तमान की चेतना आने पर विपुल तन वहीं उपस्थित होते हुए भी मन से कहीं और भ्रमण करने लगा। सारी घटनाएँ चलचित्र सरीखी सामने से घूमती जाती थीं। फिर आवाज़ लगाकर बोला. "मिट्ठो चाय नहीं लाई तू?"

"ज़रा अपने पास रखे कप गिनो तो। चार कप चाय पी गए हो अभी तक।" कृत्रिम गुस्से से शुभदा बोली। फिर पास बैठकर गंभीरता से बोली, " क्या समझ आया पढ़कर?"

"...सब कुछ... । तेरी आई के लिए इतना सहज नहीं है, जितना मैंने सोचा था।"

"क्या सहज नहीं है?" विपुल क्या सोच रहा है यह नहीं समझी शुभदा।

"वह तो त्याग की मूर्ति है। ऐसी वीरांगना को मेरा शत-शत नमन। और तुझे भी। तू तो बहुत निर्भीक निकली।" अनुशंसात्मक नेत्रों से भाव विभोर होकर विपुल शुभदा को निहार बोला। वातावरण की संगीनियत को बदलते हुए फिर कहा, "तभी तेरी जबान इतनी पटर-पटर कैंची की तरह चलती है। ...और हिंदी कैसे बोलना सीखी?"

"क्या भैया? कितने बुद्धु हो आप। सुन-सुन के सीखी हूँ और क्या? स्कूल में भी पढ़ती हूँ हिन्दी। यह घटना पाँच साल पुरानी है। तब से अब तक हिंदी भी नहीं सीख सकूँगी क्या? फिर दिल्ली में रहती हूँ।"

"इन पाँच सालों का सफ़र कैसा रहा? मिट्ठो!" भावुक विह्वल विपुल सब कुछ जानने को बेताब था।

"आई ने जेल से रिहा होकर अपने कॉलेज का फाइनल वर्ष शुरु किया। आई को पता चला था कि उनकी बहन मंजु ने इस दौरान पढ़ाई अधूरी छोड़ दी और मयंक से शादी कर ली थी। वे अब हॉस्टल छोड़कर मयंक के घर रहने लगे थीं। आई को उनकी पढ़ाई छूटने का बहुत अफ़सोस था। मेरे जैसी अनाथ कन्या तक की तो उन्होंने पढ़ाई शुरु करवाई। सीधा चौथी कक्षा में दाखिला दिलवाया। कक्षा के विद्यार्थियों के साथ मैं चल सकूँ, उसके लिए दिन-रात एक कर मुझे पढ़ाया। जब मैं ठीक पढ़ाई करने लगी तो मुझे संगीत विद्यालय में भी भेजा। शिक्षा को इतना महत्त्व देने वाली, जो कि स्वयं जेल में रहते हुए भी पढ़ाई करती थीं, सगी बहन को बैचेलर्स अधूरा छोड़ जाते हुए देख मन मसोस कर रह गईं। मगर वहाँ पर उनका ज़ोर नहीं चलता था। उनका बस चलता तो कान पकड़कर घसीट लातीं और पढ़ने बिठा देतीं।" बताते-बताते शुभदा मुसकाई।

"कान पकड़कर तो वह ज़रूर ले आती अगर मंजु का पता मालूम होता। किंतु मुझे मंजु पर हैरत होती है कि उसने चारु के ठौर-ठिकाने की तलाश नहीं की कि अचानक वह कहाँ लापता हो गई है?" बहुत सटीक बात पर विपुल का ध्यान गया था।

"मंजु दी को आई के रावी में कूदकर आत्महत्या की खबर मिली। उनको बचा लिया गया यह खबर नहीं मिली। तो उन्होंने आई को मृत मान लिया होगा।" यह अनुमान शुभदा को था।

"फिर वापिस लौटकर आई ने मंजु को नहीं ढूँढा?" बहन-बहन के रिश्ते की कड़ियों को विपुल तह-दर-तह पलट रहा था।

"उस समय तो मैं उनके साथ ही थी। उन्होंने खोजबीन कर मयंक का फ़ोन नम्बर निकाल लिया था। उन्होंने कई बार कोशिश की अपनी बहन से सम्पर्क स्थापित करने की। हर बार कोई 'रौंग नम्बर' कहकर रख देता था। आई को आभास था कि यह मयंक ही कर रहा है। मयंक ने अपना घर भी बदल लिया था। उसके घर का पता मालूम करते-करते आई की पढ़ाई पूरी हो गई थी। 'पिक' कॉलेज का हॉस्टल छोड़ने से पूर्व आई और मैं मंजु दी के घर गए। मंजु दी आई को जीवित देखकर हैरान हो गईं। आई ने तो उन्हें देखते ही गले लगा लिया। चलते-चलते मंजु दी ने उन्हें कभी न मिलने की हिदायत दे डाली, जिसका कारण आई को समझ नहीं आया। आई को ऐसा ही लगा कि उन्हें मयंक से कभी जो प्रेम रहा, उसी क्षणिक छद्म अहसास के कारण मंजु दी उनसे दूरी बनानी चाहती हैं कि कहीं आई उनकी शादी-शुदा ज़िंदगी में रुकावट न बन जाएँ।"

"कुछ ज़ख्म तो होंगे ही, कुछ मलाल होगा ज़रूर। अपने ही ख़ून से वर्ना, कौन रहना चाहेगा दूर।" कहकर विपुल खुशी से चिल्लाया, "अरे! यह तो शायरी हो गई।"

"बहुत नाटकबाज़ हो आप! बाज़ आ जाओ अपने नाटक से। अपने मुँह मियाँ मिट्ठू।" वाचाल शुभदा बोली।

"हा-हा-हा! यही तेरी आई भी कहती है। तू सच्चे ही उसी की बेटी है।" निछावर हो चला था विपुल।

"वह तो मैं हूँ ही। मैं जो भी हूँ, जैसी भी हूँ, उन्ही की बनाई हुई हूँ। किसने अपने उदर से जन्म दिया? कहाँ गई वह जननी फिर? मुझे क्या मालूम? होश सँभाला तो खुद को अनाथाश्रम में ही पाया। वहाँ कैसा स्कूल और कैसी शिक्षा? आश्रम में ही अध्यापक अक्षर ज्ञान कराते थे और 'सामाजिक उपयोगी उत्पादन कार्य' जैसा कुछ सिखाते थे। आई से ही सीखा है सब कुछ। माँ की ममता, पिता का प्यार, भाई-बहन का दुलार औए एक सखी का मनुहार, क्या कुछ नहीं मिला है उनसे?" अपने बारे में पहली बार इतना बोली थी शुभदा।

"फिर? फिर वहाँ कैसे जा फँसी मिट्ठो?" शुभदा की कहानी ने भीतर तक झिंझोड़ दिया था विपुल को। वह हैरान था कि इतनी छोटी सी उम्र में क्या कुछ नहीं झेला है बच्ची ने।

"वक्त ही खराब था भैया। मैं आश्रम के मुख्य गेट के भीतर ही थी। वहीं पर खड़ी हुई स्टापू खेल रही थी। तभी एक आइसक्रीम वाले की ठेली सड़क पर से गुज़री। मैं लालायित सी उसे निहारने लगी। आइसक्रीम वाले ने मुझे बाहर आकर आइसक्रीम खाने को कहा। मैंने मना कर दिया क्योंकि मेरे पास पैसे नहीं दे। उसने मुझे मुफ़्त आइसक्रीम देने का लोभ दिखाया। मैं लालच में आ गई और बंद गेट की सींकचियों के बीच से तिरछी होकर बाहर निकल गई। मुफ़्त मिल रही थी न! तो एक के बाद एक तीन-चार आइसक्रीम खा डालीं। आइसक्रीम वाले ने मुझे अपने ठेले पर सैर कराई। मैं बड़ी खुश; जैसे हवाईजहाज़ में उड़ रही हूँ, बादलों की सैर कर रही हूँ।"

“फ़िर? फ़िर क्या हुआ?” अपनी मिट्ठो के हालातों को जानने की बेकली बढ़ती जा रही थी।

“फिर तो मेरी आँख खुली तो मैंने खुद को सुरंग में हाथ-पैर बँधे पाया। मैं बहुत चीखी-चिल्लाई। वहाँ वे दो आदमी आते और मुझे मारते-पीटते। कुछ दिन बाद वे मुझे मेनहॉल के रास्ते उस घर में ले गए। मेरे मुँह खोलते ही वे मुझे बहुत मारते थे। उन्होंने धमकाया कि कुछ भी हो जाए मुँह नहीं खोलना वरना पिटाई होगी। और अगर चुपचाप रही तो वे मुझे प्यार से रखेंगे। वहाँ मैं चुप रही तो उन्होंने मुझे मारा नहीं। फिर लगभग एक महीने बाद आई वहाँ आ गईं थीं।”

“हँ... अब समझा कि उस कमीने ने अपनी शादी की बात करने के लिए एक महीने का समय क्यों लगाया?” विपुल को मिशन मंजूषा की छूटी कड़ियों को जोड़ रहा था।

“मेरा दुर्भाग्य मुझे वहाँ ले गया कि आई का, समझ ही नहीं आता।”

“कुछ खोकर ही कुछ मिलता है न मिट्ठो। तूने बहुत से कष्ट सहे, मगर तुझे तेरी आई मिल गई। एक नई ज़िंदगी मिल गई। और तू चारु की ज़िंदगी में आस की नई किरण बनकर आई।”

“मेरी असली माँ भी होती तो इतना प्यार न करती मुझे जितना आई करती है।” शुभदा का हृदय बोल रहा था।

“हँ... तेरी आई आएगी कब?”

“आज ही, भैया।”

“ठीक है मिट्ठो। कल आकर मिलता हूँ उससे।” शुभदा को हौले से पुचकारते हुए विपुल बोला और सुरक्षित रहने की हिदायत देकर निकल गया।

विपुल गया। शुभदा अभिभूत सी सोच-विचार में पड़ गई। सच में विपुल भैया बहुत ही महान हैं। हीरे का-सा दिल पाया है। आई के जीवन का पूरा सच जान लेने के बाद भी उनसे उतना ही प्रेम करते हैं। शायद कुछ अधिक ही। मेरे जैसी अनाथ से भी इतना स्नेह? ईश्वर बहुत मेहरबान है मुझपर जो मुझे ऐसा स्नेहमूर्ति भाई भी दे दिया। मैं कहाँ इन रिश्तों का मोल जानती थी। आज के समय में ऐसे महापुरुष कहाँ मिलते हैं। विपुल दा अगर चाहते तो आसानी से बचकर निकल सकते थे। आई तो खुद ही उन्हें आगे बढ़ने से रोके रहती हैं। शायद मेरे कारण ही। लेकिन अब क्या दिक्कत हो सकती है जबकि विपुल दा मुझे भी बहन जैसा, बल्कि कहो तो बेटी जैसा प्रेम करते हैं। मेरी आई का जीवन ये ही सँवार सकते हैं।

विपुल की सोचों के चक्रवात में 'कारागार' के फटे पन्ने बेतरतीबी से उड़-उड़ कर मानस पटल से आ टकराते थे। इतना खतरनाक काम का बीड़ा चारु ने कैसे उठा लिया। रोज कैसी जिल्लत का सामना करना पड़ा है उस मासूम को? बहुत दिलेरी का काम था। कोई गगनचुम्बी इमारत से छलाँग लगाकर करतब दिखाता है तो कोई आग पर चलकर; कोई दुर्गम पर्वत चढ़कर तो कोई समुद्र लाँघकर। कुछ अबोधों की अवैध तस्करी का पर्दाफाश करने के लिए अपनी बलि देना बहुत दुष्कर है। क्या स्ववध के लिए प्रचंड नदी में कूद पड़ने वाली दुर्बल मनोबल वाली स्त्री इतने बलिष्ठ अपराधियों को उनके विनाश तक घसीट सकती है? क्या यह संयोग पूर्णत: आकस्मिक है कि गोताखोर दल विद्यार्थियों के साथ चारु को खोज लाए? आत्महत्या का अपराध करने वाले कितने ही व्यक्ति न्यायिक गिरफ़्त से दयाधर्मिता के कारण छूट जाते हैं। फिर चारु को यह कारावास क्यों? अवश्य यह कुदरत की पूर्वनियोजित योजना थी। जन्म-बलि के

निमित्त जीवन-बलि की परीक्षा के लिए विधि ने चारु के मस्तिष्क पर ऐसे ही धूनि रमा ली जैसे केकैयी की जिह्वा पर।

माँ दुर्गा ने पापियों का धरा से नाश करने के लिए कई बार अलग-अलग अवतार लिए हैं। एक बार शुम्भ निशुम्भ नामक पराक्रमी दैत्यों से त्रिलोक कम्पायमान था। आतंकित देवता जगज्जननी के पास पहुंचे और उनकी स्तुति की। भवानी महेश्वरी देवताओं को आश्वस्त कर सिंह पर सवार हो कर हिमालय के शिखर पर उपस्थित हुईं । शुम्भ निशुम्भ के दो सेवकों चंड और मुंड ने उस सिंहारूढ़ अद्वितीय सुन्दरी कन्या के विषय में अपने स्वामियों को बताया। मदांध असुरों ने सुग्रीव नामक दैत्य को उस सुकुमारी को लाने भेजा, तो देवी और उनके अनेक रूपों ने उसे युद्ध के लिए ललकारा। दूत की बात सुन स्वामियों ने क्रोधित हो धूम्राक्ष से युवती को बाँध कर घसीट लाने की आज्ञा दी। एक फुँकार से देवी ने धूम्राक्ष को भस्म कर दिया। फिर चंड, मुंड का भृकुटी टेढ़ी कर वध किया। तदोपरांत शुम्भ निशुम्भ स्वयं युद्ध भूमि में आए। देवी ने अपने कमंडल से जल छिड़का जिस से राक्षस तेजहीन होकर भागने लगे।

तब रक्तबीज ने राक्षसों को धिक्कारा कि वे स्त्रियों से डर कर भाग रहे हैं। रक्तबीज हमला करने आया, तो देवी ने उस पर शक्ति चलाई जिससे उसका सर कट गया और रक्त भूमि पर गिरा। पूर्व वरदान के प्रभाव से उस रक्त से फिर एक रक्तबीज उठ खड़ा हुआ और अट्टहास करने लगा। जल्द ही असंख्य रक्तबीज सब और दिखने लगे। देवी के अन्य रूप काली ने कहा कि मैं एक बूँद रक्त भी भूमि पर न पड़ने दूँगी। इस उपाय से जल्द ही सारे नए रक्तबीज युद्ध में मारे गए । तब रक्तबीज समझ गया कि काली उसे पुनर्जीवित नहीं होने दे रही हैं, तो वह देवी को मारने दौड़ा। तब देवी ने उसे मार दिया और माँ काली ने रक्त को भूमि पर न गिरने दिया। तब देवी ने निशुम्भ को युद्ध के लिए ललकारा। निशुम्भ पर उन्होंने वाण

वर्षा की, और निशुम्भ ने उन पर। काली देवी ने करोडों दैत्यों का संहार किया तो निशुम्भ उन पर लपका। उसके सभी आयुधों को काट कर देवी ने उसका वध कर दिया। भाई को गिरता देख शुम्भ देवी से युद्ध करने बढ़ा, तब देवी ने उसे भी त्रिशूल से संहारा । देवताओं ने पुष्पवर्षा करते हुए माँ की बड़ी स्तुति की ।

माँ दुर्गा द्वारा राक्षसों के संहार की कथा यह सिखाती है कि जब-जब पृथ्वी पर पाप, दुराचार और अनीति का बोलबाला हुआ है माँ ने उनका समूल विनाश किया है। ऐसी ही एक माँ ने बहुत से राक्षसों के पापकर्मों को नियंत्रित करने के काम को अंजाम दिया है। प्रणाम है ऐसी देवी को। विचारों के प्रवाह में विपुल का सिर श्रद्धा से झुक गया।

आनेवाला दिन एक अलग ही स्फूर्ति से परिपूर्ण था। विपुल के मुखमंडल पर एक ओज विद्यमान था। हृदय में प्रीत का उत्सर्ग, उमंगों का ज्वार, आकांक्षाओं का कोष, सब साक्षी थे प्रणय निवेदन की निष्ठा के। निस्पृह अनुराग की अभिप्रेरक ऊर्जा स्वत: स्नेह बंदिनी की ओर डग भर रही थी। राह में देवी के मंदिर के आगे घंटाध्वनि, पुष्प सुगंध से स्वत: ही कदम रुक गए।

पवित्र तेरे दर की रज है

आराध्य है भव्य दर्शन

धूप, दीप, नैवेद्य बिना

पूजूँ निज उर कर अर्पण

हस्त रिक्त हैं जगदम्बा

जीवन है तुझको समर्पण

प्रार्थना के हैं मूक स्वर

छवि विराजे मन दर्पण

नत शिर खड़ा तेरे द्वार

नव श्रद्धा का ले लवण

परम प्रतापी तव उपकार

अर्चना मेरी करो ग्रहण

अपने निश्छल प्रेम के अतिरेक में विपुल प्रात: ही चारु के घर पहुँच गया। शुभदा को स्कूल भेजती हुई चारु यकायक आगंतुक को भोर में ही द्वार पर देख अचम्भित हो गई। इधर शुभदा विपुल को देख खिल गई। विपुल ने शुभदा के मस्तक पर वात्सलय चिह्न अंकित कर 'बाय मिट्ठो' कहकर उसे स्कूल के लिए विदा किया। शुभदा फुदकती मैना-सी अपनी राह बढ़ गई। शुभदा के लिए विपुल का अनघ स्नेह चारु के वज्रतुल्य हृदय की रूह को भी अपने मकरंद-रस से सिक्त कर गया। चारु के लिए इस सुखद आश्चर्य की तह में जाने के मोह को संवरण कर लेना सुगम न था।

"मैं कल आया था तुमसे मिलने चारु! पता लगा कि तुम देहरादून गई हो।" विपुल ने स्वयं चारु के कौतुहल को शांत किया।

"तो कल क्या कौतुक किया? मेरी बेटी पर क्या जादू कर दिया?" भाव-विभोर चारु ने ठिटोली की।

"एक बहन मिली है मुझे। मेरी खोई हुई बहन। अपनी गोदी में पालने की इच्छा थी। परमात्मा ने पली-पलाई मेरी झोली में डाल दी।" विपुल का उत्तर था।

"अच्छा! बेटी मेरी! और बहन तुम्हारी! अच्छा रिश्ता बना लिया है तुमने!" चारु ने चुटकी ली।

"रिश्ते बनाने में मैं बहुत फिसड्डी रहा हूँ चारु। दोस्त तो फिर भी सरलता से बना लेता हूँ। रिश्ते बनाने के मेरे सार जतन निष्फल हो जाते हैं जाने क्यों?" एक टीस व्याप्त थी इस बात में।

"मैं तुम्हारी भावनाओं की पूजा करती हूँ। पर तुमसे हाथ जोड़कर विनती करती हूँ कि जो तुम चाहते हो वह मेरे लिए संभव नहीं।" चारु ने इधर-उधर न घूमते हुए सपाट ही कह डाला।

"तुमने ऐसी धारणा क्यों पाल ली है चारु?"

"मेरे हाथ में प्रेम की रेखा नहीं है विपुल!"

"कर्मठ लोग कहाँ हाथ की लकीरों के मार्ग पर बढ़ा करते हैं। वे अपना पथ स्वयं प्रशस्त किया करते हैं।"

"कुछ ज़िंदगियाँ प्यार के लिए नहीं बनी होतीं विपुल। तुम मानते क्यों नहीं?"

"कैसे मान लूँ? अगर तुम प्यार के लिए नहीं बनी तो शुभदा को क्या इतना प्यार दे सकती थीं? बोलो? उस प्रभु ने प्रेम वर्षा के लिए ही प्राणी बनाए हैं। मानव रूप में प्रथम संरचना आदम और हौवा को भी प्रेमप्रकाश की स्थापना के लिए धरती पर भेजा गया था। तुम उस नियन्ता की नीति का विरोध कैसे कर सकती हो चारु?"

"शुभदा के लिए मेरा प्यार मेरी ममता है। उस प्यार की तुलना किसी से नहीं की जा सकती विपुल। उस सर्वशक्तिमान के संकेतों के आगे दण्डवत हूँ मैं। मैंने प्रयास किया था। प्रेम किया था मैंने भी। उसके परिणामों से ही मुझे यह इंगित हुआ है।"

"किसी एक निर्मम क्रूर के अपराध का दण्ड तुम पूरी पुरुष जाति को दोगी चारु? यह कहाँ का न्याय है?"

"मैं कौन होती हूँ किसी का अपराध तय करने वाली या किसी को सज़ा देने वाली। यह तो भवितव्य का लेखा है। यह सब पूर्वनिर्धारित होता है विपुल।"

"क्या मेरे हृदय में तुम्हारे प्रेम का संचार तुम्हें पूर्व निर्धारित नहीं लगता चारु? उस परमपिता का संकेत... कभी तो? तुम्हारे दिल में भी ... ...?"

"ऐसी बात नहीं है विपुल। तुम्हारे प्रेम को भी पहचाना है मैंने। कभी मेरी स्थिति में घुसकर भी तो सोच देखो। चाँद पाने की तमन्ना नहीं कर सकती मैं। तुम्हारा जीवन बर्बाद नहीं कर सकती।"

"माना कि बहुत स्वाभिमानी हो। स्वाधीन हो। स्वावलम्बी हो। लेकिन तुम ही यह भी फैसला ले लो कि मेरी जिंदगी ऐसे बर्बाद हो जाएगी? यह तो कोई बात

नहीं हुई। मेरा भी तो कुछ अधिकार है न। कि नहीं है? ... ... और, क्या कहा? चाँद? अरे! काहे का चाँद चारु। मैं तुमसे भिक्षा माँगता हूँ।"

"मैं इस योग्य नहीं हूँ विपुल कि किसी को कुछ दे सकूँ। तुम्हारे पावन, निर्विकार, निर्दोष प्रेम के योग्य नहीं हूँ मैं।"

"भक्ति करता हूँ मैं तुम्हारी चारु। और तुम अपने भक्त को रीते हाथ द्वार से लौटा दोगी। अरे! राक्षस भी अपने प्रभु की तपस्या करता है तो उसे भी वरदान मिल जाता है। मैं क्या इस काबिल भी नहीं?" नीचे बैठ चारु के घुटनों पर हाथ रख विपुल बोला।

"तुम्हारी साधना का पारितोषिक देने के लिए रिक्त हैं मेरे हाथ... । कुछ नहीं है मेरे पास विपुल, कुछ नहीं... ... । मेरे अपनी देह भी मेरी अपनी नहीं है।"

"मैंने पारितोषिक कब माँगा है चारु? बस साथ कदम भरने में भी आपत्ति है?"

"तुम्हें कैसे समझाऊँ विपुल। मैं कारागार की बंदिनी हूँ... । कारावास भोगे हुए हूँ मैं ...।" फट पड़ी थी अचानक चारु।

"इससे क्या फ़र्क पड़ता है चारु? क्या कारावास से निकले मनुष्य को जीवन का अधिकार समाप्त हो जाता है। कृष्ण का तो जन्म ही कारावास में हुआ। मैं सब जानता हूँ चारु। वास्तव में तुम्हारा जन्म भी कारावास में ही हुआ।" समझाते हुए विपुल और नर्म हो गया।

"मैं एक वर्ष बंदी रही हूँ, बंदीगृह में... ।" सुबकने लगी थी चारु।

"तुमने अपने अतीत के कारागार में खुद को बंदी बना लिया है। आत्मग्लानि की हथकड़ियाँ और हीनभावना की बेड़ियाँ पावों में डाल ली हैं। तोड़ दो आज इन्हें चारु...। मैं तुमसे विनती करता हूँ।" हाथ स्वत: जुड़ गए विपुल के।

"तुम नहीं जानते विपुल। एक पतिता हूँ मैं...। कलंकिनी हूँ मैं...। कुल्टा हूँ...। नहीं हो सकती मैं किसी की।" लगभग चीख उठी थी चारु।

"तुम देवी हो चारु। तुमने स्त्री जाति की रक्षा की ख़ातिर अपना सर्वस्व न्यौछावर किया है।"

"देवी नहीं हूँ मैं। मत बिठाओ मुझे इतने ऊँचे आसन पर। बताया न मैंने तुम्हें...। बलात्कार हुआ है मेरा...। बारम्बार हुआ है...। मेरी इच्छा से हुआ है... । पापिन हूँ मैं...।" चारु चिल्लाती जा रही थी।

"मैं जानता हूँ चारु। सब जान गया हूँ। पहले केवल प्रेम करता था अब तुम पर श्रद्धा और गर्व करता हूँ। तुमने देश के, समाज के, मानव जाति के लिए ऐसा पुण्यात्मक कार्य किया है कि जिसके लिए कदाचित देवी माँ को अवतार लेना पड़ता। हमारे संबंध के आधार में शरीर की पवित्रता नगण्य है। हमारा संबंध आत्मा का है।" विपुल बोलता गया और चारु डबडबाई कोरों से विपुल को देखती रही।

"तुम चाँद की बात करती हो चारु! मैं तो साक्षात देवी को पाने की चाहत रखता हूँ। कुछ बुरा करता हूँ अगर इतनी उच्च आकांक्षा रखता हूँ? हाँ! मैं कोई देवता नहीं। तुम्हारे योग्य नहीं हूँ, यह मानकर ठुकरा रही हो बस एक बार कह दो। क्योंकि आज भी अपने भैया की अमानत, वह टैम्पो ही चलाता हूँ। वही मेरी गुज़र-बसर का साधन है। उसी की शक्ति से अपने पैरों खड़ा हूँ। तुम्हारे जैसे सवर्ण

जाति का नहीं हूँ। तुम्हारा जीवनसाथी बनूँ, इस लायक नहीं लगता तो बताओ।"
गिड़गिड़ाते-गिड़गिड़ाते सहसा कठोर हो गया विपुल।

"तुम्हारे जैसा जीवनसाथी पाकर किसका जीवन न सँवर जाएगा भला।
कोई भी लड़की तुम्हारी प्रेम पर हँसी-खुशी सर्वस्व न्योछावर करने को तैयार हो
जाएगी।" अतिभावुक हो गई चारु। विपुल से लिपट जाने की चाहत की साक्षी वे
छलछलाती आँखें अधीर हो उठी थीं।

"वह कोई भी फिर तुम क्यों नहीं? बोलो?"

"..." कोई उत्तर नहीं था। अब कोई तर्क शेष नहीं था।

"तो फिर 'हाँ' कह दो न चारु। एक बार...। बस एक बार 'हाँ' कह दो।
'हाँ' कहकर तो देखो।" अनुरोध करने लगा विपुल।

"अभी भावावेश में आकर हाँ कर दी और बाद में तुम्हें मेरा अपवित्र
अतीत कचोटने लगा तो?"

"तुम्हारे अतीत की पवित्रता है वह। तुमने मुझे स्वीकार कर मुझे
गौरवांवित किया है।" विपुल ने चारु को निरुत्तर कर दिया। जिन्हें वह कलंक
मानती थी, उन्हें विपुल ने इन्दु के बिंदु बना दिया था।

चारु भाव विह्वल हो गई। उसका मन वन्दना कर उठा ऐसे निस्स्वार्थ प्रेम
की। हृदय में मधुर स्तुति की कर्णप्रिय घंटियाँ बज उठीं। तन वीणा के कण-कण
में राग-रागिनी झंकृत हो उठे। विपुल के विचारों के सामने श्रद्धा स्वयं नत-मस्तक
हो गई। ऐसा पावन अनुराग वस्तुत: दो आत्माओं के मध्य ही हो सकता था। मन,
हृदय, आत्मा से वह विपुल की हो गई थी। शायद आज नहीं बहुत पहले ही। यह
केवल उसका मस्तिष्क था जो अब तक उसे व्यर्थ ही आशंकित कर बाँधे रहा

था। आज वह सारे बंधन तोड़कर विपुल के सीने से लग गई। जाने कब तक नन्हे शिशु की भाँति बिलख-बिलखकर रोती रही। आज जो पीड़ा का गुबार निकला वह कारागार के अंधकार को भी प्रकाशमान कर गया। आज कोई कथा न थी, कोई व्यथा न थी। हृदय में बस प्रेम का अपरिमित सागर हिलोरें ले रहा था।

"मैं उम्र में तुमसे लगभग तीन-चार साल बड़ी हूँ।" विपुल की गोदी में सिर रखे हुए चारु बोली।

"राधा जी भी कृष्ण से बड़ी थीं। उनकी युगल जोड़ी प्रेमियों की सर्वोच्च आदर्श है।" कहते हुए विपुल ने चारु के कपोल सहलाए।

"दाँत नकली हैं मेरे" चारु को छेड़खानी सूझी।

"मुझे पोपली ही पसंद है।" विपुल ने मस्ती की।

"विग़ लगाती हूँ सिर पर।" चारु की नम आँखों में भरपूर शरारत उतर आई थी।

"गंजी तो और भी अच्छी है।" कहकर विपुल ने चारु के सिर के बाल खींचकर परीक्षण ही कर डाला। चारु खिलखिलाकर हँस पड़ी। विपुल ने उसे बाहुपाश में ले पुन: अपने सीने से लगा लिया। जैसे किसी अनमोल रत्न को दिल के खज़ाने में छुपा रहा हो। विपुल का प्रेम आज परिपूर्ण हो गया था।

"हँ! देहरादून क्यों गईं थीं। बताओ न!"

"मेरे चाचाजी की सेवानिवृत्ति का समारोह था।"

"कैसा रहा?"

"बहुत मनोहर। दिल खुश हो गया।"

"तुम्हें कैसा महसूस हुआ वहाँ जाकर। मतलब... बुरा तो नहीं लगा? वे पुरानी यादें...?"

"चाचाजी से मुझे कभी कोई शिकायत नहीं थी। चाची ने अवश्य हमेशा मुझे उपेक्षित रखा। देखा जाए तो उनका भी कसूर नहीं है। उनके हृदय की ममता के कपाट कभी खुले ही नहीं थे। वह वात्सल्य की भावना से पूरी तरह अनभिज्ञ थीं। शायद उनकी अपनी कोई संतान होती तो वे बालमन को समझने की सामर्थ्य रखती होतीं। यह बात मैं आज समझ सकती हूँ।"

"फिर वे पाषाणहृदय भी नहीं थीं। तुम्हारी संत्रप्त अवस्था को वे ही पहचान सकीं। अगर हो सके तो उन्हें क्षमा कर देना चारु! मातृत्व को न अपनाना, वात्सल्य को न पहचानना कोई इतना भीषण अपराध भी तो नहीं है। और यह तो तुम भी मानोगी कि एक पुत्री के रूप में जो-जो अभाव तुमने झेले हैं, तुम्हारी पूरी कोशिश रहेगी कि वह सब अनुभव शुभदा को न देखने पड़ें। तुम्हारे वात्सल्य में ऐसी न्यूनता परिलक्षित न हो। इस तरह भी तो कुछ सीखा ही है न तुमने।"

"माफ़ी तो मुझे ही उनसे माँगनी चाहिए। शायद मैं ही उनकी उम्मीदों पर खरी नहीं उतरी। उन्होंने जब भी अपनी संतान की कल्पना की होगी, कृष्ण की-सी बालछवि स्मृति में उतरी होगी। और कहाँ मिली मैं? तिसपर एक बोझ स्वरूपा। उन्हें संतान होने का कोई सुख नहीं दे पाई मैं।"

"तब सुख-दुःख देने-लेने की सोचने की उम्र नहीं थी तुम्हारी। यह सब विधि के खेल हैं चारु।" कुछ भी तो गलत नहीं था विपुल की बात में। उसने फिर आगे पूछा, "FRI की अनुभूति कैसी रही। कोई पुनःस्मृति? कोई वेदना? कुछ अहसास? बता दो चारु। दिल हलका कर लो।"

"कहते हैं न कि एक बड़ी लकीर खींच दो तो पहली लकीर बिना मिटाए छोटी हो जाती है। बस! वही बात है। और कुछ नहीं। अब जब मिश्राजी नहीं रहे तो कैसा मलाल? हाँ, ऐसा ज़रूर लगा कि बच्चों को इस प्रकार के शोषण के विरुद्ध जागरूक करने की नितांत आवश्यकता है।"

"क्या उसके लिए कोई मुहिम चलाना चाहती हो?"

"मैं मुहिम की बजाय प्रयोगात्मक एवं क्रियात्मक हल की बात करना चाहूँगी। यह तो बच्चों के स्कूली पाठ्यक्रम का हिस्सा होना चाहिए ताकि हर बच्चा जीवन के सबसे आवश्यक पाठ पढ़ सके। हमारी शिक्षा हमें नौकरी के समर्थ तो बनाती है किंतु आनंदपूरित बचपन की तिलांजलि देकर। जीवनोपयोगी कौशल स्कूलों में सिखाए जाने का पूर्णतया अभाव है।"

"बहुत ही शानदार सुझाव है। अगर अवसर मिला तो एक ऐसा स्कूल खोलेंगे जिसका पाठ्यक्रम आधारभूत आवश्यकताओं की बुनियाद पर टिका हो।"

"काश!"

"काश क्या? जहाँ चाह वहाँ राह।"

"सपना दिखा रहे हो। सपनों के सौदागर!"

"कुछ दिन में तुम्हारे चाचा के घर चलेंगे।"

"क्यों?"

"उनसे तुम्हारा हाथ भी तो माँगना है।"

"धत!"

"मैं भी चलूँगी।" घर में दाखिल होती शुभदा चहचहाई। चारु को जैसे करंट-सा लगा। यह सोचकर लाज आई कि उसने विपुल की हाथ माँगने वाली बात सुन ली होगी। वैसे भी बहुत तेज़ दौड़ते हैं उसके दिमाग के घोड़े। विपुल भी शुभदा की उपस्थिति में सहज न रह सका और व्यस्तता का बहाना बना निकल गया।

इधर 'सीनरी' में कक्षाएँ पुन: आरम्भ हो गईं थीं। चारु के 'ईको टैक फेस्ट' वाली घटना के बाद से विपुल का अपने दोस्तों के साथ उठना-बैठना लगभग बंद हो गया था। वह अपने ग्रुप में से अदृश्यप्राय हो गया था। इस बात से चारु बेखबर नहीं थी। वह जानती थी कि सौम्या, अतिरा, वार्ष्वी, निक्षिप, अनिकेत, अश्विन ये सब विपुल के अच्छे दोस्त हैं। उसे कहीं यह ग्लानि भी थी कि यह विलगाव उसके ही कारण तो हुआ है। वे सब भी बुरे इंसान नहीं है। कहीं न कहीं इन सब के बीच अहम् का टकराव था और ईर्ष्या का बिखराव भी। उसे यह नामंजूर था कि हँसमुख विनोदपूर्ण विपुल 'सीनरी' में आकर यूँ गुमसुम हो जाया करता है।

एक बार पूरा ग्रुप कैंटीन में विराजमान था। चारु मौका देख उनके पास पहुँची। विश्राम की मुद्रा में खड़े सारे धीरे-धीरे असहज अर्धसावधान की स्थिति में आ गए। चारु ने नरमी के साथ खड़े होने की इज़ाज़त माँगी। सबकी उपस्थिति में सभ्याचार वश वे इंकार नहीं कर सके। चारु ने एक-एक करके सबसे बात की। उन्हें बताया कि वह उनसे कुछ जानना चाहती है।

"वार्ष्वी, तुम्हारी उँगली में यह मुक्ता-मणि जड़ित अँगूठी है। अगर इसमें से कोई रत्न निकल जाए तो तुम क्या करोगी?" चारु का सरल, सीधा प्रश्न था।

"जौहरी के जाकर फिर से जड़वा लूँगी और क्या?" वार्ष्वी का वैसा ही सरल, सीधा उत्तर।

"सौम्या! तुम्हारे डॉगी पर अगर आवारा कुत्ते झपट पड़ें हों तो क्या तुम उसे इस कारण से पालना छोड़ दोगी?" अगला भी सपाट प्रश्न।

"हाँ! एक बार ऐसा हुआ भी था। 'नुन्नू' को अधमरा कर दिया था गली के कुत्तों ने। मेरे पापा उसे तुरंत वेट दवाखाने लेकर भागे।" सौम्या के अनुसार इसमें पूछने वाली क्या बात है। कोई भी सामान्य मनुष्य ऐसा ही करेगा।

"अतिरा तुम्हारे घर में दादी हैं न? तुम उनसे बहुत प्यार करती होंगी। ऐसा मुझे पूरा विश्वास है। क्या ऐसा संभव है कि तुम इसलिए उन्हें स्नेह नहीं दोगी कि उनके चेहरे पर झुर्रियाँ है, बाल सफ़ेद हैं, कमर झुकी हुई है, आँखों से दिखाई नहीं देता, कानों से सुनाई नहीं देता, ठीक से बोल नहीं पातीं?" रिश्तों की गहराई की परिपाटी की पड़ताल चारु ने की।

"ऐसा भी कोई करता है क्या? वह मेरी दादी हैं। एक समय तो सबका यही हाल होना है।" बहुत ही समझदारी भरा जवाब दिया अतिरा ने।

"अनिकेत! ईश्वर न करे तुम्हारा छोटा भाई कहीं बुरी संगत में पड़ जाए तो क्या तुम आँख पर पट्टी बाँध बैठे रहोगे? उसके सुधार के लिए कुछ कदम नहीं उठाओगे?" ब्रातृत्व को ललकारा था चारु ने।

"कैसी बात करती हो चारु! भाई हूँ उसका। कोई दुश्मन थोड़े ही हूँ।"

"अश्विन! तुम्हारे गिटार का कोई तार अगर टूट जाए तो क्या तुम वह गिटार फेंक दोगे और गाना सदा के लिए बंद कर दोगे?"

"नहीं चारु! मैं उसमें नया तार डालूँगा और अपना संगीत हमेशा चलते रहने, सुर सजे रहने की प्रार्थना करूँगा।"

"लेकिन तुम यह सब क्यों पूछ रही हो?" निक्षिप के प्रश्न से सबने सहमति दिखाई। निक्षिप के साथ ही चारु के इन प्रश्नों से सभी हैरान-परेशान थे।

"तुम्हारे हाथ में यह तुम्हारी कार की चाबी है। अगर इसे कुछ समय के लिए मैं ले लूँ तो क्या यह कार मेरी हो जाएगी?" निक्षिप के हाथ में से कार की चाबी लेते हुए चारु ने कहा।

"नहीं तो! यह क्या मज़ाक है।"

"अगर यह चाबी कहीं खो जाए तो तुम क्या करोगे?"

"अरे! मैं दूसरी चाबी का बंदोबस्त करूँगा? चाबी ही खोई है न! कार थोड़े ही। अगर कार खो जाए तब चिंता की बात है।"

"एकदम सही! निक्षिप। ऐसे ही हमारी दोस्ती है निक्षिप। अच्छा है कि उसकी चाबी खोई है, हम नहीं। चाबी ढूँढी जा सकती है, किंतु खोया दोस्त वापिस नहीं पाया जा सकता। विपुल ने ज़रा मेरा पक्ष लिया तो क्या वह तुम्हारा न रहा? वह तुम्हारा ही है। तुम्हें यह बताने के लिए ही मैं यहाँ खड़ी हूँ चाहे तुम्हें यह अच्छा न लगा हो।" कोहरे की धुँध छँटने के बाद के दृश्य के समान सब साफ़ दिखाई दे रहा था अभी को। बहुत लज्जित महसूस कर रहे थे। सब ने अपनी-अपनी नज़रें झुका लीं।

"तुम्हारी कोई गलती नहीं है।" चारु ने आगे कहा, "तुम लोग नहीं जानते इस रत्नजड़ित अँगूठी की तरह मेरे जीवन के मोती भी कहीं बिखर गए थे। विपुल ने जौहरी की तरह उन्हें वापिस फ़िक्स करने की कोशिश की है। ज़ख्म खाए मेरे मन पर मरहम लगाने का यत्न किया है। मेरे चेहरे की विकृतियों के भीतर छिपे समय के कुष्ठ सायों को पहचानने का प्रयास रहा है उसका। विसंगतियों के बंधन

से मुक्त करने की असीम चाह रखी है। क्या तुम एक मददगार, एक मिस्त्री या डॉक्टर से सिर्फ़ इसलिए संबंध तोड़ लोगे कि वह यह सब किसी और के लिए करता है? कभी समय मिले तो सोचना ज़रा?" कहकर चारु किसी उत्तर की अपेक्षा और प्रतीक्षा किए बिना वहाँ से आगे बढ़ गई।

टैम्पो के ड्राइवर बबलू को कुछ निर्देश देकर विपुल अपने कमरे में आया। आज प्रसन्नता से उसके पाँव जमीन पर नहीं पड़ते थे। खिड़की के बड़े और भारी कपाट खोल आसमान की तरफ़ निहारने लगा। बादलों की टोली अठखेलियाँ करती प्रतीत हो रही थी। कहीं एक बड़ा बादल अपने कंधे पर एक छोटे बादल को उठाए दौड़ लगा रहा था। जैसे उसके भैया। कहीं एक मँझोला बादल अपनी कमर तक पहुँचे छोटे बादल की चिन्नी-सी उँगली पकड़ लेफ़्ट राइट करता आगे बढ़ रहा था। जैसे विपुल और मिट्ठो। दो बादल एक-दूसरे का हाथ थामे सारा नज़ारा चुपचाप देखते हुए प्रफुल्लित मन एक-दूसरे को आँखों ही आँखों में इशारा कर रहे हैं। विपुल ठुड्डी पर हाथ धर सोचने लगा- क्या ये मैं और चारु हैं? नहीं! ये तो माँ और पिताजी हैं। आज मुझे खुश देख कैसे खुश हो रहे हैं। उनके आशीर्वाद का ही प्रतिफल है कि यह अनाथ कभी अनाथ नहीं रहा। काश! फलक पर बैठकर नहीं, यहीं मेरे पास बैठकर वे सब देख पाते। और चारु? वह ऊपर आसमान में थोड़ी और ऊँचाई पर नीचे झाँक रही है। मुझे खोज रही है शायद। ये एक और बादल चारु की तरफ़ दौड़ लगा रहा है, यही मैं हूँ। असीम शांति का अनुभव हुआ।

'टिंग-टोंग टिंग-टोंग टिंग-टोंग' घंटी बजी। विपुल की रचनात्मक कल्पनाओं के क्रियाशील बादल फुस्स्स की आवाज़ कर कुछ बिंदुओं के रूप में उसकी खिड़की के शीशे पर अंकित हो गए। ठक-ठक ठक-ठक! अब दरवाज़े पर दस्तक भी। "अरे कौन है?" कौन हो सकता है? मकान-मालिक को तो किराया दे चुका हूँ। कोई दुकानदार? कुछ मँगाया भी नहीं है आज तो? भूख ही नहीं है?

कहीं बबलू? कोई मुश्किल तो नहीं आन पड़ी? पर वह पहले फोन कर देता अगर कुछ होता तो। खिड़की से दरवाज़े के दस कदमों की दूरी के बीच दस तरह के विचार उभरे और धुँधले पड़ गए।

दरवाज़ा खोला तो हाथ में पिज़्ज़ा का डिब्बा उठाए निक्षिप, अनिकेत, अश्विन, सौम्या, अतिरा, वार्ष्वी सब ने धावा बोल दिया। वानर सेना के जैसे आक्रमण कर दिया विपुल के कमरे पर। विपुल को कुछ सोचने-समझने का मौका ही नहीं मिला।

"यार! आज खाना बाहर से ऑर्डर करते समय अचानक मुँह से निकला- 'मील फ़ॉर एठ'। सोचा, ये दो जनों का मील अकेला खा जाने वाला विपुल कहाँ है? चलो! चलते हैं उसके घर। नहीं तो पिज़्ज़ा वेस्ट हो जाएगा।" हँसी की बात बोलते-बोलते भी निक्षिप का गला भर्राया और आँख की नमी स्पष्ट दिखाई दे रही थी। विपुल ने उसे गले से लगा लिया और कस के बाजुओं में भींचकर ऊपर उचका दिया। पिज़्ज़ा-विज़्ज़ा एक तरफ पटक सारे आकर विपुल से लिपट गए। आज पिज़्ज़ा के साथ कोक की ज़रूरत नहीं थी, अश्रुओं के वारि बिंदुओं ने एक अरसे की प्यास बुझा दी थी।

आज छ: अप्रैल है। चारु, शुभदा और विपुल दिल्ली से देहरादून सुबह ही आ पहुँचे हैं। प्रमोद चाचा के बूढ़े चक्षु बिना चश्मे ही अपनी चारु को पहचान लेते हैं। चारु के साथ आए पुरुष को भी। शुभदा के बारे में वे जानते थे। रिटायरमेंट की मुलाकात पर चारु उन्हें अपनी दत्तक पुत्री के बारे में बता गई थी। थे। चारु के इस निर्णय पर वे गदगद हो उठे थे। शायद उन ही के अधूरे अरमानों को पूरा किया था चारु ने। उनके सिर पर स्थित स्याह-श्वेत छत्र ने उन्हें परिचय के पूर्व ही विपुल से परिचित करा दिया था। एक आत्मीय स्नेह की भीनी सुगंध को अपने अनुभवी नथुनों से सूँघने में सक्षम थे वे।

आज प्रमोद विपुल को वन अनुसंधान विभाग दिखाने ले गए हैं। शुभदा तो वहाँ शोख तितली-सी मचल रही थी जैसे जंगल में नहीं किसी परीलोक में हो। विपुल बहुत भरा-पूरा महसूस कर रहा था। बहुत खुश था चारु और शुभदा को देखकर। दोनों के चेहरे की रेखाएँ बता रहीं थीं कि वे अपने-अपने कारागार से निकल उन्मुक्त गगन में स्वच्छन्द उड़ान भरने को आतुर हैं। प्रमोद चाचा ने कभी स्वप्न में भी कल्पना न की होगी कि वे चारु को कभी इतना खुश देखेंगे।

सात अप्रैल का दिन था। आज विपुल को किसी काम से एक जगह जाना था। उसी काम के कारण तो यहाँ इतनी दूर आने के लिए शुभदा और चारु को अपने साथ देहरादून ले आया। अपना टैम्पो लेकर विपुल बबलू के साथ सुबह ही निकल गया। प्रमोद, चारु और शुभदा को बाज़ार ले गए। शुभदा के लिए उन्होंने 'दून डीलक्स मॉल' से एक शरारा-कुर्ता लिया। जींस, टी-शर्ट में दिखने वाली शुभदा भारतीय परिधान में बहुत सुंदर लग रही थी। प्रमोद ने चारु को कुछ उपहार दिलाना चाहा किंतु चारु ने किसी चीज़ पर हाथ ही न रखा। अब रिटायर हुए चाचा पर वह अतिरिक्त बोझ न डालना चाहती थी।

शाम होते-होते विपुल भी बबलू के साथ वापिस आ गया था। रात का खाना खाने सब बाहर पास ही के एक रेस्तराँ में चले गए। आज हिमाचली खाना खाने का मन था। धाम, मिट्ठा, सिद्दु, बबरू सब कुछ थोड़ा-थोड़ा खाते-खाते दस बज गए। खाना हज़्म करते हुए टहलकर सामने के पार्क का एक लम्बा-सा चक्कर लगाया। प्रमोद चाचा थक गए तो घर का रुख किया।

घर में घुसे तो अभी-अभी पके खाने की खुशबू ने अचम्भे में डाल दिया। रसोई में झाँका तो एक डोंगे में मटर पनीर, एक में दाल मक्खनी, गाजर का हलवा गरमागरम ढक रखा हुआ मिला। चारों ने एक-दूसरे की शक्लें ताकीं। सभी ने कंधे उचका दिए। यह तो पहेली-सी बन गई कि कौन यह समान रख गया है।

इस मिलियन डॉलर के प्रश्न का जवाब सोच ही रहे थे और दुविधा में डूबे हुए ही अपने कमरों की ओर जाने को सीढ़ियों पर पैर रखा तो चारु के फ़ेवरेट बंधेज के दुपट्टों से सीढ़ी की जाली को सजा हुआ पाया। एक घड़ी को ठिठक चारु ने अपने को ही चूँटी काटी। आह! दर्द हुआ। सपना तो निश्चित रूप से नहीं है ये। चारु समझ गई कि यह सब इंतजाम चाचाजी ने किया है। इसका मतलब उन्हें याद था यह दिन। वह सीढ़ियों पर ही चाचाजी के गले लग गई और उन्हें बहुत धन्यवाद किया। प्रमोद के मुँह से भी ढेरों आशीर्वाद निकले।

कमरे के बीचों-बीच एक मेज़ पर केक जमा हुआ था और उस पर पहले से ही मोमबत्तियाँ जल रही थीं। नहीं तो अँधेरे में केक के होने का पता भी नहीं चलता। चारु के हाथ स्वत: ही दरवाज़े के पास लगे लाइट के बटन की तरफ़ पहुँचे तो हंगामा मच गया। चारों ओर से खरगोश से उछलकर सौम्या, अतिरा, वार्ष्वी, निक्षिप, अनिकेत, अश्विन पता नहीं कहाँ-कहाँ से निकल आए। चारु का कलेजा जैसे खुशी से फट पड़ने को हो गया। कुछ सैकेंड तो बढ़ती धड़कनों को संयत होने में लग गए। आँखों से अश्रुधार फूट पड़ी। यह विपुल की ही कारस्तानी है अब इसमें कोई संदेह की गुंजाइश नहीं थी। तीनों की मिली भगत है। मगर विपुल है कहाँ, सोचकर नज़रें घुमाईं तो विपुल मंजु के कंधों को अपने दोनों हाथों से पकड़े एक नायाब भेंट के समान लेकर आगे बढ़ता चौखट के भीतर दिखाई दिया।

चारु अचम्भित रह गई, और हर्षातिरेक से उल्लसित भी। अपनी आँखों पर विश्वास ही न हुआ। अभी अपनी खुशी को ठीक से सहेज भी न पाई थी कि एक और अनमोल रत्न उसके सामने खड़ा कर दिया। वह दौड़कर मंजु के गले लग गई। दोनों के मन के सारे शिकवे-गिलाह आँसुओं की धार में बह गए।

सबने चारु को उपहार दिए। कोई घड़ी लाया, तो कोई पर्स। एक उपहार था ए.पी.जे. अब्दुल कलाम की जीवनी- 'विंग्स ऑफ फ़ायर', उस पर झटपट शुभदा ने कब्जा कर लिया। चाचाजी ने उपहार का डिब्बा खोला। 'दून डीलक्स मॉल' में देखा हुआ लाल लहँगा। शादी का पूरा जोड़ा। चारु देखकर मंत्रमुग्ध-सी निशब्द हो गई। मंजु ने अपना पैकेट खोला तो उसमें से निकला वह गरारा-कुर्ता जो चारु के छठे जन्मदिन के उपहारस्वरूप माँ ने अपनी सच्चे काम वाली कत्थई बनारसी साड़ी में से काँट-छाँटकर तैयार किया था। वह गरारा-कुर्ता अभी तक अनछुआ ही रखा था संदूकची में, जो मंजु अपने साथ लाई थी। आज चारु के हृदय में इतना सागर उमड़ा कि छलके बिना रह न सका। मंजु डलहौज़ी में ही माँ का ब्यूटी पार्लर चला रही थी। वहीं से उसने यह गुप्त धन खोजा। और मंजु को खोजा विपुल ने। विपुल ने ही मंजु को चारु के बारे में सब बताया और सहोदरी स्नेह की डोरी में बाँध यहाँ ले आया। माँ ठीक कहती थीं कि ऊपर से कितने भी दूर दिखते हों, कुछ पौधे जड़ों से जुड़े होते हैं।

अंत में बारी थी विपुल की। उसने घुटनों पर झुककर नज़ाकत के साथ चारु की अनामिका उँगली थामकर उसमें मुक्तारंजित अँगूठी पहनाई। तालियों की गड़गड़ाहट से वातावरण गूँज गया। चारु की डबडबाई आँखें कुछ देख नहीं पा रहीं थीं। अब उसमें सपनों के लिए कोई स्थान नहीं था। पर्दे के बाहर प्रदीप्त उषा का आगमन हो चला था।

ॐ